L'ABSENT

DU MÊME AUTEUR

chez le même éditeur

LA LIONNE DU BOULEVARD (1984)
UN HOMME FATAL (1987)

ALEXANDRA
LAPIERRE

l'Absent

ROMAN

ROBERT LAFFONT

ISBN 2-221-07086-0

Et je ne sais plus, tant je t'aime,
Lequel de nous deux est absent.
Paul Eluard

DANS LA FOULE D'UN COCKTAIL D'ENTREPRISE A NEW YORK

LUI — *Gilles Moutier, trente-cinq ans, réassureur. Une haute silhouette un peu voûtée, très élégante, qui sirote son whisky dans l'ombre, sans se donner la peine de faire sa cour. L'air perdu à la Gérard Philipe, il répond par monosyllabes quand son patron vient lui parler, puis il se détourne et s'écarte. Sentiment de supériorité? Timidité? Son silence, son isolement, une quasi-immobilité le rendent immédiatement repérable parmi les jeunes loups qui grouillent à New York dans un groupe d'assurances.*

ELLE — *Lise Moutier, trente-trois ans, scénariste. Elle joue des coudes au buffet parmi les employés et leurs épouses. Esméralda dans la Cour des Miracles. Une crinière de boucles noires, des anneaux d'or aux oreilles, une robe rouge très moulante qui découvre une belle chute de reins. Elle mâchonne une paille volée au plateau de fromages et choisit parmi les petits fours les tartelettes dont elle ne grignotera que la fraise. Elle a dans les gestes quelque chose d'épanoui qui donne à penser que, pour cette jeune femme, la garantie multirisques, le capital décès, la mutuelle complémentaire ne doivent guère exister.*

EUX — *Lise et Gilles-Gilles et Lise: le couple Moutier.*

Si on les remarque séparément dans une foule, l'idée qu'ils puissent vivre ensemble ne viendrait à personne. Ils sont pourtant mariés depuis sept ans et leur premier enfant vient de naître. Même leurs intimes s'étonnent: «Ils s'opposent trait pour trait. Le feu et l'eau. Elle aussi bohème qu'il fait British; aussi gaie et vivace qu'il semble mystérieux — on se demande ce que leur progéniture va donner!»

«Nous nous complétons, nous nous emboîtons, pensent-ils. Les deux moitiés de la pomme. Un tout *idéal. Le couple le plus amoureux et le plus romantique qui fût jamais.»*

PREMIÈRE PARTIE

La porte qui se ferme

CHAPITRE I

LA PETITE MARQUISE

1

Août. Larchmont, U.S.A.

Maintenant que tout s'effondre, que je retrouve des impressions d'enfance, solitude et peu d'espoir, les mots reviennent à la rescousse. Pour comprendre. Pour conjurer. Comme si parler effaçait la douleur. Ou du moins comme si écrire servait à la maîtriser. A en faire autre chose. A la rendre extérieure. Ce besoin que je n'ai pas ressenti pendant six ans revient, inchangé. D'une certaine façon, on dirait que je me «retrouve». A l'aise dans ce cafard de fin de week-end. Dans ce sentiment d'isolement total que je connais si bien. Il me rappelle les veilles de compo, où je savais que je ne savais rien, que j'allais me faire étendre et qu'il fallait y passer.

J'ai très nettement cette impression qu'*il faut y passer*. Qu'entre Gilles et moi — non, même pas — que Gilles va quitter moi. Et ça n'est pas le pire. Qu'il ne m'aime plus et que son indifférence va me réduire en bouillie. Bref, passer à nouveau par l'abattoir. Une espèce de massacre et de mort. J'ai un petit coup dans le nez. Ça me permet d'ouvrir les valves. Mon seul regret, c'est de n'avoir qu'un enfant. J'espère en avoir d'autres. J'aurais aimé pour eux et Marina qu'ils soient vraiment frère et sœur.

Aurai-je d'autres enfants? C'est ma seule vraie peur.

Pour le reste, ce qui m'attend — je connais. Et ce qui attend Marina aussi. Pauvre Marinette, quand je pense à ce qui va se passer pour elle, aux déchirements, aux doutes, à l'insécurité dont nous allons la marquer — elle si donnée, si directe, si sûre de sa réalité. Le moyen d'empêcher tout cela ? C'est comme un cauchemar dont je connais l'issue et qu'il faut vivre et revivre.

2

Tout a commencé, recommencé devrais-je dire, car j'ai reconnu cette semaine-là la peur si familière de n'être pas aimée, tout a commencé trois mois après la naissance de Marina.

Nous étions rentrés quelques jours à Paris pour déménager notre studio de la rue Galande, rangement et mise en caisse que nous n'avions pas eu le temps de faire lors de la mutation précipitée de Gilles à New York. J'avais eu l'idée de demander à Nanou, la Bretonne qui a élevé Gilles, Nanou, sa nourrice bien-aimée, de s'occuper de notre bébé pendant que nous nous affairions.

Entre Gilles et Nanou, depuis toujours, c'est l'osmose. Jusqu'à sa majorité, il a passé toutes les grandes vacances chez elle à Paimpol, et la mère de Gilles, un top-model de *Vogue* qui sillonnait le monde, ne cesse de s'en féliciter : « Nanou a eu bien de la chance de m'avoir : c'est vrai, j'aurais pu être jalouse ! »

Quand Gilles est entré à l'A.M.E., Nanou a renoncé à la Bretagne et pris sa retraite dans un appartement de la rue du Fer-à-Moulin pour ne pas le quitter. « Il a changé toute mon existence. C'était un bébé superbe. Un enfant superbe. Un adolescent superbe. Et maintenant c'est un assureur superbe ! » Elle souffre de sa mutation à New York dont elle me rend vaguement responsable. Mais

Gilles m'a choisie, Gilles ne peut pas se tromper: elle m'accepte. Depuis cinq ans que je suis la femme de Gilles, je fais mon possible pour que Nanou m'inclue dans sa merveilleuse tendresse. J'admire, j'adore en elle l'amour qui ose tout: «Gilles, c'est un saint!»

Avec ses cheveux poivre et sel tirés en chignon bas, ses petits yeux gris qui savent être tendres, son pas trottinant, sa poitrine pigeonnante, Nanou m'émeut et j'aime Gilles d'être ainsi adoré. Jusqu'à notre départ, les repas dominicaux dans son petit appartement m'étaient doux. Pour moi aussi, Nanou incarne l'image de la maternité. La paix. Le refuge. Jusqu'à notre départ et l'arrivée du bébé.

Nous voilà donc tous les quatre dans les vingt-cinq mètres carrés de la rue Galande, Nanou, Gilles, Marina et moi. Entre les explosions de valises se dressent les grandes toiles abstraites de mon amie Charlotte, les dizaines de tubes d'affiches liés en bottes, les piles de centaines de disques de jazz. Un champ de bataille miné où se terrent Marina et Nanou, le labyrinthe de Thésée, le casse-tête d'Œdipe, auxquels viennent s'ajouter dix heures sur vingt-quatre les coups des ouvriers qui réparent la descente d'eau de l'immeuble. Manque de chance, ils travaillent précisément dans notre kitchenette les cinq jours où nous sommes là. Ni douche, ni toilettes. Un bébé de trois mois et une vieille dame de soixante-six ans qui ne pourra pas se laver et qui s'éprendra du bébé au point qu'il me deviendra impossible de serrer ma fille dans mes bras une seule fois. Déjà fatiguée par l'accouchement, par l'allaitement, je monte quatre étages avec des seaux d'eau pour donner son bain à Marina dans la poussière et le vacarme du chantier, les cartons et l'hostilité de Nanou. Elle aime Marina d'une passion jalouse venue du fond de son être, et me témoigne une brusque et irrépressible antipathie. Je demande à Gilles de nous sortir de cette atmosphère. On pourrait peut-être s'installer dans l'appartement vide de mon amie Charlotte? Réponse: «Pas question.» J'insiste. Il me dit que, sans lui demander son avis, j'ai fait appel à Nanou, que c'est à moi d'en supporter les conséquences. A mesure que la semaine passe, je suis de plus en plus épuisée, Nanou de plus en plus exclusive et Gilles de plus en plus fermé. «Tu l'as voulue, tu l'as eue!»

Je discute, supplie, raisonne. En pure perte. Peut-être devrais-je prendre ma fille sous le bras et m'en aller, mais je ne veux pas agir «contre» lui. Je voudrais sa permission. «Non.»

J'argumente: Nanou et moi avons toujours su préserver d'excellents rapports. Rester ici va déclencher la guerre! Cinq ans de bonne entente, cinq ans d'affection entre la gouvernante et l'épouse vont être ruinés par cette semaine. Gilles est fou de laisser faire ça! Il laisse faire. Résolument. Nous resterons toute la semaine en huis clos. Quand nous repartons pour New York, Nanou et moi nous détestons. Gilles et moi nous en voulons. Et dans l'avion, quand je fais remarquer que je ne suis accouchée que de trois mois, que Marina est un bébé qui a besoin de propreté, il me répond: «Vous n'en êtes mortes ni l'une ni l'autre.»

Fin du premier volet.

Deuxième acte — un an plus tard. Un an jour pour jour. Janvier.

Nous dînons tous les deux dans une auberge au bord de la mer. Auberge pseudo-romantique pour yuppies new-yorkais en goguette. Surfaite. A l'étage, Marina nous a fait une scène, refusant de se coucher et finissant par vomir son dîner comme elle le fait toujours quand elle veut nous garder près d'elle. Pas vraiment le genre de la maison! Dans ce décor Laura Ashley, fleurettes et nœuds-nœuds, où les chiens et les enfants sont à peine tolérés — Marina n'a que quinze mois —, nous épongeons frénétiquement, dans une débauche de papier toilette, de serviettes et de Sopalin. Elle finit par s'endormir et nous descendons.

Rumeur lointaine de l'océan, feu de bois, chandelles vacillantes, nappe en dentelle et menu compliqué comme Gilles les aime. Je suis ravie. Depuis la naissance de Marina, ces escapades se font rares. Elles n'en ont que plus de prix. Presque illicites. Tous les deux. En amoureux. Week-end de rêve.

Au moment de commander, Gilles se lève :

— Je remonte voir si Marina dort : demande-moi une bouteille de sancerre.

Oh hérésie, je confonds toujours les noms des vins et, quand il revient, je trouve drôle de lui annoncer :

— Ça y est, j'ai commandé ton sauternes.

Son visage se décompose. Mauvais, l'œil dur, la bouche tranchante, il m'engueule comme il ne l'a jamais fait :

— Tu n'écoutes rien ! Tu ne t'intéresses à rien ! Tu refuses de voir les gens qui m'amuseraient et quand je demande le vin qui me ferait plaisir, tu m'en commandes un autre !

Je bredouille :

— Mais non... je ne me suis pas trompée... il arrive, ton sancerre !

Quelque chose de venimeux dans son regard, quelque chose de tatillon, d'impatient, de vieux qui ne lui ressemble pas, me bouleverse. Je plonge dans mon assiette. Furieuse. Furieuse que cette soirée dont j'attendais tant tourne au vinaigre pour une erreur si facilement réparable. Et que je n'ai même pas commise. Le serveur a apporté le sancerre que Gilles boit sans humour. Si ça continue, tout le dîner va être gâché. Je demande :

— Qu'est-ce qui se passe ?

— C'est, dit-il sombrement, comme si, entre nous, il n'y avait plus de tendresse.

Mon cœur se glace — la sonnette d'alarme. Je ne m'y trompe pas. Cette phrase, de sa part à lui qui n'exprime jamais rien par la parole, c'est la sonnette d'alarme. Elle confirme ce que je sens depuis janvier dernier — depuis le voyage à Paris —, une sorte d'agacement envers Marina et moi. « Vous n'en êtes mortes ni l'une ni l'autre. » A moins que ce ne soit un règlement de compte.

Je cherche à comprendre... La brèche s'est ouverte lors de mon différend avec Nanou. Mais il ne s'agissait que d'une montée d'hostilité. Nos rapports sont à nouveau affectueux... Quel rapport avec elle ?

Gilles, un matin de cette semaine-là, s'est réveillé différent. Du jour au lendemain, patatras catastrophe : sa femme bien-aimée lui est apparue comme une potiche. Bientôt un boulet. Fini l'amour toujours, ou alors c'est pour le pire, le meilleur est derrière... Pas de panique ! La crise « post-natale », ou Dieu sait comment elle s'appelle, c'est connu, banal, surmontable. La femme se laisse absorber par son rôle de mère, ses émotions de mère, l'homme se sent délaissé et jaloux, on est trois et plus deux. Les efforts calment la tension, le temps permet de s'adapter. Pas de panique ! Mais j'ai beau raisonner, l'inquiétude me submerge. Je connais les grands lacs d'indifférence de Gilles. Des trous sans fond. S'il ne m'aimait plus ? Plus jamais comme je l'aime ?

Gilles ronfle. Je ne dors pas de la nuit. « C'est comme si, entre nous, il n'y avait plus de tendresse. » Gilles ne s'expliquera pas davantage.

Pourtant la scène du « sancerre-sauternes » va se répéter tous les jours durant les six mois qui viennent. Il voit ma tête, il ne la voit pas, j'ouvre la bouche, je la ferme, c'est du pareil au même. Il tire à vue. A ses yeux je suis désormais une scénariste à mi-chemin entre une machine à laver et un tiroir-caisse, une cinocharde sans ambition, une ambitieuse sans talent. *Une petite mar-*

quise qui ne s'intéresse qu'aux boutiques de Madison Avenue.

Je réponds que Madison Avenue, je m'en moque. Mais que Madison Avenue se trouve au bout de Central Park et que, bébé oblige, le parc, c'est la promenade dominicale. Peine perdue. Lui, il a des goûts populaires. Il vise à l'essentiel. Il est authentique. Il a droit au voyage. Il a droit au rêve. Il a droit au bonheur. Et d'abord, il va quitter l'A.M.E., partir pour l'Afrique, devenir explorateur. A moins qu'il n'étudie le dessin ou le piano. Avec moi, il n'apprend rien. Qu'est-ce que je dirais — hein, moi Bobonne Conne — si on devait quitter Manhattan et cet appartement yuppie pour s'installer à Brooklyn? Parce qu'il faudra bien, s'il démissionne de sa boîte, il faudra bien emménager dans un studio de Brooklyn, de Harlem ou du Bronx.

Vingt-quatre heures sur vingt-quatre, il me fait passer des examens de passage. Il pose des pièges que je flaire, contourne, évite, du moins «crois éviter». Mais quoi que je dise, quoi que je fasse, je tombe dedans. Bobonne, Conne, je ne donne jamais la bonne réponse.

En mars, nous partons, avec renfort de baby-sitter, nous reposer, nous «retrouver» en Floride. Sous le soleil, le huis clos tourne à l'enfer.

Lui qui, de nature, n'est ni coureur ni voyeur se rince l'œil à la piscine, il trouve sexy les plus affreuses. Le soir, quand je propose de sortir, il se colle devant la télé ou plonge dans son journal: «Je m'intéresse, moi, à ce qui se passe dans l'univers!» Mes décolletés achetés à grands frais sur l'immonde Madison n'ont aucun pouvoir. Quant à mes petites culottes aphrodisiaques, il ne les voit même pas. Je suis de plus en plus triste. Il est de plus en plus loin. Et chaque soir, il part chercher des cigarettes, ça dure toujours le même temps et ça semble absolument nécessaire. Au point que l'idée me vient qu'il va téléphoner. A une nana. Sans vouloir y croire, je ricane. «Il ne manquerait qu'une bonne femme par là-dessus, et on est cuit.» Je lui pose la question. Il jure ses grands dieux: «Une autre fille? Comment peux-tu être aussi banale, avoir des idées aussi bourgeoises? Ma pauvre Lise.» J'insiste: «S'il y avait quelqu'un, tu me le dirais?» La tristesse de son regard en répondant: «Bien sûr, je te le dirais.»

Avril. Le 20 avril, jour magique de nos fiançailles, il revient d'un voyage d'affaires à Paris. Business, business. Car si Gilles répète qu'il va devenir explorateur en Afrique et virtuose à New York, il n'a jamais été plus concerné par sa carrière à l'A.M.E. Ce voyage à Paris, c'était pour prendre conseil du Siège sur un poste qu'il convoite. L'homme que j'ai connu décontracté, et tout sauf «assureur», se transforme en jeune loup.

Il revient de ce voyage très volubile. L'œil qui frise. La mèche en bataille. A peine a-t-il passé la porte qu'il lance: «J'ai revu Geneviève!»

Geneviève — c'est la fille de notre dentiste.

— Oh? C'est pas vrai? Comment va-t-elle?

— Très bien... Ça m'a fait vraiment plaisir de la revoir. J'y tiens beaucoup... beaucoup...

Là je m'arrête. Il tient beaucoup à la fille de Robert? Et je comprends. Maldonne: Gilles me parle de l'une de ses ex, une fille que je n'ai jamais rencontrée et dont je n'ai pas dû saisir l'importance.

Il y a deux mois environ, parmi ses nombreux griefs, il avait lancé: «Et dire que tu m'as empêché de revoir Geneviève!» J'en étais restée ébahie. Non seulement je ne l'avais pas empêché de la revoir, mais je ne savais même pas qu'elle existait. Il m'avait bien parlé d'une psychanalyste divorcée, qui l'avait largué le jour où elle avait rêvé que «tous les flics du commissariat avaient sa gueule». J'avais trouvé ça plutôt dur et drôle. Cette fois, je dresse l'oreille.

— Ah... Et c'était sympa ?

— Très.

Je me tais. Je vais dans la salle de bains. Il me suit. Il insiste :

— Je l'ai revue après mon dîner avec Antoine.

— Après Antoine ? Mais... à quelle heure ?

— Vers minuit... Elle était charrette... Une communication à terminer. Elle travaille souvent la nuit.

Je le sens très excité : ah, la vie de bohème où l'on parle jusqu'à l'aube... Geneviève était « charrette » — une expression qui vient directement d'elle.

— ... On a beaucoup, beaucoup parlé, poursuit-il. Jusqu'à cinq heures du matin.

Maintenant, j'ai besoin de savoir. Je me retiens. Je ne pose pas de questions. Dépité par mon mutisme, il va dans la chambre.

Je sors de la salle de bains. Il est allongé sur le lit. Je le rejoins. La peur me tenaille. Je demande :

— Il s'est passé quelque chose ?

Silence.

— Non... — Silence. Il reprend : — Non, mais...

Silence.

— Mais ?

Il finit :

— Mais j'ai eu envie d'elle... En revoyant ce visage... Ce visage, cette voix. Tellement envie d'elle !

Je me lève. Dans l'entrée, je fonds en larmes. Je prends mon manteau :

— Je vais marcher.

Il laisse faire. Je sors.

New York, la nuit. Je descends la Neuvième Avenue. Ça n'avance ni ne recule. Ça coule. Tout droit. A pic. Corps, crânes, crocs qui me frôlent et me pressent. Trognes patibulaires. Prunelles rouges, gencives et glottes, je sens l'humidité des haleines qu'on souffle dans la mienne. Ça suinte. Filtré, tordu par mes larmes, l'éclair d'une aiguille dans la masse. Seringue, rasoir, sang, sida, que ces lames me tailladent, je m'en fous.

Le menton dans mon écharpe, je sanglote. Il a organisé ce voyage à Paris pour la voir et il ne m'a rien dit. Il rêve sans doute de revoir Geneviève depuis des mois. Il ne me parle plus, c'est fini, il a envie de tout sauf de moi, et moi je ne sais plus quoi faire pour le garder.

Quand je rentre, vers minuit, il dort.

Le lendemain, je lui dis que notre mariage est à l'eau si nous ne faisons pas ce qu'il faut pour le sauver... Pourquoi ne pas demander de l'aide à quelqu'un, un conseiller conjugal, par exemple? Il dit qu'il n'en est pas question, on peut s'en tirer tout seuls.

J'y vais donc sans lui. Deux fois quarante-cinq minutes par semaine pendant quatre mois. C'est du conseil intensif. Parler à cette «psy» m'aide à comprendre ce qui se passe en Gilles, où il en est, ce qu'il veut, ce que j'ai fait pour le perdre, ce que je peux faire pour le garder. Ça me donne l'illusion de ne pas me débattre au hasard et la force de ne pas faire de scènes. Ni cris ni reproches. Mais Gilles, lui, ne me lâche plus. A chaque occasion, il glisse «Geneviève» dans la conversation, il la case partout, comme il peut: «Si nous allions voir Geneviève faire de la varape à la montagne cet été?» «Ta copine Amy te regarde avec la même tendresse que la meilleure amie de Geneviève.» «Quand nous irons à Paris, nous habiterons chez Geneviève, qu'en dis-tu?»

— Ce que j'en dis? Mais Gilles, je n'ai aucune envie d'habiter chez Geneviève!

— Mais puisqu'elle n'y sera pas! Tu en fais, des histoires! Elle nous propose seulement son appartement, elle nous le prête...

Je le fusille du regard. Il se fiche de moi ou quoi?

Il poursuit, insiste, triture:

— Puisque entre elle et moi, il ne s'est rien passé!

— C'est mon droit tout de même de n'avoir pas envie ni de la rencontrer ni d'habiter dans ses robes.

— Mais puisque maintenant, c'est une amie. Entre elle et moi, cette fois, il ne s'est rien passé!

Évidemment. J'en fais des histoires, en effet, puisque «entre elle et lui — il ne s'est rien passé!»

Mais entre lui et moi, il ne se passe rien non plus. Ou plutôt si, et c'est du massacre.

Ce qui naguère le faisait rire, mes anecdotes, ma vitalité, lui devient insupportable. Cet hiver, j'étais conne. Au printemps, je suis carrément débile. Tout ce que je dis, tout ce que je fais, tout ce que je suis: «débile». Je me fais aussi petite que possible. Trop tard.

— Si j'ai eu tellement besoin d'aller voir Geneviève, c'était pour comprendre pourquoi je t'avais épousée...

— Ah bon. Et de ça, tu ne peux pas parler, à moi?

La «conseillère conjugale» me porte maintenant à bout de bras. Elle me dit que ce genre de crise arrive fréquemment avec la naissance d'un bébé. Elle finit par ébranler mes convictions en me demandant à son tour:

— Mais pourquoi, pourquoi tenez-vous absolument à rester avec cet homme?

— Parce que j'y tiens. Voilà, c'est comme ça. J'y tiens, j'y tiens, j'y tiens! Parce que je le crois bon. Gentil. Intègre. Parce que je le respecte. Parce que je l'admire. Ce que j'ai senti en lui, avec lui, je ne l'ai senti, je ne le sentirai avec personne d'autre. Parce que j'ai cru, parce que je crois qu'on est les deux moitiés d'un tout. Il faut que ça tienne. Pour moi. Pour lui. Pour Marina. Nous ne trouverons jamais mieux. Voilà. C'était ma conviction en l'épousant... Le bonheur est là. Ensemble. Pas ailleurs.

En tout cas, pour le moment, en fait de bonheur, c'est le gouffre.

Bientôt il ne supportera plus ma façon de manger, de respirer. Je connais cet agacement, insurmontable, à l'égard de la personne qu'on n'aime plus. Je l'ai éprouvé autrefois pour Bob. Pas une chance. Je sais qu'à ce stade-là, c'est la fin.

A la mi-juillet, nous quittons la canicule new-yorkaise pour nous installer à quarante kilomètres de là, chez des Français en vacances à Paris. Nous garderons leur maison tout l'été. Arroser le jardin. Protéger les petites cuillères. Nourrir les hamsters. «House sitter» à Larchmont. Un parc de billets de banque où les sociétés françaises logent leurs directeurs. Toute une colonie BC.BG. Bridges et sorties de messe. Vastes allées chargées de Mercedes. Vistas sur l'eau qui ressemble à tout sauf à un océan. Kiosques romantiques sur des rochers sans algues. Maisons roses. Temples blancs. Gazons manucurés. La mer n'a pas d'odeur. Les bateaux ne tanguent pas. Même le chant des cigales en dolby stéréo semble sorti d'un disque laser. Une bande son pour diapos. J'étouffe immédiatement. Mais pour Marina, c'est mieux que l'asphalte fondant de la Neuvième Avenue, les frisbies dans la figure et les canettes de bière qui poissent l'herbe de Central Park.

A Larchmont, je suis sous globe. Une mouche enfermée. Gilles va à New York tous les jours. Il part tôt. Je reste à «la maison». Mama. J'organise, je gère, je me débats. Trouver une baby-sitter afin de pouvoir terminer mon scénario à Larchmont. Chercher la baby-sitter à la gare. La ramener. Lui montrer les promenades avec Marina. La présenter aux autres baby-sitters. Téléphoner aux «mères» que je connais. Leur demander les tuyaux, les adresses. Faire le marché. A la caisse, draguer les dames inconnues, celles qui ont des enfants susceptibles d'inviter Marina. Les mères de mon âge. Le même brushing. Le même bronzage. Les «petites marquises» de Larchmont. Ça se rencontre, bavarde, achète. Identiques. Interchangeables. La même maison derrière la même barrière, le même ramage rose sur le même canapé, le même mari dans le même costume, sur le même quai qui prend le même train à la même heure. Et les mêmes enfants sur la même bicyclette. Le même bonheur. Moi, ça me colle une peur panique. Je me sens tout de suite en cage dans tant de confort. Et pourtant, Dieu sait si j'aime ça, le confort !

Ces petites marquises de Larchmont, si jolies, si contentes, me font toujours le même effet. Elles m'attirent. Elles m'étonnent. Et finalement elles m'angoissent. Elles ont trouvé ce qu'elles cherchaient. Leur satisfaction ne laisse pas de me surprendre. Quel ennui, total et poignant. Dire que cet endroit, c'est le paradis. Le rêve et le but. On se bat, on fait fortune, on sacrifie — pour ça. Toute la vie — pour ça. Je me promène. Je regarde. Et je ne comprends pas. En même temps, j'envie. Pas la Mercedes. Pas la pièce montée. Pas le chriscraft. Mais cette impression d'aboutissement. Toutes ces femmes qui savent ce qu'elles cherchent, comment et où le trouver. Moi aussi, j'aimerais avoir trouvé.

Après deux heures de papotages sous l'air conditionné du mini-market, je me réfugie à la bibliothèque locale. J'essaie d'écrire. Je pense à Gilles. A ce qui se passe. J'ai peur, je crois, ça y ressemble. Je m'accroche à mon scénario. Seize heures — on ferme. Pas tuante, la journée de travail à Larchmont. En sortant, une chape s'abat sur ma tête. Sous cloche, Lise. J'en reste une seconde assommée. L'étuve. Bien moite. Quarante degrés à l'ombre. Même les cigales se sont tues. Asphyxiées.

Mon scénario à l'épaule, haletant comme une vieille, je rentre à pied. Tennis. Piscines. Pelouses en bord de mer. C'est pathétique, cette beauté. Le téléphone sonne — la police. Paraît qu'un voleur a tenté de s'introduire chez les voisins. Même maison, latte par latte, que la nôtre. Donc y rester, Madame la House-Sitter. Boucler les fenêtres. Il ne manquait que ça.

Sous l'air conditionné, j'essaie encore de travailler.

J'ai beau me creuser, même dans mon scénario il ne se passe rien. Siphonnage par le vide. Je m'essouffle.

Ah, si, une aventure ! J'ai failli me faire lyncher avant-hier. Je faisais le dîner de Marina que je brûlais consciencieusement comme d'habitude, quand l'alarme à feu s'est déclenchée. Mais comment arrêter ce sifflement à vous crever les tympans ? Aucune idée ! En trois minutes, un voisinage hystérique et menaçant se retrouve sur «ma» pelouse. Je suis à la cave, tentant de faire sauter les plombs. Sans succès. La baby-sitter, devant cette foule qui s'agglutine à la porte, attrape Marina qui hurle, verrouille toutes les issues et ferme les rideaux. Je rouvre. Une nuée de gens se répand dans la maison. La police au téléphone : «Mot de passe ?» Je m'emmêle : à la place de «Triomphe», je dis «Victoire». Ça continue de siffler. Les gens continuent d'affluer. Ils crient : «Arrêtez ça !» Je dis : «Comment ?»

Quand Gilles arrive, il trouve une soixantaine de personnes gesticulant sur deux pâtés de maisons tandis que, hissée sur les épaules d'un monsieur, je tente de dévisser l'alarme dans une vibration à vous rendre sourd et fou. Évidemment, Gilles avait la clef, et savait où se trouvait le système.

La foule s'est retirée... Du rififi à Larchmont !

Voilà — maintenant, j'attends un petit camarade de Marina avec sa maman. Ces dames passent leur journée à se rendre visite. Plutôt sympa. Moi, c'est terrible à dire, je n'ai qu'une envie — m'enfuir à la bibliothèque.

Je me suis réveillée avec un bizarre sentiment d'oppression. Le rôle de mater familias à Larchmont-les-Bains m'achève.

En cage. Les soirs sont pires. Gilles rentre tard. Toute la journée, je l'ai attendu. Maintenant, il reste absent. Le silence dure et continue. En moi, tout vibre, tout bourdonne. Une mouche qui se cogne à une vitre. Si elle se cogne en silence, Gilles la laisse. Si elle fait du bruit, il l'assomme — tac — un grand coup de torchon.

Pourtant, les soirs, nous faisons comme les autres. Nous recevons des voisins, nous dînons chez d'autres. Larchmont, Mamaroneck, New Rochelle. Dans la voiture, nous roulons à vitesse de croisière. Les gens courent au bord de l'eau. L'air conditionné fait un boucan d'enfer. On ne s'entend plus. Mais on n'entend que ça : notre silence. Je pense à l'hiver dernier. Les week-ends, les musées, le landau noir de Marina. Les promenades à Central Park qui ont abouti sur l'immonde Madison. Je dis :

— Central Park — c'était tellement la barbe ! L'année prochaine, on devrait peut-être relouer cette voiture-ci... Ce serait bien d'aller marcher à la campagne... Ou bien, on pourrait peut-être faire du sport.

J'ai horreur du sport. Gilles le sait. Il aboie :

— Tu ne vas pas commencer à nous emmerder avec ton sport !

Fin de la conversation.

Les week-ends, l'atmosphère se raréfie encore. Samedi soir. Nous sommes allongés côte à côte dans les transats. Après la canicule, la nuit est douce. Marina dort. Nous pourrions être bien. Les tondeuses se sont tues. Les bougies brûlent dans l'herbe. Au-dessus de nous, les grands marronniers qui servent de haies projettent une ombre dense. Un léger souffle. Il fait presque doux. Dans le noir, je regarde le profil de Gilles. Une tête d'adolescent. Le nez droit. La bouche boudeuse. Il a les bras sous la nuque. On dirait qu'il dort. Mais quelque chose de raide évoque plutôt un gisant. La froideur de la pierre. Il pense à Geneviève ? Je pense à autre chose. A la conversation que j'ai eue la veille avec l'une des petites marquises. Une conversation sur un film qu'elle avait a-do-ré. Que je n'avais pas aimé. Gilles non plus. Je dis :

— Ce qui est bien, c'est que nous avons les mêmes goûts...

J'ai dis ça bêtement. Au hasard. Pour me rassurer. Gilles s'est tourné. Ce que je vois dans ses yeux me donne la chair de poule :

— Les mêmes goûts ? Pas du tout !... Tu n'aimes rien de ce que j'aime.

— Qu'est-ce que tu aimes ?

— L'imprévu... Un rapport direct avec le monde... Les détours, l'aventure... Avant de te connaître, je voyageais sans réservation !

— Moi aussi, j'aime l'imprévu !

J'argumente, moi aussi je voyageais « sans réservation ». Vite des preuves. Des exemples. La Grèce en 1987. Il y partait pour son travail, je l'avais conduit à Roissy. Au moment de se quitter, nous nous accrochons l'un à l'autre. A chaque séparation, c'est la même souffrance, à chaque départ le même manque. Nous sommes pourtant mariés depuis belle lurette. Je me blottis contre sa chemise, il me serre et n'ouvre plus les bras. « Pour Athènes, embarquement immédiat. » Il m'attrape, je m'arrime, nous fonçons au comptoir d'Air France, ma carte d'identité, sa carte de crédit, nous voilà dans l'avion. Rien sur le dos qu'un vieux jean, mon minuscule sac en bandoulière et sa grande veste qui me protège de l'air conditionné. Une semaine, à me cacher dans la salle de bains ou sous le lit quand circulent les femmes de chambre, à griffonner mon scénario sur le papier à lettres de l'hôtel, à courir vers Placas pour grignoter avec lui quelques olives entre deux conférences. A Madrid, aussi. Je l'avais suivi sans rien, pas un tee-shirt, pas une brosse à dents. Même chose, à New York, à notre arrivée.

— Mais c'était avant la naissance de Marina... Avec un bébé, difficile, Gilles, de ne pas savoir où on va dorm...

Je me coupe. Me taire. Surtout me taire. Plus je

raisonne, plus je l'ennuie. Et le silence retombe. Du béton. J'ai le cœur qui bat. On ne s'en sort pas.

Juillet passe. Août. Gilles bouge. Il se lève. Il s'assoit. Il n'a plus de voix. Plus d'yeux. Plus d'oreilles.

Je voudrais lui dire que je ne suis pas ce qu'il croit ! Inutile. Il passe à côté de moi sans me voir. Il n'est même plus conscient de ma présence. Il ne m'agresse pas. J'ai cessé d'exister.

Pour Marina, pareil.

Tout à l'heure, elle est tombée à ses pieds. Elle s'est fait mal. Elle a pleuré. Il n'a pas réagi. Elle a crié. Il a continué de lire. Elle a hurlé. Rien. Plus fort. Encore plus fort. Rien. Il ne l'entend pas. Alors, brusquement, elle s'est tue, elle aussi.

Elle reste assise. Elle suce son pouce. L'œil fixe. Sans regard.

On va mourir. Tous les deux. Tous les trois.

*

Hier, après le dîner, j'ai parlé. J'ai dit qu'on allait devenir un vieux couple ignoble. J'ai dit qu'il fallait que Gilles fasse ce qu'il avait à faire. C'était notre seule chance ! Il fallait qu'il vive à trente-cinq ans ce qu'il n'avait pas vécu à dix-huit.

Qu'il aille en Afrique. Qu'il devienne explorateur, pianiste, peintre, écrivain puisqu'il a des idées pour un roman. En Afrique, en Amérique, à Hong Kong, où il veut. Qu'il fasse ce qu'il a à faire ! Je l'attendrai :

— De toute manière, je ne m'imagine pas avec un autre homme que toi.

Silence. De nouveau, j'ai une intuition et je répète :

— Je t'attendrai... Je ne m'imagine pas avec quelqu'un d'autre. Et toi? — Silence. — Et toi? Tu t'imagines avec quelqu'un d'autre?

Son regard fuit. Il baisse la tête. Muet. Mais je sens... Je demande, âpre, précise cette fois:

— Il y a quelqu'un d'autre?

Les mots sortent au compte-gouttes:

— Au bureau... Une programmeuse du Computer International, que l'A.M.E. emploie... J'ai beaucoup lutté... Debbie... Elle est... J'ai beaucoup lutté!

— «Debbie»? Mais... et «Geneviève»?

— Geneviève n'a jamais eu d'importance. C'était seulement une taquinerie.

— Une taquinerie?

Je vais l'insulter. Je quitte la pièce.

Dans la salle à manger, je tourne autour de la table. En pleurant. Je ne peux plus m'arrêter. Ni de tourner, ni de pleurer. Ça dure deux, trois heures. Plus tard, je me calme.

Nous sommes allongés côte à côte dans le grand lit de nos hôtes. Il me parle. Cette fois, c'est un flot de paroles. Il me dit combien il l'aime, combien il l'a fait souffrir, cette pauvre fille, depuis un an, pauvre Debbie, combien ils ont lutté et souffert tous les deux. Parce que s'ils s'adorent — transis de désir à chaque fois qu'ils se voient, c'est-à-dire presque tous les jours de l'année —, ils ne se sont jamais touchés. Comme avec Geneviève — rien ne s'est passé. Et Gilles explose en sanglots dans mes bras, balbutiant: «Mais je t'ai choisie... Pauvre Debbie.»

Je me mets à pleurer aussi, en songeant: «Pauvre Gilles.»

La petite marquise

3

Mon cœur oscille entre la pitié, la colère et une sorte de désespoir lent. La certitude de n'avoir pas encore touché le fond, que ça viendra et qu'alors entre nous ce sera, sinon fini — car les souffrances à venir, pour Marina, pour moi et pour lui dureront longtemps, peut-être toute la vie —, mais qu'entre nous plus rien ne sera possible. Je crois que déjà rien n'est possible.

Quand il a dit hier ce qui se passait vraiment, on en était arrivé à un tel point de lassitude que je n'ai plus, que nous n'avons plus ni l'énergie, ni l'envie de rien sauver.

Ça n'en vaut pas la peine. Il le sait. Sinon, pourquoi n'avoir pas tenté de résoudre le problème? Pourquoi l'avoir compliqué au contraire? Douze mois, il y a travaillé, brouillant les pistes, racontant des coups, mélangeant «Geneviève» et «Debbie», remplaçant l'une par l'autre à la fois pour torturer, n'être pas dérangé — et surtout ne rien résoudre. Que l'autre se débrouille dans le dédale.

Et ça s'appelle être honnête avec soi-même. Ça s'appelle rester «vertueux». Il croit que parce qu'il n'a pas «couché», il n'a pas trompé. Il se croit héroïque et pur. Alors qu'il ne cesse de tricher avec lui-même, il se ment, il me ment depuis des mois — ce qui me paraîtrait sain s'il reconnaissait quelque part son plaisir.

Je pense à tous ses reproches, à toutes nos discussions, nos analyses, nos voyages pour tenter de s'expliquer, d'y voir clair, de se rejoindre.

Pendant un an, nous ne nous sommes pas retrouvés une seule fois parce qu'il ne l'a pas voulu.

C'est de cela dont je ne reviens pas.

J'ai encore peur de perdre Gilles. Mais ce que je viens vraiment de perdre, c'est la foi.

4

Je disais naguère que mon seul regret, ma seule peur, était de n'avoir qu'un enfant. Ce que j'apprends efface cette angoisse. Au fond, «l'aveu» de Gilles me soulage. Toute l'année dernière, cette impression de l'avoir perdu par ma stupidité, mon bourgeoisisme, de l'avoir mis en cage. Me savoir responsable de ce qui nous arrivait — c'était terrible. Que son ennui ne puisse être dû qu'à mon incurie. Quand je demandais: «Tu es sûr qu'il n'y a pas quelqu'un d'autre? Je sens que... Tu es sûr?» et qu'il me répondait, avec son beau regard honnête et triste: «Je suis sûr. S'il y avait quelqu'un, je te le dirais.» — N'être pas rassurée par ce regard, par ces paroles. Et me croire parano... Ce n'était pas étonnant qu'il se sente en prison avec une femme qu'aucun serment ne rassurait. Forcément, c'était à cause de ça, moi, qu'il avait «besoin d'air», «droit au rêve».

Mais je triche encore: il disait vrai. Eût-il été heureux avec moi, Gilles n'aurait pas eu besoin de s'arrimer ailleurs. Ce nouvel amour n'est possible que parce que je l'ai déçu.

5

Du calme! Le pire n'est jamais sûr. Même si pour Marina le pire devait arriver, il existe des enfances plus difficiles. Jusqu'à l'âge de vingt ans, j'aurais juré que la mienne avait été heureuse, que le divorce de mes parents ne m'avait pas marquée, que mon isolement m'avait formée à la lutte. Du calme! Le passé ne va pas, ne peut pas se répéter! Même si nos histoires à Gilles et moi courent en parallèle.

Enfants uniques tous les deux, nous avons grandi dans un monde de femmes. Son père est mort, le mien est parti quand nous avions sept ans.

L'enfance de Gilles. Un classique de Disney, un épisode de *Dallas*, un cliché de *Paris-Match* avec un même gros titre «Poor Little Rich Boy». Il a poussé seul dans un grand appartement parisien, à l'ombre de ce père absent, que sa mère sacralisait à chaque retour de voyage. Américaine, née Bouvier comme Jackie Kennedy à laquelle elle ressemble, la mère de Gilles en épousant le baron Moutier est devenue plus vieille France que nature. Caveau de famille et chrysanthèmes à la Toussaint, entre deux messes anniversaires, elle écume les piscines sur les yachts de la Jet Set internationale. Ultime détour par la fiction, le baron lui a légué l'intégralité de sa colossale fortune pourvu qu'elle ne se remariât pas. Une veuve pas toujours joyeuse.

A l'inverse, la vie de ma mère, c'est du cosy. Petits coussins, petits pieds, petites mains. Elle s'habille tailleur, genre Chanel. L'autre en Saint-Laurent.

Lors de sa séparation avec mon père, ma mère avait mon âge. Trente-trois ans. Il s'était épris d'une collègue au laboratoire. L'apprenant, elle le mit à la porte et demanda le divorce. De se trouver à la fois victime et bourreau, celle qu'on abandonne et celle qui vire, elle ne s'est pas remise. Mon père s'en tira mieux. Il se remaria avec une troisième, fit fortune et fut heureux. Sans elle. Elle ne le lui pardonna pas.

Quiconque rencontre ma mère tombe sous le charme: je ne lui ai pourtant pas connu d'amants, elle ne s'est pas remariée. Nous avons vécu en huis clos. Elle et moi. Seules. Pas d'enfants, pas d'homme, pas de rêves. Rien qu'une petite boîte, un cocon gris, des peurs et des regrets. «Toi aussi, tu partiras. Tu me quitteras. Lui et toi, vous êtes de la même race.» Honteuse de cette ressemblance avec celui qu'elle prétendait maintenant n'avoir jamais aimé, je jurais de ne quitter personne. L'horizon se bouchait. Plus rien n'avait de sens. A douze ans, je prenais la résolution de choisir, moi, un homme qui ne partirait pas et de fonder avec lui une famille si grande et si solide qu'elle pourrait bien se disperser aux quatre coins du monde, il en resterait toujours quelque chose.

Forte de cette idée, je suis devenue de ces femmes qui n'épousent pas. Paradoxe: à peine aimais-je un homme qu'il parlait mariage. Je crois bien détenir le record des demandes. Éternelle fiancée qui disparaît le jour des noces, je réalisais la prédiction de ma mère: je partais. Au mieux, j'éludais, j'attendais. Pas pressée. Mieux valait tard ou jamais, qu'à tort. Je ne m'accordais aucun droit à l'erreur.

Quand j'ai rencontré Gilles, c'est sa dissemblance avec mon père qui m'a frappée, mon père tant aimé. Mon père libre et batailleur. Le chant des sirènes. Le miroir aux alouettes. Le destin de ma mère. Mon père tant aimé. Je cherchais son contraire.

Avec Gilles, lui-même plus assoiffé d'amour que je ne l'avais jamais été, j'ai cru que je pourrais construire cette forteresse grouillante dont je rêvais. Prudente, j'ai encore attendu cinq ans avant de faire un enfant. Cinq ans de grand bonheur où il ne s'est pas passé de jour que je n'aie adoré Gilles et sa tendresse.

6

De plus en plus paumée.
De plus en plus terrifiée.
Colère tombée.
Reste une angoisse quelquefois insurmontable.

Je suppose que des milliers de femmes ont vécu ça. Mais l'idée n'est pas réconfortante.

A moins d'un miracle, je ne vois pas comment les choses vont s'arranger. Comment Gilles peut rester...

D'une certaine façon, Gilles avec ses «J'ai droit au rêve» disait la vérité. Il avait le droit de rêver à cette fille. Bien sûr. Là où le bât blesse, c'est qu'il a laissé le rêve prendre le pas sur la réalité et la détruire. Le rêve et la réalité auraient pu coexister. Mais Gilles n'a jamais pu faire deux choses à la fois. Il a tout confondu. Résultat, il se retrouve avec un fantasme d'un côté. Des cendres, de l'autre. Le vide.

Il croit avoir choisi «la famille» — moi — plutôt que la fille. Faux. Il a dès le début choisi la fille.

7

Il est à Larchmont. Très gentil. Très mari. Illusion de bonheur conjugal dans cette maison bien bourgeoise qui respire le confort et la sécurité. Les oiseaux de porcelaine sur la table vernie. Le piano des familles. Les décorations florales, épis de blé et lavande séchés. La collection d'œufs en albâtre dans la coupelle. C'est sans idée. Sans laideur. Préservé.

Gilles taille les rosiers. Il pose une rose sur ma table de travail. Et je me laisse bercer. Abusée par l'extraordinaire plaisir que ce puisse être comme avant.

J'ai une telle horreur de souffrir. Un tel goût pour l'amour, la tendresse et tutti frutti, que je me jette avec gloutonnerie sur les quelques miettes qu'il me lance. Un peu rassasiée, je me paie le luxe de prendre de la distance. Mais il est trop tard: j'y ai cru. J'ai cru que le bonheur ensemble était encore possible.

L'absent

Journée de pluie lente et presque douce à force d'être triste.

J'ai envie d'être avec lui, d'être aux creux de lui, comme si je ne parvenais pas à prendre conscience que j'y nage dans le vide. Ça atteint mon cerveau. Pas mes émotions. J'ai compris dans la tête. Le cœur est plus obtus.

8

Mon vieux Gillou,

Je repense à notre conversation d'hier soir, à l'évocation si brève et insoutenable de notre fameux «voyage à Paris», le séjour avec Nanou en janvier. Tu disais que ça avait tout cassé, qu'on n'était pas revenus pareils, que l'effondrement de notre vie datait de ces quatre jours. Quelque chose s'était passé entre nous, qui avait tout fait basculer.

Je repasse en revue mes torts, les tiens, et je me demande pourquoi notre affrontement reste un souvenir qui continue de m'angoisser. Mais que je peux dépasser. Pas toi. En évoquant ce voyage, pourquoi ta voix tremble-t-elle? Tu es au bord des larmes, tu pousses des cris de haine à mon égard. Pourquoi, après ce voyage, as-tu voulu que tout change?

Je me demande si la grande douleur de ce voyage ne serait pas liée à la destruction d'un équilibre autre que le nôtre? A ta relation avec Nanou? A ton enfance et au passage forcé à l'âge adulte?

Toi que j'ai toujours connu en paix près de Nanou, je te voyais t'agiter autour d'elle, tendu, affairé, cherchant à plaire. Tu semblais craindre Dieu sait quoi, que Nanou ne t'aime pas, ou moins, en tout cas plus comme avant. Il est vrai qu'elle se conduisait très différemment à ton regard. Tu avais cessé d'être son bébé, son petit garçon, son amour. Le bébé de Nanou, son amour, c'était désormais Marina. Ce désintérêt de Nanou, j'avais eu l'impression, fugitive, qu'il créait chez toi une panique. Devant ton visage défait, je me souviens de cette peur que j'avais eue pour toi : te sentais-tu abandonné aujourd'hui, comme tu l'avais peut-être été autrefois ? Abandonné par moi ? Mais surtout abandonné par celle dont la passion t'avait porté et probablement sauvé ? La répétition de cette souffrance-là pourrait t'être insupportable...

Et puis j'ai oublié. J'ai perdu pied. En ce moment où je me savais amoindrie par la fatigue, amochée par la grossesse, je me raccrochais à ton regard. Je n'y lisais rien. Ce rien, je le prenais pour de l'indifférence. Mais peut-être s'agissait-il d'un regret, d'une nostalgie ? D'un début de ressentiment pour ce que la naissance de Marina t'enlevait ? Ta propre enfance. Ce que tu appelais déjà « le droit au rêve ».

Pardonne-moi. Je cherche, je tâtonne, je divague. Je ne te donnerai pas cette lettre.

9

Nous descendons chaque jour un peu plus bas.

Je n'atteins rien dans Gilles. Ni la sensibilité — ni rien. Quelquefois la corde sentimentale : ça vibre trois secondes, et ça passe. Je ne le rejoins plus sur rien. Il est ailleurs — il est parti, le petit mari. Et quand reviendra, sais pas.

Je suis si effroyablement « sincère » dans tout ça. Pas une once de séduction, pas une once de roublardise. Je ne joue pas avec lui, comme il joue avec moi. Mes moindres mouvements de l'âme se lisent sur mon visage, sur mon corps... A aucun moment, sur aucun plan, je ne le manipule. Je me dis que c'est parce que je ne *veux* pas. En vrai, c'est parce que je ne sais plus.

On doit tout de même pouvoir aimer, et manipuler en même temps, non?

J'ai oublié tous les trucs.

10

Le soir tard, nous partons nous promener dans Larchmont. Les plantes suintent aux pieds des haies. Les allées tirées au cordeau disparaissent dans les profondeurs. L'asphalte des voies de garage file vers les portes plombées. Pas une âme. Pas un cri. Rien qui bruisse et respire. Au loin, deux phares, quelquefois, balaient dans un brusque tournant les ténèbres sans forme et sans odeur. Une nuit étale. Seul, sec, l'écho de nos pas claque sur les minces trottoirs bitumés. En marchant, Gilles me décrit la fille par le menu. Debbie Janovic. Vingt-sept ans. Originaire du Kansas. Middle Class. De parents yougoslaves. Programmeuse. Il dit qu'elle me ressemble. Même type de femme. Une petite tête de boucles noires. De grands yeux dans une frimousse hâlée. Attaches fines, taille mince, hanches larges. Il me fait un portrait clinique où je me retrouve traits pour traits. Sauf qu'elle, elle affectionne les tailleurs avec de longues vestes d'homme. Je souris et résume: «Elle cache son gros derrière, quoi!» Gilles ne me trouve pas drôle. Il me dit combien il est attiré par elle. «Je trouve qu'elle a beaucoup de charme...» «Elle est curieuse de tout...» «Elle veut apprendre plein de trucs...» «Avec elle tout est possible...» «Avec toi, j'ai l'impression de ne plus rien pouvoir apprendre...» «J'ai l'impression que depuis trois ans, ensemble, on n'a rien appris.»

Je bondis à cette phrase: «Rien appris?»

J'explique que pour moi, au contraire, la naissance de Marina a été un formidable cataclysme, que j'ai l'impression d'avoir eu à travers elle accès à des émotions, à des mondes que je ne soupçonnais pas. A l'extérieur. Et en moi. Qu'au contraire, pour moi, les deux dernières années prenaient la forme d'une ouverture. Et puis je fonds en larmes. Je lui dis que je n'ai pas cessé de l'aimer. Que je n'arrive pas à accepter que ce soit fini, que je n'arrive pas à accepter qu'il ne m'aime plus. Qu'il faut que j'accepte.

Nous passons devant les maisons noires, les pelouses rases, sous les réverbères au néon, le long des terrains gras et je dis toujours en pleurant que, s'il y a une chose au monde à laquelle j'ai cru, c'était nous, que tout ce que j'ai désiré, c'est que «ça marche» toujours, pour Marina, pour moi, pour lui, et qu'il fallait que je renonce, que tout ça n'avait été qu'un rêve et qu'il fallait que je renonce au seul rêve de ma vie, que je n'y arrivais pas.

On s'est assis. Je me suis calmée. Il a parlé. Il a encore dit que depuis le voyage à Paris, il avait perdu sa confiance en moi. Que je ne m'intéressais pas à ce qui l'intéressait. Que la fille et son amour pour elle étaient venus là-dessus.

Nous parlons à nouveau d'elle. Je lui dis que, face à un rêve, je n'ai pas une chance. Je lui dis qu'il ne me laisse plus un centimètre pour exister. Tout ce que je dis, tout ce que je fais, il le compare à ce qu'elle dirait, à ce qu'elle ferait. Mais «Elle» n'est même pas réelle et donc il peut lui faire dire, lui faire faire ce qui lui plaît.

Quelle chance ai-je de gagner une telle bataille? Zéro. Il désire donc que je la perde et qu'on se sépare. C'est son droit. Mais qu'il ne vienne pas me raconter qu'il m'a choisie, moi, puisqu'il «ne l'a pas sautée, elle».

Il me dit combien il a lutté pour préserver «la

famille». Il pleure sur ses supplices et pleure sur ceux de la dénommée «Debbie». Il me dit combien il l'a torturée. Il me dit aussi qu'il a rompu avec elle, qu'il l'a quittée, qu'il la somme chaque jour de le laisser tranquille. Maintenant Debbie souffre, l'évite, et ne lui parle plus.

Je remarque que je ne vois pas bien comment on peut «rompre» avec une femme qu'on n'a pas touchée. Comment on peut quitter quelqu'un avec lequel rien ne s'est passé. Je dis aussi que je le crois. Je suis sûre qu'ils n'ont pas fait l'amour. S'il avait couché avec elle, il ne m'aurait pas fait payer leur abstinence tout l'hiver. S'il avait couché avec elle, il aurait été moins méchant avec moi. Il sourit à cette réflexion. J'ajoute qu'il faut qu'entre eux, il se passe ce dont ils rêvent tous les deux. C'est ma seule chance.

Je finis par m'exclamer:

— Saute-la, bon Dieu! Après on parlera...

Nous rions tous les deux et repartons bras dessus, bras dessous vers la maison.

Tristesse. Tristesse. Tristesse.

J'ai l'impression que les eaux se sont refermées sur moi ce soir. Je m'enfonce.

Gilles se couche et s'endort tout de suite. Je ne dors pas de la nuit. Je finis par m'enrouler sur le sol dans une couverture aux pieds de Marina, dans sa chambre.

11

Aucun bruit ne distrait Gilles de ses pensées, de ses rêves. «J'ai bien droit au rêve!» répète-t-il encore et toujours. «J'ai droit au bonheur.» Bien sûr — tout le monde a droit au bonheur!

Dimanche, lèvres closes, il se prépare son petit déjeuner qu'il va se monter tout seul au lit. Immobile dans la cuisine, la tête inclinée sur l'épaule, ses longs cheveux blonds dans les yeux, Marina suce son pouce et le regarde. Elle ne fait pas un geste vers lui. Gilles passe devant elle. Il la frôle et s'en va. C'est insoutenable. L'acceptation dans les yeux de Marina qui le suivent longtemps après qu'il a disparu. Le silence qui stagne, l'air qui croupit. Atmosphère de cercueil. Capitonnée. Ouatée. J'ai du mal à respirer. Je l'emmène au parc.

Marina se laisse pousser sur la balançoire. Je reconnais ma vieille solitude d'enfant unique, quand les autres, en famille, n'avaient pas besoin de jouer avec moi pour s'amuser.

Le soir, Gilles fait un effort pour s'occuper de Marina. Portique dans le jardin. Frisbie. Marina rit et court. J'ai une seconde l'illusion que nous sommes heureux.

Après le dîner, nous parlons de nos vacances — sept jours à Paris début septembre. Si nous les passions l'un sans l'autre? Une petite semaine de liberté. Une semaine ou même davantage, s'il le désire... Disons un mois.

Je propose que durant ce mois nous prenions du silence, du repos, de la distance. Peut-être en nous donnant un peu de temps, cette crise s'apaiserait-elle? Peut-être n'est-ce qu'un mauvais rêve? Pour le moment, nous dramatisons. Autant arrêter les dégâts et prendre un peu l'air. Il refuse.

J'insiste:

— Je ne veux pas continuer à faire mine, à donner le change devant les parents quand entre nous rien ne va plus...

— Au contraire: passer ensemble une semaine à Paris donnera de la réalité à notre relation.

— Je ne vois pas comment tricher peut donner la moindre réalité à une relation. La seule réalité pour le moment, c'est que ça ne marche pas... Fais ce dont tu rêves: reprends ta liberté, passe une semaine sans moi à Paris. Tu y verras Geneviève, tes amis, tu feras tout ce que tu prétends ne plus pouvoir faire à cause de moi.

— Si tu veux... Okay... Donnons-nous un mois de silence et de paix.

Nous convenons que je pars avec Marina quelques jours avant lui, qu'il la retrouve à Paris, mais que nous deux, nous vivons notre vie, que je rentre à New York quinze jours après son retour. Le 8 octobre. Un mois.

— On réfléchit... Et puis on tente de sauver l'essentiel.

L'idée de m'en aller, de quitter ce bateau qui coule et ce Larchmont où Gilles m'enferme dans ma solitude et ses problèmes, germe. Reprendre ma vie en main, enfin ! Je me suis endormie hier avec un peu d'espoir.

Quand j'ai dit à Gilles que je voulais quitter Larchmont, rentrer à New York pour préparer mon voyage d'un mois, il m'a répondu que son costume était chez le teinturier et que je devais le récupérer avant de quitter la maison. Il me traite comme sa bonne.

Je reste à Larchmont ce mardi pour récupérer le costume.

12

New York

La préparation de ce voyage me fait du bien. Pourtant, ironie, j'ai envie de tout sauf de partir, sauf de le quitter. Que va donner la relation de Gilles et sa nana en mon absence? Si ça marchait?

Je regarde mes habits en petits tas sur le lit et, par-delà cette chambre dévastée, les cimes fluorescentes des buildings qui hérissent la nuit, les lumières rouges qui remuent comme des molécules en fusion derrière la vitre close. Pas un bruit. La rumeur de New York ne me parvient plus. Dans ma tête, c'est le silence absolu. Sous l'eau. Avec quelquefois dans l'oreille les pulsations de mon sang qui tape, lourd et sourd.

13

J'ai donné à Gilles les clefs de mon studio rue Galande. Coup de chance, l'étudiante qui le sous-louait est partie en juillet. Il y habitera parce que habiter chez sa mère la dérangerait. Moi, j'habiterai chez mon amie Charlotte.

Mais le soir, presque violent, il demande :

— Dis donc, est-ce qu'il y a toujours le téléphone rue Galande ? Parce que sinon, je m'installe ailleurs ! Ah, et puis est-ce que tu as bien dit à la baby-sitter qu'elle continue de venir travailler ici pendant l'absence de Marina ? Parce que sinon, qui me repassera mes chemises ? Qui fera mon ménage ?

Non mais je rêve ! Ou bien j'ai rêvé pendant sept ans.

Je ne sais plus en face de qui je suis.

Jamais le Gilles que je connais ne se serait intéressé à son ménage en pareilles circonstances.

Notre vie s'effondre et nous ne nous occupons que de détails pratiques. Je réponds :

— Il n'y a probablement plus de ligne rue Galande. L'électricité aussi doit être coupée... De toute manière, puisque je vais rester un mois à Paris, j'aimerais ne pas trop traîner chez Charlotte, je préférerais même m'installer vite dans le studio avec Marina.

Je n'ajoute pas que je trouve gonflé de sa part qu'il habite mon studio d'étudiante tandis que je campe ailleurs. Des colères me prennent contre son égoïsme. Colères passagères, totalement noyées dans ma tristesse.

Aucun de nos amis ne se doute que les choses vont mal. Ron et Jane, auxquels j'ai tout avoué cet après-midi, sont tombés des nues : « Gilles, s'exclament-ils, avait l'air fou de toi, tellement amoureux ! » Les apparences. Je savais bien, moi, que depuis la naissance de Marina, Gilles n'était plus « amoureux ». Mais il oscillait et je n'ai jamais cessé de reprendre espoir. Même maintenant. Même ce soir. J'ai cru sentir entre nous la vieille complicité. Mirage.

Je commence à avoir deux images de lui qui se superposent et s'annulent. Celle du « gentleman » que j'ai épousé. L'incarnation de la probité et de la gentillesse. Et celle d'un fils de famille qui vous marche dessus avec des chaussures cloutées, soucieux simplement de son bien-être et de ses besoins.

Aurais-je rêvé l'homme que j'aime?

14

Ce qui m'avait séduite chez Gilles, ce que j'ai tant aimé, c'est sa délicatesse. Je découvre une brutalité que je n'ai jamais vue. Pas une fois en sept ans... La délicatesse, et puis aussi l'authenticité. Gilles ne se vendait pas, il ne trichait pas. Comparé aux mecs des assurances ou à ceux que j'ai connus dans le cinéma, il a ce courage d'être ce qu'il est. On peut se demander même ce qu'il fait dans les affaires tant les notions d'intérêt, de profit lui sont étrangères. Sa façon de ne pas se pousser, de ne rien souligner. De rester en deçà des choses qui ne comptent pas. Cette distance, je l'ai prise, je la prends pour de la philosophie. Une sagesse à l'orientale qui n'exclut ni la passion, ni l'humour. L'esprit de Gilles — au second, au troisième degré, des mots pince sans rire qu'il distille à voix basse. Un murmure. Inaudible. Toujours mordant. Jamais méchant. Et que personne ne relève, parce que personne ne l'entend. J'aimais ça aussi, être la seule à goûter le sel, et le fiel, de ses plaisanteries.

Je me rappelle un dîner au «Four Seasons», le restaurant le plus surfait du show-biz new-yorkais. Nous célébrions la vente de mon premier scénario aux Américains. Un grand agent d'Hollywood qui accepterait peut-être de me représenter — je l'espérais — nous invitait, Gilles et moi, dans cette caverne qui passait alors pour le Q.G. des éditeurs à succès et des producteurs. On n'y voyait pas ce qu'on mangeait tant les lumières rasaient les pieds. On n'entendait rien de ce qu'on se disait tant les murs réverbéraient les voix. On ressortait écœuré, tant la cuisine était grasse. Mais le «Four Seasons» valait le déplacement.

Après le passage du chef et du sommelier venus nous saluer, l'agent nous en mettait plein la vue en nous abandonnant pour papillonner de table en table. Sean Connery, Jacky Bisset, Paul Newman... Bisous.

— C'était mon vieux copain Redford, expliquait l'agent revenu s'asseoir près des ploucs que nous sommes... Vous savez, l'acteur...

— Ah oui, la star! se moquait Gilles dans l'ironie d'un demi-sourire. Jouant les andouilles: — Et celui-là, c'est qui?

— Woody Allen! haletait l'agent qui se relevait déjà.

Gilles, caustique:

— Pourquoi vous fatiguer à nous présenter des gens que nous ne reverrons jamais?

— Inutile, en effet.

L'agent, un grand beau gars à lunettes, la cinquantaine sonnée, trouva, en dépit de sa bougeotte, le moyen de nous «expliquer» tout 1914, tout 1940, les «voix» de Jeanne d'Arc, les débordements sexuels des Borgia... C'est alors que je crus sentir une pression contre ma jambe. Son genou? Je devais me tromper. Je m'écartai. Le genou suivit. Je m'écartai encore. Sûrement une fausse impression. Au-dessus de la table, de lui à moi, pas trace, pas signe de séduction. Le regard de l'agent continuait de filer vers la porte qui s'ouvrait. Il continuait de se précipiter pour étreindre qui entrait, et de se rasseoir en me bousculant. Mais cette fois, aucun doute, son genou se collait au mien. Il le pressait même si violemment que mes jambes vinrent heurter celles de Gilles. Croyant à son tour que je lui faisais du genou, ravi de la passion avec laquelle je le pressais, Gilles se mit à pousser de toutes ses forces en sens inverse.

Résultat : mon genou vint cogner celui de l'agent qui répondit en poussant de plus belle. Brusquement, je reculai ma chaise. Les genoux des deux hommes se carambolèrent : un épanchement de synovie. Au niveau des têtes, rien : Gilles et l'agent — imperturbables. Maintenant il nous «faisait» l'Espagne. Son flamenco. La tragique beauté de ses courses de taureaux.

Gilles, qui parle couramment espagnol, et qui a peut-être vu cent corridas, laissait dire.

— En vérité, je vous le dis, conclut l'agent, tragique et péremptoire, il y a Quelque chose entre l'homme et le taureau !

— Oui, gronda Gilles entre ses dents... Les cornes !

15

Plus je pleure, moins il m'aime. C'est bête, mais c'est comme ça. Et comme en plus, au bureau, sa Debbie lui fait la tête, comme elle lui dit qu'elle souffre, qu'elle l'aime, mais qu'elle n'aura pas «de liaison avec lui tant qu'il sera marié», ma présence, mon existence l'insupportent. En le laissant réaliser ses fantasmes, j'ai tout à gagner.

«Dès que tu seras partie, tu lui manqueras, me téléphone de Paris mon amie Charlotte... Il va se rendre compte combien vous êtes importantes, Marina et toi. L'essentiel, c'est vous : il en prendra conscience avec un peu de distance.» Je l'espère. Mais quel risque !

L'idée qu'il tienne Debbie dans ses bras, qu'il l'embrasse, qu'il lui murmure qu'il l'aime, le bouleversement de son visage pendant l'amour avec elle me torturent et m'affolent.

De toute manière, il fait l'amour avec elle depuis si

longtemps dans sa tête, et si bien, que je ne peux perdre Gilles davantage.

C'est un comble : moi qui n'aime que lui, j'en viens à accepter, presque à espérer, qu'il couche avec une autre femme.

Je me sens complètement coincée. Je désire de toute mon âme qu'il m'aime à nouveau comme je l'aime. Mais je pars. Et j'ai peur.

Je ne parviens ni à manger, ni à dormir. J'avance en rêve, avec un esprit qui maintenant cliquette sans arrêt.

J'organise le nouveau voyage. Je tente de songer à l'essentiel. C'est une idée fixe. Ne pas oublier l'essentiel des vêtements de Marina, de mon travail pour un mois.

Préserver l'essentiel — Gilles.

J'ai l'impression d'être en train de mourir et de m'accrocher à la porte.

16

Je pars ce soir. Ce matin, nous sommes allés inscrire Marina à sa première école. Tous les trois. Gilles brusquement concerné par l'avenir. L'illusion de notre entente, les espoirs que sa présence soulève quand nous sommes tous les trois sont plus douloureux encore que son « absence ».

Nous allons déjeuner au restaurant.

A nous voir, qui se douterait ? Nous sommes plutôt beaux tous les trois ensemble. Tous les trois. Gilles, baraqué dans sa grande Lacoste bleu ciel, la fossette au menton, l'œil et les sourcils très noirs sous les mèches folles et blondies par le soleil, qui s'affaire, prévenant, autour de ses femmes. Il assoit la plus jeune à côté de lui, tire la table pour que l'autre s'installe sur la banquette. J'ouvre ma jupe en corolle. Je secoue mes anneaux et mes boucles. Marina se tient très droite dans son Osh-Kosh rose, fière et «fille» avec ses cheveux couleur de blé, sa barrette et ses taches de rousseur. Elle lui ressemble. Mêmes fossettes, même rondeur dans le bas du visage, même blondeur. Même regard noir, tendre et mouillé. L'eau sombre de leurs regards. Pourtant, les yeux, on pourrait croire... Mais non, les miens sont plus clairs. Quand Gilles m'aimait, il disait que j'avais les prunelles d'un gris-bleu d'ardoise au soleil.

— Ça va, Lise? Tu es installée confortablement? Les renoncules ne te gênent pas? Qu'est-ce qui te ferait plaisir à déjeuner?...

Tiens? Retour aux bonnes vieilles délicatesses?

Gilles connaît le nom des fleurs, toutes les fleurs qu'il sait choisir et dont il fait des bouquets. Je ne l'ai même jamais vu refuser la rose des marchands ambulants qui passent les nuits d'été dans les restaurants new-yorkais. Il les achète par brassées, autant pour me les offrir que pour faire plaisir aux fleuristes, qu'il débarrasse d'un coup de leur stock. Faire plaisir — le mot d'ordre de Gilles. La clef de son exquise courtoisie. Une galanterie d'un autre temps.

Il s'efface pour laisser passer les dames, s'esquive pour payer l'addition, abandonne sous sa serviette des pourboires royaux. Discret. Silencieux. Invisible. Il cède aux voisins le taxi qu'il attend et reconduit sous la pluie les touristes égarés. Quand il traverse, il aide les vieux, dirige les aveugles dans l'escalier, ne croise pas un clochard sans vider ses poches. Moi, cynique, j'ai souvent voulu croire qu'avec sa compassion de bourgeois, il s'achetait une bonne conscience pour pas un rond. Mais dans le métro, alors que toute une foule l'en séparait, je l'ai vu s'approcher d'un type à très sale gueule qui écrasait sa chaussure crottée sur le genou d'une fille assise. La fille n'osait pas bouger. Les gens laissaient faire. Sans un mot, Gilles a pris le pied et d'un coup sec, l'a fait sauter par terre. J'ai cru que l'homme allait le tuer. Ils se sont toisés. Le type s'est tiré.

Il a commandé le déjeuner. Affaissé, il fixe la nappe. Ou bien les fleurs qui ploient. Je le cherche. Je cherche ses yeux, sa voix. A travers la table, j'attrape son poing que je serre et supplie : « Gilles, sauve-nous... Je ne peux rien. Sauve-nous ! » Il hoche la tête, ne dit rien. Ses yeux ne se lèvent pas. Il soupire et retire sa main.

Marina gigote. Il lui a acheté tout à l'heure une peluche rose et poilue qu'elle baptise « Lapin Gros ». Gilles grignote. Je chipote. Nous n'arrivons à rien. Je parlote. « L'heure de l'avion », « la fatigue probable de Marina ». Gilles n'écoute pas. Il paie. Nous sortons.

Moite et nouée sur l'immonde Madison, je songe que Gilles et Marina se reverront à Paris dans trois jours. Mais nous — nous, rendez-vous ici dans un mois ! Entretemps, il aura sauté sa Debbie, ou non. Quoi qu'il arrive, il saura s'il m'aime, ou pas. Non — ça n'est pas la formule —, combien « la famille » est importante. Non, ça n'est pas non plus la formule. Enfin peut-être *saura-t-il* tout court.

J'ai le sentiment que mon sort est entre ses mains. Toute ma vie et celle de Marina — je n'aime pas ça.

J'attends l'heure du départ. Je tremble de tristesse de le quitter. Tout en moi l'appelle. Je tremble d'impatience de m'en aller et de sauver ma peau.

17

Nuit blanche dans l'avion. Marina, qui partage mon siège, remue et se tortille. Trois heures durant, elle envoie ses bottines dans les côtes de mon voisin. Un commercial rougeaud, rondouillard et jovial qui m'explique qu'il vient de vendre des tonnes d'engrais à ces mômes d'Amerlocks. Des enfants de chœur. Marina grimpe sur ses genoux, saute sur son ventre, lui tombe sur les pieds et remonte dans ses bras. Elle finit par s'endormir au sol entre nos deux sacs. En le remerciant de sa gentillesse, j'éteins ma loupiote. Dans l'ombre feutrée des allées, les jupes des hôtesses glissent d'un passager à l'autre. Fermer les yeux. Reprendre souffle. Me calmer. Me reposer. Dormir. J'entends haleter à mon oreille une voix.

— Je suis désolé...

Dormir. Je sombre.

— ... Il faut que je vous parle ! Tout de suite ! Absolument !

Ma tête roule sur le coussin, j'ouvre un œil : de rouge, mon voisin a viré au grenat. Un visage en décomposition. Je me redresse. Il attaque :

— Je suis un écorché vif !... — Il inspire, avale, éructe : — Je suis cocu... et ma femme me quitte !

Surréaliste. Dans tout l'avion — je regarde à droite, à gauche —, je devais tomber sur ça ! Un confrère... Bienvenue au club. Je lui prête une oreille sympathisante.

— ... Peut-être pourriez-vous m'expliquer, vous... Ma femme me dit que c'est une question de génération. Elle dit qu'elle a voulu tout concilier. Le travail, le mari, les enfants. Paraît que finalement, ça ne marche pas comme ça, que dans la vie, une femme doit toujours sacrifier quelque chose... Donc le truc qu'elle sacrifie, c'est moi. Elle a pris un amant, un collègue, ça fait un an que ça dure. Vous — expliquez-moi ! Vous êtes de la même génération qu'elle...

Que dire ? Je gagne du temps :

— Elle a quel âge, votre femme ?

— Jeune. Comme vous. La quarantaine.

Il est myope, ce type ! Je sens mes oreilles se fermer comme deux écoutilles... Pas étonnant qu'elle le quitte.

A moins que cet été à Larchmont m'ait collé dix ans d'un coup. Je voudrais rire, je ne parviens qu'à glousser.

Vite, quelques mots de consolation. Je bredouille: «Allons, ça n'est pas désespéré», «Allez, ça s'arrangera», puis plongeant dans mon sac, je farfouille:

— Un petit somnifère homéopathique?

Tentante, je lui offre ma pilule.

Dédaigneux:

— Merci, non... Vous savez... — Il clame: Je tiens le coup!

Je souris.

— Pas moi.

J'avale le somnifère tout rond et m'assoupis. Quand — nouveau sursaut — mon voisin m'agrippe l'avant-bras, m'enfonçant ses ongles dans la chair. Hargneux:

— Vous croyez que je devrais me venger?

— Surtout pas!... C'est à vous que vous feriez du mal.

Il opine.

— Vous avez raison.

Toute la nuit, il me bassine avec ses histoires. Les miennes.

CHAPITRE II

À REBOURS

18

Paris

Mes vieux amis, Charlotte et Jacques, viennent nous attendre à l'aéroport. «Dis donc, dit Jacques toujours direct, tu en as une tête!» Pendant que je prends mes valises, je l'entends murmurer: «Qu'est-ce qui lui est arrivé? C'est dix ou vingt kilos qu'elle a perdus?»

En arrivant dans leur vieil appartement du boulevard Saint-Michel, les lattes du parquet qui chantent sous les pas, le linge qui goutte dans la cuisine, la *Lettre à Elise* qu'ânonne mon filleul sur le piano — je me précipite dans leurs bras. Sauvée! Jacques m'étreint sans comprendre, Charlotte, complice, me gratte le dos, Marina et leurs trois fils gloussent en me pinçant les fesses. Sauvée! Le téléphone sonne.

— Lise, c'est pour toi.

Mon cœur se fige. Si c'était Gilles?

— Allô.

— Bonjour, tu as fait bon voyage?

C'est lui. Je suis terrifiée et obscurément contente. Contente d'entendre sa voix. Contente qu'il ait appelé.

— Oui, très bon.

— Il faut que je te parle... tout de suite, inutile d'attendre un mois.

Mon cœur s'emballe. Il a réfléchi! Il s'est rendu

compte qu'on lui manquait. Marina, et moi. Que c'était un rêve, tous ces mois d'hésitation — un mauvais rêve, sans réalité... Il veut me le dire.

— Écoute, Gilles, on a beaucoup parlé tous ces mois. Je préfère qu'on ne parle plus. Qu'on respecte cette période de silence. On a tellement parlé !... Enfin, si c'est urgent, tu sais où me joindre...

— Bon... Comment va Marina ?

— Pas mal. Elle a embêté mon voisin pendant tout le voyage, il était bonne pomme. Elle l'a séduit. Tu sais, Marina et les hommes...

On rit un peu sur le besoin de séduire de Marina.

Puis on se sépare sur le mode léger. Naturels. Je raccroche — heureuse. Dans le couloir, je tombe sur Charlotte. Une angoisse brusque me saisit :

— J'espère ne pas l'avoir rembarré... Il a demandé à me parler. J'ai refusé. J'ai dit que je préférais ce silence d'un mois dont on est convenus. J'espère ne pas avoir eu tort.

— Écoute, vous avez suffisamment parlé. De toute manière, il vient et sait où te joindre... Tu verras bien.

*

Deux jours sans lui. Gilles arrive à Paris aujourd'hui.

Nous dînons, Charlotte, Jacques et moi, dans la cuisine. Les petits carreaux d'un blanc-bleu. La lourde table en Formica jaune avec son plateau moucheté. Le garde-manger sous la fenêtre... Home, sweet home. Je regarde la blonde Charlotte qui nous sert à longs gestes les bonnes vieilles pâtes Panzani. Un goût de tomate dans la bouche. Une odeur d'herbes de Provence dans le nez. La sécurité. Je me sens presque bien, presque heureuse. Jacques, qui m'observe et ne sait peut-être rien, s'étonne de ma présence à Paris. En tournicotant ses spaghettis, il me tarabuste sur mes aller et retour.

— Comment va Gilles?

— Bien.

— Où est-il?

— A Paris, je crois.

— A Paris! Tu crois? Ah... — Silence. — Toi, tu es ici... et lui...

— Il est chez sa mère.

Jacques plonge dans son assiette. J'avoue:

— Gilles et moi sommes séparés pour quelques semaines. Ça ne marche pas très bien entre nous.

Le téléphone sonne. Charlotte va répondre. Je reste face à Jacques. Un peu raide, le cheveu ras, l'œil intelligent qu'il tente de rendre terne, il ne sait trop quoi me dire. Charlotte revient:

— Lise, c'est pour toi.

— ?

— C'est Gilles.

Je me lève, glousse:

— Souhaitez-moi bonne chance.

Je tremble d'excitation et de bonheur. Il ne peut pas attendre plus longtemps pour me dire combien tout ça est absurde. Il a peur qu'il soit déjà trop tard.

— Allô?

— Lise, ce n'est pas la peine d'attendre un mois... Dans un mois, ce sera la même chose... C'est inutile... Ma décision est prise... Quand tu rentreras à New York, j'aurai déménagé... Je désire que nous nous séparions.

Je ne peux plus respirer. Je manque d'air. D'eau. De voix. Je fais un effort. Je crois que je parviens à dire:

— Bien. Maintenant, je vais retourner dîner.

Soulagé, expéditif, il conclut:

— C'est ça. Salut.

Il a raccroché.

J'ai eu un éblouissement et suis tombée au pied du lit. Je n'ai plus une goutte de sang dans le cœur. Je finis par me lever et retourne dans la cuisine. Je rencontre le regard interrogateur de Charlotte et fonds en larmes:

— Il veut qu'on se sépare.

Je sanglote, elle se lève et murmure :

— C'est peut-être mieux ainsi.

Je ne peux plus m'arrêter de pleurer. Charlotte me propose de sortir, d'aller marcher un peu. Nous rasons les grilles hérissées du Luxembourg. Cette fois, le cauchemar est devenu réalité.

19

Septembre

Je me tourne et retourne sur le matelas tandis que, dans son sommeil, Marina geint: «mon lapin»; quelquefois «mon lapin» devient «mon papa». Je n'arrive pas à accepter, ni à comprendre, ni à rien du tout. Je réentends sa voix au téléphone: «Ma décision est prise. Quand tu rentreras à New York, j'aurai déménagé. Je désire qu'on se sépare.» Mon esprit s'est arrêté à cette phrase. Tout s'est arrêté. Les tempes me battent. Grands coups de masse dans les yeux. J'ai comme un vertige dans le noir. Et toujours cette phrase: «Je désire qu'on se sépare.» Chien fou qui tourne sur lui-même et court après sa queue, mon esprit s'enroule. J'y reviens, j'y retourne. «On se sépare», ma pensée se bloque, je me lève, le parquet grince, je me recouche. Marina glisse contre mon dos sur le matelas qu'on partage, elle perd son lapin, pleure sans se réveiller, je tâtonne, palpe les draps, rampe jusqu'à la lampe, allume, elle geint. Je retrouve le lapin qu'elle saisit en se roulant dessus. Jusqu'à ce qu'elle le perde à nouveau dans ce lit trop grand pour nous deux.

L'idée fixe se transforme en chahut, ça crie dans ma tête. Pourquoi s'est-il décidé si vite? Seul, libre à New York, il pouvait sauter la fille! J'avais accepté. Tout.

Nous nous étions donné quatre semaines. C'était notre chance. Quatre semaines pour réfléchir. Notre seule chance et il ne l'a pas prise ! Si pressé de se débarrasser de moi ? Au point de m'exécuter par téléphone en trois minutes à la sortie de l'avion ? Si vite ! Sept années de vie réglées et terminées par téléphone en trois minutes.

Je me force à le traiter de « brute », de « lâche ». Mais non, je n'ai pas de colère. Rien qu'un chagrin qui, je le sais, ne fait que commencer.

En m'accompagnant à l'aéroport mercredi, il savait ! Il sait depuis le début qu'il ne veut plus vivre avec moi !

L'aube me trouve drainée. Je n'ai plus ni salive, ni sang, ni suc, ni sève. Ni peau, ni chair. Pelée. Un os de seiche. Plus d'humour, plus même de brio dans la révolte. Rien.

Je me dis alors que c'est fini, que maintenant je n'ai plus le choix, qu'il faut recommencer à vivre. Mais la mort est présente. Là. En moi. Je tente à nouveau de me débattre, de raisonner, de comprendre. Inutile. Mes pensées, mes élans, tout se heurte à cela — on se sépare.

J'essaie de revoir ce qui s'est passé, de revivre comment c'est arrivé. Peine perdue. Je meurs idiote.

Tout à l'heure, demain, plus tard, je réfléchirai à ce qui l'a rendu si malheureux. Tellement malheureux qu'il n'a pas supporté d'attendre pour en finir. Où l'ai-je trahi ? Qu'ai-je fait ? Je garde ce sentiment de n'avoir jamais cessé de l'aimer. Et d'avoir été avec lui aussi heureuse qu'on peut l'être. Pas lui, manifestement ! L'horrible malentendu.

La certitude d'avoir rendu malheureux Gilles que j'aimais me noie dans le délire.

Au jour, je tiens Marina contre moi. Elle est bouillante. Elle a 40° de fièvre.

20

Marina a toujours 39°. Je dois retrouver Papa à treize heures devant son laboratoire. J'y arrive à tâtons. Voir Papa avant qu'il ne parte à l'étranger. Je l'attends près de la fontaine. Je n'entends que l'eau qui bouillonne. Un mur d'écume. Ça bourdonne, le cœur, le sang. Un flot opaque. Cotonneux. Ne pas lâcher prise. Ne pas perdre pied. Marina ! Du regard, je cherche un téléphone. Charlotte me dit que la fièvre de Marina ne baisse pas. Elle me donne le nom de son pédiatre. Le doigt mou, j'appelle. Seul rendez-vous possible : maintenant. La cascade me submerge. Je rappelle : Charlotte me jure de conduire Marina. Je retourne à la fontaine.

Comme dans les cauchemars, le but recule à mesure que j'avance. Le but — voir Papa avant qu'il ne parte en voyage. Il trouvera, lui, le mot de l'énigme. Depuis l'enfance, j'ai ce sentiment, très fort, que mon père me protège. Non des difficultés. Ni des souffrances. Ni du danger. Mais de ce qui peut arriver de pire. Le mal ultime. La mort. Lui vivant, je ne peux pas mourir.

De par sa double vocation de biologiste et d'inventeur, il garde à mes yeux ce côté « marraine de Cendrillon ». Le génie bienfaisant qui surgit au moment où l'espoir déserte. Je n'ai recours à sa magie que parcimonieusement. Mes trois vœux, je les garde pour les cas extrêmes et tiens ses pouvoirs à grande distance.

Mais je sais qu'en des sphères où je n'ai pas accès il veille : à elle seule, cette certitude, qui ressemble peut-être à l'espérance, rend tous les maux supportables.

Ulla, sa seconde femme, détient les pouvoirs complémentaires. Une autorité plus pratique. Les choses de la vie. C'est elle qui rend possible que la citrouille se transforme en carrosse. Elle aussi qui prévient qu'au douzième coup de minuit, finie la comédie. De Papa et d'Ulla, j'attends plus qu'un soutien, plus qu'une solution : la clé, pour comprendre.

Le jet d'eau susurre dans mon dos. Je me dis que Papa lui-même est passé par où je passe, la mésentente, la séparation. La grille de son expérience en matière conjugale. Ulla s'avance. Grande. Mince. Déliée. Elle a gardé son élégance d'ancien mannequin. J'ai connu Ulla quand j'avais dix ans. Elle, dix de plus. A l'époque, je la voulais pour sœur, pas comme belle-mère. On s'en sort à mi-chemin : complices et tendres. « Ton père, dit-elle avec sa pointe d'accent suisse-allemand, est en rendez-vous avec son associé de Brême. » Nous l'attendons ensemble. Je tente de raconter à Ulla ce qui se passe avec Gilles. Elle m'interrompt :

— Ma chérie, je suis inquiète pour ton père et sa santé.

Mon cœur se fige.

— Qu'est-ce qu'il a ?

— Je crains qu'il ait un cancer, ma chérie.

Je me plie en deux. Le poignard dans le ventre. Mon foie, mes viscères, tout en moi se recroqueville et remonte. Les larmes, plutôt les sanglots, jaillissent. Je ne peux plus me contrôler. Elle poursuit :

— Peut-être pas très grave... Une grande plaque sur le dos. Une tache qui a grossi et qui desquame.

— Comment sais-tu qu'elle est cancéreuse ?

— Je ne le savais pas. Le danger, c'est que le cancer ait métastasé. Pris trop tard, le cancer de la peau se propage très vite. Dans tous les organes vitaux. Mais ton père est en excellente forme. Surtout, ne lui dis rien. Il a fait des analyses, mais prétend ne pas se douter du danger. On lui a ôté le grain de beauté. Il me fait croire à la routine. J'aurai les résultats complets au retour de voyage. Mais il va bien. Il n'y a pas urgence.

Je n'écoute plus.

Elle conclut en me disant qu'on va maintenant déjeuner au restaurant avec l'associé de Brême.

Les larmes m'étranglent — je dis que je ne peux pas.

Elle dit qu'elle monte décommander l'associé pour que nous déjeunions tous les trois. Elle me laisse sur le trottoir.

Je ne pense qu'à Papa.

Pendant le déjeuner, nous devisons sur l'avenir. Je tente de suivre ce que dit Papa. Je ne vois que ses cheveux trop gris, les taches de son sur ses mains, son regard d'acier que je trouve éteint et fatigué. Il est peut-être malade et ne veut pas le savoir. Il me suggère de voir un avocat. De quoi parle-t-il ? Connaître les risques que je cours, si je décidais de ne pas rentrer à New York le 8 octobre. Ne pas rentrer à New York ? Mes pensées s'agitent et se cognent.

Une angoisse qui monte. Et soudain, c'est l'affolement, bientôt la panique à l'idée de retourner si vite à l'enfer de cette dernière année... Dans trois semaines, je replonge au cœur de l'isolement et du silence. Mais cette fois, sans ma raison d'être. Sans Gilles. Comment supporter cette solitude, maintenant que Gilles m'a ôté jusqu'à l'espoir de ne pas le perdre ?

New York. Sans Gilles. Je n'ai rien à faire, moi, à New York — sans Gilles !

Ni carte verte, ni permis de travail, mon statut ne repose que sur mon visa d'épouse. Comment survivre à New York sans Gilles ? Même avec mes droits d'auteur sur le scénario que j'ai vendu aux Américains, je ne pourrai pas payer un loyer de Manhattan ! Laisser Gilles payer mon loyer ? Alors qu'il habite ailleurs ?... Je l'imagine, qui me dépose mon argent de poche, une liasse de dollars sur un coin de table en fin de semaine, et puis qui repart vivre avec Debbie. Comment accepter d'être dépendante de lui, quand il ne m'aime plus ? Foutue pour foutue, et tant qu'à être seule, je préférerais rester à Paris. Rester à Paris. Rester près de Papa. S'il a un cancer...

Mais Ulla dit que si je ne rentre pas à la date prévue, je risque d'être accusée d'avoir déserté le domicile conjugal. Si je ne rentre pas, je risque qu'on m'ôte la garde de Marina. Marina ! Je m'insurge :

— Gilles ne fera jamais ça !

Mon père et sa femme secouent la tête. Dans leur regard, j'ai lu cette interrogation : « Qui est Gilles ? L'as-tu jamais su ? »

Que leur répondre ? Que défendre ? Je ne suis plus sûre de rien !

Ils demandent, et c'est presque un reproche :

— Tu n'aurais pas imaginé que ton mari puisse te quitter ainsi, n'est-ce pas ? Alors, ce qu'il fera, comment le prévoir ?

Ils viennent d'agiter le spectre de cette peur qui me bouleverse depuis des mois : est-ce que je connais l'homme de Larchmont ?

— Lise, retombe sur terre !... Tu ne peux plus te permettre de laisser l'avenir au hasard !... Tu dois, insiste Papa, prendre conseil d'un avocat.

Le seul qu'il connaisse, le seul qui me donnera un rendez-vous rapide, Paul de Bearn. L'homme qui a plaidé le divorce de mon père contre ma mère. Oh, ironie !

21

Chez Bearn, le train roule sans moi. Je suis une loque. Perdue dans les luxueux fauteuils du luxueux bureau de « Paul ». Mondain. Superbe. Si je n'étais pas dans un tel état — ce serait à se rouler par terre de rire. C'est tout juste si je n'ai pas mon réticule sur les genoux, les genoux et les chevilles serrés, l'air d'une pauvre cloche accusée et victime. Bearn me jauge. Je finis par prendre la parole. Au bord des larmes et embrouillée. Bearn conclut :

— La séparation de corps n'avance à rien. Si vous désirez un jour divorcer de Gilles, vous n'avez aucune «preuve». Ni scènes. Ni lettres. Et donc, en ne retournant pas là-bas, vous vous mettez dans votre tort. Vous devez donc rentrer dare-dare à New York. Pas le 8 octobre comme prévu, mais tout de suite. Une fois sur place, attendre qu'il déménage. Faire constater qu'il n'habite plus au domicile conjugal et demander soit séparation, soit divorce. Bref, accumuler les preuves démontrant que c'est lui qui veut se séparer et fait ce qu'il faut pour. Sinon, vous risquez de divorcer à vos torts, ce qui serait tout de même le bouquet.

«Preuves», «torts» — ce vocabulaire m'estourbit. Avec le mot «divorce» — c'est l'estocade... J'essaie de rattraper le fil.

Le conseil de Bearn — retourner sur l'heure à New York et piéger Gilles — me fait horreur. Prendre Gilles en flagrant délit ne m'intéresse pas !

— Qu'est-ce que je risque en divorçant à mes torts?

— Pas de pension.

— Est-ce que je risque Marina?

C'est ça ma terreur. Qu'il tente de m'ôter la garde de Marina. C'est à ça que je pense jour et nuit depuis que Papa en a émis la possibilité... Est-ce qu'en ne rentrant pas, je risque que Gilles se voie confier la garde de Marina?

— Quel âge a votre fille?

— Presque deux ans.

— En aucun cas. A deux ans, l'enfant est toujours confié à la mère. Sur ce point, soyez rassurée.

Il me lance un regard qui se veut complice, puis, changeant de registre, il menace:

— Vous n'avez rien dans votre dossier. Rien. Votre mari aime une autre femme qui, dites-vous, n'est pas sa maîtresse... Et d'après ce que je comprends du caractère de votre époux, il ne déménagera pas. En outre, je vous fiche mon billet qu'il ne veut pas divorcer. Donc il ne vous est pas infidèle, et il ne vous quitte pas. Mais vous, en ne rentrant pas tout de suite à New York, vous lui donnez toutes les armes !

— Si j'obtiens un papier signé de lui me disant qu'il est d'accord pour que je reste à Paris jusqu'à mon retour prévu le 8 octobre ?

— Parfait... Mais il ne vous signera pas un tel papier.

Je prends un air confiant :

— Je pense que si.

— Je vous le souhaite, madame.

22

« Tu apprends la vie », philosophe Maman à l'ombre du portemanteau et des casiers de serviettes de Chartier, mon Q.G. d'autrefois.

Je l'observe. Proprette. Menue. Tendue. Une force de la nature sous ses airs de femmelette. Avec son tailleur couture et sa gourmette, ses lèvres roses, ses mains faites, on ne voit qu'elle, ma mère. Impeccable et souveraine. Qui trône parmi les tablées d'étudiants et d'étrangers. Ce monde-là, ça la connaît. Du quai d'Anjou à la Conciergerie, de l'hôtel Pimodan à la Sainte-Chapelle, ils suivent ses conférences sur l'histoire de Paris depuis trente ans. «... Dans la vie, on ne fait pas toujours ce qu'on veut. On ne peut pas tout avoir. On fait quelques sacrifices ! Tu t'en rends enfin compte ! »

Sursaut de révolte. Que cherche-t-elle à prouver ? Elle a tort, elle a tort, elle a tort ! La rupture avec Gilles n'était pas obligatoire. L'amour aurait pu durer. La vie n'a rien à y voir. L'histoire ne se répète pas :

— Au fond, insiste-t-elle, tu n'étais absolument pas faite pour le mariage.

Pauvre Maman qui dit toujours le contraire de ce qui

me rassurerait. Je bats précipitamment en retraite et retourne chez Charlotte :

— Gilles a appelé, il a eu ton message sur le répondeur. Je lui ai seulement dit que tu cherchais à le joindre. Il est chez sa mère jusqu'à seize heures.

Panique. Nous ne nous sommes pas parlé depuis son coup de fil de rupture. Je piétine, tourne, vais, vire, finis par composer le numéro. Je tombe sur lui. Je dis :

— J'aimerais te voir.

— Quand ?

— Aujourd'hui. Maintenant.

— Maintenant, je ne peux pas. J'attends quelqu'un chez ma mère. J'en aurai au moins jusqu'à seize heures.

— A seize heures trente alors ?

— Je dois aller au siège de l'A.M.E.

— Quand peux-tu ?

— Vers huit heures, huit heures et demie.

— Il faudrait que je fasse garder Marina.

— Elle est chez Charlotte ?

— Oui... Bon, je vais m'arranger. Je vais voir avec Charlotte. Je te rappelle.

Je raccroche et fonds en larmes. Il est si froid, si indifférent. Je sanglote. Me calme. Rappelle.

— D'accord, huit heures... le café en face de chez Charlotte. Disons celui du milieu, place de la Sorbonne.

— O.K.

Il a déjà raccroché.

23

Pas le temps de m'arranger pour le rendez-vous de huit heures. J'y vais comme ça. Moche. Avec dans mon sac le papier tapé par Charlotte à faire signer.

« Ma chère Lise,

Je te confirme ce que je t'ai dit au téléphone à mon arrivée à Paris ce dimanche:

Je désire que nous nous séparions. Je suis d'accord pour que tu restes à Paris jusqu'à ton retour à New York cet hiver, où nous prendrons les dispositions nécessaires.»

Je ne doute pas trop qu'il va signer. La question, c'est la façon de lui présenter la chose. Jamais je n'ai eu aussi peur de ma vie. Le revoir. Glacial. Si indifférent.

L'indifférence de Gilles, sa façon si brutale de me rayer, du jour au lendemain et en trois minutes, de son existence m'est insoutenable. Notre conversation téléphonique de tout à l'heure me fait encore vibrer.

Je traverse la place de la Sorbonne, avec une drôle d'impression: cette horloge qui sonne, ce fronton, ce dôme me sont si familiers! Qui eût dit que j'y rencontrerais «mon mari» pour y parler «divorce»? Je ricane. «Pstt!» — je me retourne. C'est Gilles dans son costume prince-de-galles qui naguère faisait tellement «homme» à mes yeux. Il est plutôt fripé, l'air défait, ça me rassure très vaguement: j'ai mon papier à faire signer. Ma sécurité et celle de Marina à conquérir: pour moi, cette rencontre prend la forme d'une bataille à gagner et c'est la seule idée qui m'empêche de fondre en larmes. Je prends l'air décontracté.

— Salut.

— Salut.

— Où on va? dis-je.

— Où tu veux.

— Là?

J'ai montré le café où j'allais autrefois avec Charlotte. Les lustres ont été remplacés par du néon. Les murs badigeonnés verdâtre. La salle est vide. Plutôt glauque. On s'installe tout au fond dans un angle, près des toilettes.

— Qu'est-ce que tu prends? dit-il.

— Un Coca.

On commande. Puis Gilles se tait. Nous nous taisons tous les deux. Il a les jambes largement croisées. Il est voûté. Il fume. Il regarde en bas. Je me carre sur ma banquette et demande :

— Qu'est-ce que tu veux ?... Tu veux divorcer ?

— Non.

— Alors, qu'est-ce que tu veux ?

Il secoue la tête, hausse les épaules. Pas de réponse. Je reprends :

— Et moi, qu'est-ce que je fais ?

— Ce que tu veux... Tu rentres chez nous à New York avec Marina. On se verra le week-end. On dînera ensemble. Avec ou sans elle...

Je fais la moue :

— Si je comprends bien, toi, tu vis des expériences et moi je fais du tricot... Tu viens, tu viens pas. On se voit le week-end, ou si t'as quelque chose de mieux à faire, on se voit pas. Et même, on dîne ensemble, quand ta nana peut pas. Et même peut-être tu me fais la cour. En payant mon loyer. *How generous!* T'as une femme en ville que t'entretiens comme une maîtresse. Et t'es marié à ton plaisir, à ta liberté. Pourquoi pas ? Mais ça va durer combien de temps ?

— Je ne sais pas. Six mois ?

— Et après ?

— Ben, on verra... C'est la seule solution pour qu'on reste ensemble.

— Je vois.

Je réfléchis :

— D'accord. Mais moi, j'ai besoin d'être sûre que tu ne vas pas encore changer d'idée. Tu avais dit que tu voulais quatre semaines de paix et de silence, tu as rompu ce silence en quatre jours. Maintenant tu veux six mois : qu'est-ce qui me dit que dans un mois, une semaine, un jour, tu ne vas pas encore vouloir autre chose ?... Je voudrais que tu me dises clairement tes intentions, et si c'était possible que tu me les écrives... Un truc comme ça...

Je sors mon papier et le lui tends. Il le parcourt et me l'envoie à la figure.

— Je ne signerai jamais ça !

Ça va tourner vinaigre. Peu importe qu'il signe ou pas. Ce qui importe, c'est de ne pas devoir rentrer dare-dare à New York soi-disant «pour me protéger». Ce qui importe, c'est d'obtenir son accord écrit pour que je reste à Paris en tout cas jusqu'au 8 octobre comme prévu. J'ai besoin de ce temps pour survivre. Je remballe mon papier.

— Ne signe pas si tu ne veux pas.

— Quand j'écris des lettres, je les écris moi-même ! Je n'ai pas besoin d'un secrétariat.

— Eh bien, écris-moi une lettre toi-même me disant noir sur blanc tes intentions. Écris-moi chez Charlotte avant ton départ. Je me sentirai moins perdue. Moins dans le noir quant à tes intentions et mon avenir.

— Bon... D'accord.

— Avant ton départ, s'il te plaît.

Nous n'avons plus rien à nous dire. J'ai raté mon coup. Il reprend :

— J'aimerais voir Marina. Samedi peut-être ? Je t'appellerai.

— Si tu veux... Bon, faut que j'y aille, ils m'attendent pour dîner.

Je me lève. On sort. Au feu rouge, brusquement agressif, il demande :

— Tu en as beaucoup, des formulaires comme ça dans ton sac ?... Combien de variantes ?

Je ris.

— Non. C'est le seul.

Il hoche la tête. Pas content.

On traverse. Nous nous disons un au revoir rapide et gêné devant la porte de Charlotte. Je monte. Ils m'ont attendue pour le dîner. L'entretien a duré une demi-heure. Bizarrement, je suis plutôt rassurée. J'ai trouvé la force d'abréger. Je prends ça pour une victoire sur moi-même.

Marina dort.

J'appelle Ulla. Elle n'a toujours pas les résultats des analyses.

24

Je cours, je vais, je viens, entre le boulevard Saint-Michel et la rue Galande. J'y trimballe des couvertures, des courses. Je tente d'y installer un coin pour Marina. J'emprunte un lit, je lui achète des jouets, des peluches. Elle n'a rien en France. J'aimerais bien lui reconstituer un décor familier. Un endroit où, après tous ces chambardements, elle se sente à nouveau chez elle.

Quand je pense à Marina et à ce qu'elle endure en ce moment, j'ai envie de pleurer. Je suis sûre qu'elle sent tout ce qui se passe. Gilles n'a pas appelé. Il a dit qu'il désirait la voir demain. Mais où? Comment? Mystère. Marina ne le réclame pas. Je préférerais qu'elle ose le demander.

Je tente d'expliquer à Marina que je suis triste moi aussi. Mais que c'est un problème d'adultes: elle, elle est une petite fille, elle n'a rien, rien à voir avec les problèmes de Papa et Maman. Elle n'y est pour rien. Ce n'est pas sa faute. Pour la première fois depuis notre arrivée à Paris, Marina murmure «papa» sans étreindre son lapin dans son sommeil.

Pauvre Marinette si vaillante, qui tente, à deux ans, de ravaler ou de surmonter l'inquiétude de tous ces changements.

Ce dernier matin dans le cocon familial du boulevard Saint-Michel, Marina se réveille grognon. Elle vomit. Que faire? Je l'emmène. Je l'installe. Charlotte et Jacques viennent nous apporter nos valises. Ils me disent que Gilles a téléphoné. Il déjeune chez Nanou et demande que je l'y joigne.

Je n'ai pas encore de ligne rue Galande. Je sors l'appeler d'une cabine. Chez Nanou il décroche. Glacial. Je dis:

— Tu cherchais à me parler?

— Oui. Je veux emmener Marina à la campagne demain. Elle y verra ma mère et ma famille.

— Écoute, ce n'est pas tout à fait le moment — elle n'est pas très bien, elle a eu de la fièvre. Je trouve qu'il vaudrait mieux ne pas la trimballer.

— Elle peut bien voir ses cousins et connaître sa famille!

— Bien sûr... Je dis seulement que dans les circonstances actuelles, ce serait mieux qu'elle te voie seul.

Gilles s'énerve:

— Réfléchis, ordonne-t-il. Je ne serai pas joignable ce soir. Je sors... Tu téléphoneras à ma mère pour dire ta décision.

25

Rue Galande. Affreuse impression de me retrouver là. Les murs jaunis et nus. Les rayonnages vides. Restent à New York les quelques objets auxquels je tenais, ceux que nous étions venus chercher lors de notre fameuse semaine à Paris. La collection d'affiches de films, les toiles de Charlotte, les livres. Rien ici qui me rappelle le passé. Obligée de rompre avec lui. Et pourtant me voici à nouveau dans mon studio d'étudiante. Inchangé.

Le même divan devant la même table basse. Le guéridon rustique, l'abat-jour de guingois. Le lit et la couette au sommet de l'échelle. Dix ans plus tard. Les mêmes gestes. Le même lieu. Le même décor. Retour à la case départ. Comme si Gilles n'avait jamais existé. Seule différence : Marina ! Drôle d'impression de vivre avec Marina rue Galande. Sentiment que le temps n'a pas passé. Et pourtant qu'un siècle s'est écoulé. J'ai cent ans.

Je grimpe l'escalier avec des brassées de tulipes parme, des roses thé, des fuchsias, de grandes gerbes serrées tout contre moi. Une fête ? Je me gâte. Avec Marina, nous passons l'après-midi à équeuter, effeuiller, arranger. D'un grand coup sec, je casse des bouteilles, j'en fais des vases, les bouquets jaillissent ou ploient, que nous disposons devant la fenêtre, dans les coins, partout. Les parfums, les couleurs nous grisent. A nouveau vivantes.

Le premier soir, Maman vient dîner. Je n'ose pas lui dire que Papa est peut-être en danger. Je l'installe sur des coussins devant la table basse. Elle me parle de Gilles.

— Au fond, dit-elle en tournant la salade, tout entre vous s'est joué à Venise.

— C'est vrai.

Elle hausse les yeux et les épaules :

— Venise !... Venise pour décider de la réalité !

— Où d'autre ? Dans le genre décor, on a fait fort.

— Ah ! triomphe-t-elle. Tu t'en rends compte maintenant ! Vous ne vivez pas, vous n'avez jamais vécu dans la réalité. Depuis le départ, c'est du rêve.

Cette fois, je m'insurge :

— Le voyage avec Gilles à Venise reste l'une des plus fortes émotions de ma vie. Avec la naissance de Marina. La plus réelle. Les deux moments où j'ai cru... Atteindre la substance... Toucher... je ne sais pas... l'Essentiel ? Ce qui fait le mystère, le prix ?... Ce qui fait que la vie... que l'existence...

— Ça n'a rien à voir avec la vie, tout ça !

Pendant qu'elle tente de régler la télé, je revois Venise.

Noyée. Luisante. Nous n'y avons passé que trois jours. Quatre peut-être.

Une semaine après notre première nuit, Gilles était arrivé rue Galande. Les billets d'avion en poche. La pension au bord de la lagune retenue. J'avais de l'affection pour Gilles. Sans excès... La veille encore, je dînais avec un scénariste qui me proposait « Vienne ». L'avant-veille, un producteur et un enlèvement au « lac de Côme ». Ma grande époque. Je revenais de Los Angeles. L'aventure américaine, chez moi, une vieille tentation. Six ans à Hollywood... Retour au bercail. Plus gai que ce retour-ci. Tout demeurait possible. Les hommes. Et surtout l'écriture cinématographique dont j'étais obsédée. Je n'aimais qu'eux. Les mots et les images. Les scénarios. A cent à l'heure la nuit sur les freeways déserts, je continuais de vivre au rythme américain. Mais c'était Gilles qui m'avait embarquée pour Cythère. Le *Gilles* au regard lunaire de Watteau. Le triste Gilles qui ressemblait trop à un Pierrot des *Fêtes galantes* pour me plaire.

— Alors, le plumard avec Gilles Moutier..., m'avait demandé Charlotte que la bagatelle intéresse toujours, c'était comment?

— Étrange.

— Méfie-toi. Quand il te regarde, ce type, on dirait qu'il astique sa bague de fiançailles.

Éclats de rire :

— Celle qu'on lui a rendue dix fois?

Propos légers, propos cruels de filles qui s'en fichent... S'en fichent? Une semaine après cette conversation, il me le passait à l'annulaire, son diamant. Et je n'avais à l'époque aucun goût pour le mariage.

Et maintenant, elle s'y cramponne, bobonne!

Ce qu'il y a de sûr, c'est que ces années-là, personne ne me faisait décoller de ma plume. Sans hésitation, j'ai pourtant embarqué pour Venise avec Gilles. Était-ce Venise? Était-ce Gilles? Va savoir. Déjà à l'aéroport, de loin, il m'avait agacé le cœur. Ce grand type aux yeux mouillés me touchait. Va savoir.

Le passage s'est opéré dès l'arrivée.

Avides comme deux enfants, curieux, extravagants, nous nous dressions sur la vedette qui fonçait entre les pieux et la pluie. Nos sacs jetés à l'arrière tressautaient au ras de l'eau, la symphonie de Mahler explosait dans ma tête, Aschenbach, le héros de Thomas Mann, filait avec la même impatience vers la mort. Fiction ? Réalité ? Magie. Image. Les embruns nous coupaient le souffle, la bruine nous ouvrait les lèvres, les paquets de mer nous saoulaient et nous imbibaient. Le dôme de la Salute surgissait entre les gerbes. Un mamelon humide, luisant... Je dégoulinais. Gilles se rapprocha. Dans un claquement d'étoffe, il tendit son imperméable sur ma tête. Trop tard. Détrempée. Enlisée. Devant San Giorgio Maggiore, il me prit la main. Nous franchissions la limite. Le Grand Canal, le boyau, le sas. Au fond, le monde liquide des origines.

Main dans la main, nous accostons. Sur le quai gras, l'écho hésitant de nos pas. A la suite du *facchino*, nous dérapons vers la pension que ne signale aucun guide.

Là, au sec dans les salons austères, nous reprenons souffle et pied. Un instant.

Allongés côte à côte, nous bouquinons. Nous en sommes convenus — un accord tacite —, nous ne «ferons» pas Venise. Stakhanovistes du musée, nous l'avons été l'un et l'autre. Une visite antérieure.

Gilles me lit Proust à haute voix. Les mains sous la nuque, j'écoute. Bosses rouges, tricornes verts, nez blancs, Polichinelles, Arlequins, Colombines, les personnages de la commedia dell'arte dansent au plafond. La farandole se déroule en frise autour du lit, serpente au ciel de la chambre, court enfermer au centre deux personnages masqués. Un loup blanc, un loup noir, un homme, une femme, lequel? Sombres, vastes, identiques, leurs dominos se talonnent dans la ronde, se fuient, se cherchent, se poursuivent, se cognent aux bras noués qui les encerclent et les rejettent. Repoussés par la troupe, étranglés, les deux masques se fondent dans la rotonde qui nous sert d'alcôve, et s'effondrent. Ne reste au-dessus du lit qu'un amas de tissu moiré. Et puis, tournés vers nous, sans regard, muets, béants, un masque noir, un masque blanc.

Nous sortons.

Venise sous la pluie. La place Saint-Marc inondée. D'un pont l'autre, de marche en marche, des planches jetées. Silhouettes courbées qui fuient sur l'eau. Venise noyée. La nuit. Les rues. Les ponts, les dalles. Nous marchons. Dédale.

Je me souviens de l'ultime moment avant de quitter la terre ferme. C'était encore le premier soir. Nous dînions dans une trattoria, au bord d'un canal. Nappes de plastique rouge, *prosciutto* sous la voûte, chianti au plafond — *Viva Italia*. Les derniers à table. Nous traînions. Au creux de Gilles, entre sa tête et son épaule, je voyais, éclatée par les vitraux de la fenêtre, se balançant à chaque roulis, la lueur d'une lampe à gaz qui lavait de sang d'étranges coloquintes, des choux rouges et poilus, des tomates ruisselantes. Une gondole qui passait. Un marché vénitien à la lune. Un marché du passé. Gilles, à petits mots, flânait et glanait dans ses souvenirs. Les tomates et les pluies — le jardin de son grand-père. Le seul être dont il s'était senti proche. Le seul qui l'avait aimé. Les moustaches blanches de son grand-père. Son crâne chauve. Ses yeux trop bleus. Mais c'est mon grand-père que je revois. Le jardin de mon grand-père. Son panama entre les lilas. Je frissonne... La présence de mon grand-père, celle que l'on n'entend pas. La tendresse de mon grand-père, celle qui ne se dit pas. Les mots de Gilles dont je ne connaissais pas la voix,

Gilles qui ne parle pas ou si peu, ressuscitent celui dont je continue de rêver, qui me manque comme il manque à Gilles, le bien-aimé, le mal-aimé, que nous n'avons aidé ni l'un ni l'autre à vieillir et à mourir. Remords secrets, sacrés, que je ne sais ou n'ose évoquer, moi la bavarde. Le monologue de Gilles. Un flot si violent, si fiévreux maintenant, qu'il m'emporte, me charrie, me roule au cœur de sa souffrance. La mienne. La même. La solitude de mon enfance. Sa différence.

Le jour, la brume, la pluie. Nous parlons. Il pleut — Gilles parle. Son père — mort. Les ballons d'oxygène. Les larmes de sa mère, si belle, silex, la mère s'en va. Elle part. Gilles pleure. Jamais vu un garçon de mon âge pleurer. Gilles reste. Des années. Seul. Seul avec Nanou. Dans l'appartement vide. Dévasté. Des égouts maintenant remontent les bêtes. Des rats. Dans sa chambre, dans son lit, des rats. Gilles crie. Je crie... Venise sans sommeil. Roulis. Tournis. Fusion. Fluide. Les rues, les ponts, les dalles. Sans rêve. Sans fond. Sans fin. La clef reste échouée au creux des palais de Venise.

— ... Ton mariage, Lise, n'a été qu'un rêve né dans un décor !

Dans les palais de Venise, ciao Charlie, chacun vit sa vie. Nous nous taisons, nous nous quittons, nous errons. D'une salle à l'autre. Nous ne nous rencontrons plus. Perdus. Mais à la sortie, toujours au même moment :

— Viens voir, dit Gilles.

— J'ai un truc à te montrer, dit Lise.

Les salles en sens inverse. L'un conduit l'autre. L'autre conduit l'un. Du même pas. Dans la même direction. Nous nous arrêtons devant le même tableau. Dans l'ombre. La même émotion. Une vierge. Un homme. A chaque fois, parmi cent tableaux, le même tableau. Et dans ce tableau, le même détail : un galbe. Une chair. En chœur : « Regarde ! » Une couleur. Nous repartons. « Viens voir », dis-je. « J'ai un truc à te montrer», dit-il. Les ponts, les dalles. «Regarde!» L'autre a déjà vu. La statue. La rosace. Toujours le même fragment qui nous touche et nous retient.

— On ne construit pas une vie sur ça, Lise! Une communion esthétique.

La pluie submerge les places, les marches, les canaux, la lagune. Nous fuyons côte à côte, en équilibre sur les ponts jetés, les planches, les bancs. Vertige. L'eau monte. Le passé remonte. Le présent bascule. Gilles pleut. Il pleure. On tombe. Tout se fond dans tout, Venise, l'enfance, Venise, l'eau, nous, l'un en l'autre.

— Tu avais bu, Lise.

— Mais non.

— Complètement saoule!

— Non, je te jure!... Ou bien oui, d'une ivresse fondamentale.

Je ris un peu. Maman soupire.

— Tu as tout confondu! Une entente pseudo-artistique, et puis l'avenir ensemble. Ça n'a rien à voir!

— Le même regard pourtant! La même vision du monde, de soi, de l'autre... Quand Gilles parlait, quand il ne parlait pas, j'entendais. Sans mot. Presque sans idée.

— Qu'est-ce que tu racontes? Concrètement, Lise!... Les violons en gondole — c'est une chose. Le quotidien, une autre!

— Au quotidien, avec lui à Paris, ça a continué. La fusion. En dépit de nos apparences. Son silence, mon bruit. Les mêmes réactions. A tout. Aux êtres. Aux choses. Aux conneries... Si nous faisions des courses séparément dans un grand magasin, nous nous retrouvions à la caisse avec la même lampe dont nous n'avions aucun besoin ni l'un ni l'autre. Mais c'était cette couleur, cette forme qui nous avaient attirés. Pourquoi? Va savoir... Même chose pour le marché. Chaque soir, sans nous donner le mot, nous revenions avec le même dîner exactement. A chaque coup. Plat à plat. Le même. C'était drôle...

Maman soupire encore.

— Tu n'as pensé qu'à toi.

Je rectifie:

— A nous.

— «Vous», c'est quoi? Vous n'avez jamais été un couple. Même financièrement vous n'avez jamais été un couple. Tu gagnais ta vie, il gagnait la sienne, vous ne faisiez pas de comptes, tu ignorais même son salaire.

— Quel rapport avec le couple?

— Vous n'avez rien construit, rien acquis en commun. Pas un livre ou un objet: c'est à lui ou c'est à toi. Chacun ses affaires. Ça prouve bien que vous n'y croyiez pas... Trop différents. Si différents que vous frisiez la caricature. Le négatif l'un de l'autre.

— Le meilleur de nous deux.

— Finalement, il ne s'est rien passé à Venise.

Maman reste dormir. Nous partageons le même lit. Le couple, c'est à nouveau elle et moi. Ou Marina et moi. Au choix.

Je vais chez la voisine téléphoner à la mère de Gilles, comme il me l'a demandé.

— Pour demain, le déjeuner de famille à la campagne: ça ne me paraît pas une très bonne idée.

J'explique que Marina a eu 39°. Qu'elle va mieux. Mais qu'elle est probablement trop ballottée, trop trimballée. Elle a besoin de calme. Ce serait bien, ce serait mieux si elle pouvait voir son père seule à seul.

Nous convenons que demain dimanche, après leur déjeuner de famille, Gilles viendra voir Marina rue Galande. Vers seize heures.

26

Flanc à flanc avec Maman, je passe la première de mes nuits depuis des mois à dormir. Je retrouve l'odeur sucrée de son eau de Cologne qui m'assurait jadis de sa présence quand, terrifiée par un cauchemar où je l'avais vue morte, j'allais dans le noir me glisser dans son lit. Marina a l'air de se sentir bien rue Galande. Je me prépare mentalement à revoir Gilles dans quelques heures.

Midi. Je descends faire le marché. J'ai Marina dans les bras. Derrière moi, Maman ferme la porte. Au second, dans l'escalier, un pas. Cliquettement des talons aiguilles, Chanel n° 5, breloques : ma belle-mère.

— Ma chérie, nous venons vous emmener toutes les deux déjeuner à la campagne.

Je reste une seconde bouche bée. Une dizaine de marches derrière, apparaît Gilles. En le voyant, Marina dans mes bras plonge vers lui. Elle hurle de joie. Je la donne à Gilles qui la serre contre lui, tandis que je m'explique avec sa mère :

— Je croyais que nous étions d'accord pour ce soir, seize heures, et vous débarquez chez moi sans prévenir.

— Ma chérie, tu n'étais pas joignable.

Je me sens violée. Seule. Prise en traître. Face à eux deux. Marina déjà dans les bras de Gilles. Je me tourne vers lui. Ulcérée. Mais je ne peux rien faire, rien dire. Pas devant Marina. Il l'a dans les bras. Je ne peux pas lui dire ce que je pense. Il me vire, par téléphone, en trois minutes. Il passe une semaine entière à Paris sans prendre une fois des nouvelles de sa fille. Et puis, un matin, il débarque. Avec sa mère, c'est plus sûr. Elle monte en premier... Pauvre type ! Il commence à descendre avec Marina. A ce moment arrive Maman qui fermait la porte. Elle ne s'en mêle pas. Mais sa présence équilibre les forces. Je talonne Gilles et sa mère dans le hall. Sa mère :

— Marina n'a pas l'air si malade que ça... Elle a même l'air très bien, cette petite !

Je recommence à expliquer ce que je lui ai dit hier au téléphone. Mais je ne me contrôle plus. Ces gens me forcent, me violent et m'enlèvent ma fille. Je vais les étriper, surtout Gilles qui met Marina entre nous et s'en sert comme d'un bouclier. Je n'ose même pas m'adresser à lui, ce serait invectiver Marina dont le petit visage est lové dans le cou de son père. La discussion se déroule entre la mère de Gilles et moi, ce qui m'ulcère aussi. Nous allons nous disputer toutes les deux, alors que nous n'éprouvons l'une contre l'autre aucune animosité. Elle, elle n'y peut rien ! Peut-être même essayait-elle d'arranger les choses en m'emmenant à la campagne ? Un geste ? Une façon gentille de me dire que je fais encore partie de la famille ?... Comment pourrait-elle deviner le stade où nous en sommes ? Mais Gilles ! Il nous envoie au casse-pipe, elle et moi, et puis il se cache et il attend. Heureusement, maman intervient :

— Venez. Ça ne nous regarde pas. Qu'ils s'arrangent entre eux.

La porte cochère se referme sur les deux belles-mères.

Dans le hall, Gilles et moi restons dressés l'un contre l'autre. Marina est toujours dans ses bras. Je ne crie pas, je me contente de le haïr.

— ... Tu oses débarquer chez moi, au mépris de l'accord passé hier avec ta mère. Tu ne respectes rien — ni mes sentiments, ni mes volontés...

— Tu m'excuseras, bredouille-t-il, aussi furieux, aussi haineux que moi, mais je n'ai pas très confiance en toi ! Tu dis que Marina est malade quand elle va très bien. Tout ça pour la couper de ma famille !

— Imbécile !

Cette fois, ça y est : nous tremblons de haine tous les deux. Si nous pouvions nous tabasser... Je sens en lui une haine presque supérieure à la mienne. Elle vient de plus loin sans doute. Elle est bien nourrie, bien rentrée. Il ne me fait pas peur. Ou tellement peur que je suis prête à tout. Je crois qu'au fond Gilles me terrifie depuis des mois. La fille de la concierge passe. Elle fait risette à Marina. Brusquement, je suis à Venise. Gilles me racontait son passé, sa famille, l'absence de sa mère, il pleurait à chaudes larmes. Il était si triste, son histoire était si triste que je pleurais aussi. Nous nous tenions face à face, sanglotant tous les deux sur son passé, et un passant, croyant sans doute qu'il me faisait du mal, lui avait demandé l'heure. Devant son silence, son incapacité de parler, le passant avait insisté, le dévisageant, m'interrogeant du regard pour voir si ça allait... La fille de la concierge a fait, elle aussi, diversion. Nous sortons.

Là, sa mère attaque. Elle a sa voix mordante des bons jours :

— Je croyais qu'un déjeuner en famille te ferait plaisir...

Je réponds sur le même ton :

— Très bien, je viens. Allons-y.

— Je t'en prie, siffle-t-elle. Je ne me rendais pas compte que notre présence t'était à ce point désagréable... Il vaut mieux que tu restes ici ! La journée serait insupportable pour tout le monde.

Gilles s'apprête à embarquer Marina. Sans moi. Je vais les laisser partir. Maman intervient :

— Mais non !... Tu vas devenir folle.

Cette fois, la mère de Gilles est d'accord. Mais pas pour la même raison. Elle s'adresse à lui :

— Nous n'allons pas emmener cette petite. Elle va pleurer pendant toute la route. Je ne me sens pas d'aller à la campagne avec un enfant hurlant à l'arrière.

— C'est donc pour ça qu'on m'embarquait : pour servir de nounou ?

Je crois que c'est Maman qui dit : « Ils n'ont qu'à rester ici tous les deux. » Pour une fois, tout le monde est d'accord. Les deux belles-mères embarquent dans la voiture de Maman.

Gilles, Marina et moi nous retrouvons tous les trois seuls sur le trottoir.

Je vais prendre la poussette dans la cour. Gilles avance vers la place Maubert. Je marche à côté. En silence. Faire les courses au marché comme prévu. Nous ne nous parlons pas. Tout passe à travers Marina. Je bouillonne intérieurement. Comment n'a-t-il pas imaginé ce que j'éprouverais en le voyant débarquer chez moi à l'improviste? Comment a-t-il pu supposer que j'accepterais d'aller à une «réunion de famille», de sa famille, alors qu'il m'a larguée quatre jours plus tôt? Et il a pris ce risque — le risque d'une scène devant Marina! Quelle extraordinaire indifférence! Je bouillonne. Et nous faisons les courses. Yaourts. Raisins. Je remonte le tout rue Galande. Marina, ravie, reste en bas avec Gilles. Nous repartons tous les trois vers le Luxembourg où nous comptons déjeuner.

En route, nous tentons de parler normalement. Gilles me raconte qu'il a vu son copain Boni de Roqueville, qu'il n'a pas envie de voir son copain Paul. Vague plaisir de ma part en constatant que je me fous de ce qu'il me raconte. Nous parlons presque normalement. Presque, parce qu'à l'intérieur, je sens toujours une gigantesque tension. Ça peut exploser à tout instant.

Le Luxembourg en septembre. Marina joue parmi les feuilles mortes. Nous nous enfonçons dans les allées, à pas égaux. Lents et muets, très mâle et très femelle. Nous faisons «joli couple». Ce pourrait être merveilleux. C'est horrible.

Nous nous asseyons à la terrasse du restaurant du Luxembourg. La conversation meurt. Moi aussi. Je vais, soi-disant, acheter un jouet à la guérite pour que Marina puisse s'occuper. Tout — plutôt que de rester face à lui. A son regard fuyant ou indifférent, ou glacial. Nous

nous concentrons sur Marina. A côté, une petite fille et son frère. Douleur à la pensée que Marina restera seule, qu'elle sera «fille unique» comme moi. Nous déjeunons, puis l'emmenons faire du poney de l'autre côté du bassin. Deux voiles rouges filent sur l'eau.

— Continuez...

Rivée au sable:

— ... Continuez, je vous rejoins.

Je ne peux plus faire un pas. L'année du divorce de mes parents, chaque dimanche, on me confiait à une famille d'amis qui m'emmenait ici. Pour que je ne sois pas témoin de scènes. Les poings et le torse dans l'eau, les enfants faisaient naviguer une goélette. J'attendais derrière les adultes. En retrait. Sans doute craignaient-ils que cette petite, qui n'était pas des leurs, cassât les cordages ou les mâts. Un soir d'automne, leurs voiles rouges sous le bras, la famille m'avait oubliée. La tristesse de cet automne-là. Marina qui trottine dans les feuilles devant moi. Je vomis au pied des vasques.

Marina s'est endormie dans sa poussette. Sur le chemin du retour, je propose que nous «parlions». Gilles dit qu'il vaut mieux attendre que nous soyons rentrés. Je dis que je n'ai pas envie de la réveiller en la couchant. Je lui dis aussi que la scène dans le hall tout à l'heure est la première de cette sorte entre nous... Pourquoi a-t-il fait ça, débarquer avec sa mère? Moi aussi, j'ai droit au respect de mon intimité. Quand je dis que Marina n'est pas bien, il faut me croire. En quoi, comment ai-je trahi sa confiance?

Il réfléchit. Nous marchons en silence. Il reprend ses explications commencées au café de la Sorbonne. Il a besoin qu'on se sépare trois mois, ou six, ou huit, ou... Parce que depuis deux ans, les choses ne sont plus ce qu'elles étaient entre nous. La relation n'est pas ce qu'il désirait. Je me suis révélée autre que prévu. Et nous ne pouvions plus ni nous parler, ni nous comprendre.

Là-dessus, il est tombé amoureux d'une autre fille. Ce qui n'arrange rien. Et puis la vie que nous menons, que nous avons toujours menée, même celle d'avant New York, ne lui convient pas, ne lui a jamais convenu, dit-il. En outre, il a besoin de ces six mois pour régler ses problèmes personnels. Vieux problèmes qui le submergent aujourd'hui, mais qui n'ont rien à voir avec moi.

Nous descendons la rue Saint-Jacques.

Je réfléchis.

— Écoute, Gilles, tu m'expliques que ça ne marche sur aucun plan. Divorçons à l'amiable.

Il ne répond rien. Je poursuis:

— ... Dans certains couples, ça vaut la peine d'attendre, de se donner du temps, tout le temps nécessaire, parce que sur l'essentiel, ils sont d'accord. L'essentiel, par exemple, dans le cas de Charlotte et Jacques, c'est un mode de vie. Ils se donnent l'un à l'autre exactement ce qu'ils attendent de l'existence: Charlotte est un peintre angoissé qui recherche la sécurité. Jacques, un industriel pragmatique, que seule la fantaisie fascine. Résultat, ils habitent un appartement bourgeois qui résonne de cavalcades d'enfants, d'aboiements divers, d'élucubrations esthétiques. L'arche de Noé en terre ferme. La bohème parmi les valeurs sûres. C'est leur truc à tous les deux. Jacques peut bien être agacé par les lubies de Charlotte, il peut la trouver dingue, elle peut le trouver court, ils peuvent traverser des crises — ils s'entendent sur l'essentiel et sont heureux. Tu m'expliques, toi, que nous ne nous entendons sur aucun plan. A cause de moi, tu ne peux pas mener la vie qui te convient et tu en aimes une autre, qu'est-ce qui reste?... Quant à tes problèmes psychologiques, ceux qui n'ont rien à voir avec notre couple, faut être réaliste, tu ne les régleras pas en six mois... Attendre, d'accord. Mais attendre quoi? Tu désirais la liberté, tu la désires depuis un an et si fort que tu l'as prise sans attendre davantage. Maintenant, moi aussi, je veux ma liberté. Rends-la-moi. Divorçons à l'amiable.

— Bon.

Nous nous asseyons à la terrasse d'un café. Marina dort dans sa poussette.

Soudain nous sommes à nouveau d'accord. D'accord pour divorcer, ô ironie, mais d'accord. Toute notre agressivité est tombée. Il ne reste de part et d'autre que le chagrin et nous pleurons tous les deux, moi sur lui, lui peut-être sur moi, en tout cas sur nous deux. Je ne lâche pas et poursuis :

— Il existe des divorces où les deux parties ont le même avocat. Allons ensemble en voir un demain.

— Demain, je ne peux pas.

— Même demain soir ?

— J'ai trop de travail aux assurances.

— Quand ?

— Je prends l'avion mardi à une heure... Si tu veux, avant.

— Mardi donc ?

— Entre neuf heures du matin et onze heures.

— Ça va être commode !

— Je pourrais revenir à Paris le mois prochain ?

— Je trouverai quelqu'un ! En tout cas pour prendre conseil.

Marina ouvre un œil. Nous rentrons tous les trois rue Galande. Soirée douce. Soirée triste. Illusion de la vie « comme avant ».

Gilles a mis sur le vieux pick-up l'*Ave Maria* de Schubert. Toutes les lampes sont allumées. Les roses ploient dans les vases et s'effeuillent. Je vaque, prépare le dîner, les assiettes cliquettent, la poêle chuinte. La maison douce à l'heure du repas. Gilles débouche le vin, découpe l'entrecôte, entre nous tout est facile. Nous parlons de l'A.M.E., de mon scénario — comme avant —, il nous arrive même de rire des ambitions de tels de ses collègues. Comme avant, Gilles refuse le dessert, je léchouille mon Kim-cône allongée sur le sol et j'approche le téléphone. J'appelle Paul de Bearn. Il me donne rendez-vous pour le lendemain dix heures.

En me retournant, je vois Gilles, le front appuyé à la fenêtre close. Il pleure.

27

En arrivant chez Bearn, je suis figée d'angoisse. «Ça y est, on va divorcer.» Bearn me fait attendre. J'ai tout le temps de comprendre combien l'idée que les choses puissent être définitives entre Gilles et moi me terrifie. Bearn me complimente: «De jour en jour je vois une autre femme... Une femme qui est de moins en moins amoureuse de son mari.» L'innocent! Il m'explique que l'on ne divorce pas en deux heures et que ça l'étonnerait que les choses soient réglées demain matin. Il me croit «déçue». L'innocent!... Je suis rentrée le cœur battant de terreur dans son bureau, j'en sors ravie et soulagée. On ne divorce pas en deux heures. Rien ne sera réglé demain. A son avis Gilles ne viendra même pas au rendez-vous. Ravie et soulagée. Bearn, pour la première fois sans doute, me trouve charmante. «Prenez un amant!» a-t-il suggéré tout à l'heure, à ses yeux sans doute la cure radicale contre l'amour conjugal. L'innocent!... Charmante et baisable parce que soudain moins désespérée. En moi l'espoir que tout n'est pas fini avec Gilles, l'espoir qu'en tout cas rien n'est encore «irrémédiable» puisque nous ne pouvons pas divorcer demain, a resurgi. Je prends conscience que moi non plus, je ne veux pas divorcer. Pas plus que lui. Encore une fois nous sommes d'accord. Il faut désormais faire mine du contraire.

Avec Bearn, nous couvrons les points que nous

aborderons demain: l'accord stipulant que Gilles vivra à New York, et moi à Paris durant les six mois à venir. Que Marina restera avec moi. Ce sont les deux points qui me protègent du retour précipité à New York. Le reste, le divorce, tout ça, je me rends compte que je le désirais «par devoir». Ça n'avait jamais atteint ni mon cerveau ni mon cœur.

La volonté de divorcer, je me la devais à moi-même, c'est tout. Cesser d'encaisser passivement. Par respect pour mon idée du courage, de la dignité ou Dieu sait quoi. Je devais me battre pour garder Gilles. Mais la bataille perdue, lâcher prise et m'en aller. Sursaut d'orgueil allégrement largué au premier contretemps.

28

Le soir, sept heures, sept heures et demie, huit heures, huit heures et demie, Gilles n'arrive pas. Marina l'attend. Neuf heures. Il paraît et m'annonce qu'il a dit à son copain Boni de passer. «Ça ne t'ennuie pas, n'est-ce pas?» Boniface de Roqueville et moi ne débordons pas de sympathie l'un pour l'autre. Il le sait. «... Je croyais, poursuit-il, que tu sortais dîner.» Il n'a pas le temps de jouer avec Marina. Ding-dong, voilà Boni. Robert Redford. Aussi blond et bien fait. Mais plus dodu et grand genre. Redford habillé par Ralph Lorren avec, pour les accessoires, un tour chez Kenzo. Dandy Nouvelle-Angleterre mâtiné d'un zeste de culture japonaise. Un brin samouraï, un grain mégalo. La superbe de la branche aînée en visite chez des hobereaux de province.

— Bonsoir, ma chérie... — Coup d'œil à Marina. — Mais elle est adorable! Quel amour, cette petite. Le portrait de ta grand-mère, Gilles. Une réussite. Lise, ma chérie, tu devrais lui en faire cinq comme ça!

Gênée, je baisse les yeux: Boni sait bien sûr que Gilles est en partance. Il avait d'ailleurs été le seul à déconseiller ce mariage avec moi.

— Qu'est-ce que tu bois? demande Gilles.

— Rien. Je passe juste vous embrasser. On m'attend. Je reste littéralement trois secondes.

Boni s'installe. Weston et gros cigare. Gilles fait les honneurs. Chez lui, il invite et reçoit ses copains. A l'aise. Très à l'aise. Moi, je ne suis pas à l'aise du tout. Je m'affaire dans la cuisine, m'excuse sur les petits gâteaux moisis, les glaçons inexistants. Bobonne, mal dans ses baskets.

Le téléphone sonne. Chouette, une diversion. Je réponds.

Les garçons fument et sirotent leur whisky en devisant sur la solidité des vitres parisiennes. Négligemment, Boni a saisi dans le compotier une noix:

— Je te parie que ces carreaux résistent. J'étais l'autre jour chez les Machins de choses et leurs carreaux ont tenu le coup. Étonnant. Je te parie tout ce que tu veux...

Gilles rit:

— Pas ceux-là... Non, Boni, ne fais pas ça!

J'ai raccroché. Juste le temps de voir Boni balancer la noix à toute volée dans la fenêtre. Le carreau se casse. La vitre explose. Avec les éclats de verre, il aurait pu tuer n'importe quel passant dans la rue. Gilles et Boni gloussent.

— Boni n'en fait jamais d'autres, commente Gilles, presque attendri.

— Chérie, dit Boni, tu m'enverras la note du vitrier...

Gilles lui propose de rester dîner. Boni refuse. Smack smack à l'envers, il m'étreint en me recommandant de lui envoyer la note et de garder la facture pour qu'il puisse la faire passer dans les comptes de sa société. Quand la porte se referme, je vais étriper Gilles. Je me contiens. Ne dramatisons pas. Ce qui importe, c'est de s'entendre sur les lieux de résidence des six mois à venir.

Nous dînons en tête à tête. Gilles aura vu Marina dix minutes.

Après le dîner, Gilles m'annonce qu'il ne peut rencontrer Bearn demain. Mais nous nous mettons d'accord sur la rédaction d'un papier: «Pour les six mois à venir, nous convenons que Lise et Marina vivent à Paris, Gilles à New York, etc.» Gilles rédige lui-même. Il refuse que le mot «séparation» y figure. Il accepte de participer à l'entretien de Marina. Finalement, il ne part que mercredi et demande à revenir dîner demain soir. Je râle et j'exulte. «La minute où il me vire, il ne décolle plus.» Je suis ravie de le voir encore et encore. Je m'en veux atrocement de l'aimer à ce point.

29

Ce dernier soir, le tête-à-tête est contraint. Marina s'endort. Gilles feuillette les journaux. Je me cantonne dans la cuisine et vaque à la préparation du dîner. Ô ironie, j'ai tenté de lui acheter ce qu'il aime: bon saucisson, bon vin. Un petit sancerre par exemple... Qu'est-ce que je souhaite? Le garder par l'estomac? Ça, c'est sans espoir vu mes talents culinaires!

A table, pas d'agressivité. On entend seulement voler les mouches et cliqueter les couverts. En s'en allant, il demande à revenir embrasser Marina entre neuf et onze demain matin. J'accepte, bien sûr. Cette séparation n'en finit pas! Tout est redevenu affreusement douloureux.

Je ne veux pas qu'il parte! Je ne veux pas vivre sans lui! J'aurais voulu qu'il reste ce soir. Qu'il reste.

Ou bien qu'il parte tout de suite et que je ne le revoie jamais!

Je ne dors pas de la nuit. Je l'attends.

30

Gilles débarque vers dix heures et joue avec Marina. A onze heures, son taxi arrive. Marina pleure. Je la prends dans les bras tandis qu'il dévale l'escalier avec sa valise.

Treize heures — je me peins les ongles en rouge. Il déteste.

Tout l'après-midi, je cours les agences à la recherche d'un appartement à louer. Un grand appartement pour Marina et moi. Il faut aussi que je trouve du boulot. Mes droits d'auteur sur mes deux adaptations produites l'année dernière ne suffisent pas à nous entretenir. Il faut aussi que je termine le scénario que j'ai en train. Je devais le livrer en octobre. Je n'y arriverai pas. Depuis juin, je ne peux plus travailler.

Seize heures — je me dis: «Ça y est, ouf, il est parti. On se reverra (comme prévu dans "le papier Bearn" à la rubrique "vacances"), on se reverra à Noël. D'ici là, j'ai trois mois pour assumer la situation. Trois mois de silence et de paix. Youpi, tralala, il est parti!»

Vingt heures — je pleure et je pleure, sitôt Marina couchée. je ne peux plus m'arrêter. J'aurais tellement voulu vivre toute ma vie avec lui. Et puis je n'ai aucun désir d'être à Paris. Je n'ai rien à faire ici, moi, j'ai tout à faire à New York. Avec lui. Il faut que je me raisonne, que j'accepte qu'il ne voulait plus vivre avec moi, que j'accepte qu'il désire se séparer de moi. Accepter. Dès qu'il n'est pas là pour me le dire et me le répéter, dès qu'il a l'air de dire le contraire comme ces trois derniers jours où il n'a pas décollé, dînant et petit-déjeunant avec moi, j'oublie, je fais comme si tout était inchangé et rien, mais rien n'a aucun sens. Qu'est-ce que je fais rue Galande?

J'ai l'impression de sombrer à nouveau. Je ne comprends rien, mais rien à ce qui se passe, pourquoi l'homme que j'aime et qui est mon mari, et le père de mon enfant, est reparti et m'empêche de vivre avec lui, et qu'est-ce que j'ai fait, qu'est-ce que j'ai fait pour qu'il ait cessé de m'aimer, et qu'est-ce qui va se passer maintenant? Comment vais-je arriver à vivre sans lui?

DEUXIÈME PARTIE

Entre quatre murs

CHAPITRE III

SANS GILLES (1)

31

Septembre (suite)

Je visite quatre appartements par jour. Je rêve d'un endroit vaste et nouveau où Marina et moi pourrions nous sentir bien. Je ne trouve rien. Ou alors trop cher.

En même temps, je cours à la recherche d'un plombier car, rue Galande, je n'ai pas le chauffage et à peine d'eau chaude. Après le plombier, l'électricien : nous risquons quotidiennement des courts-circuits. Et puis un vitrier, évidemment ! Je cherche du travail aussi. Des scénarios à écrire. Je reprends contact avec les producteurs pour lesquels j'ai travaillé. J'appelle les vieux copains dans le métier. Après trois ans à l'étranger. Je me démène. L'énergie, ça, ça ne manque pas. Mais le temps. Et puis la tête qui me lâche. Obsession grandissante de la maladie de Papa. Ça devient une crampe continuelle à laquelle je n'ose m'arrêter. Et qui ne me quitte plus.

L'impression tout de même que tout s'est effondré sous moi. Que je suis seule désormais et ne dois plus m'appuyer sur personne. Même Papa qui jusqu'à ce jour m'était apparu comme l'incarnation de la force, de la solidité, celui qui résolvait toutes les situations et insufflait son pouvoir, même Papa est en danger. Maintenant, c'est à moi de le soutenir et de le défendre.

Ça s'appelle peut-être le passage à « l'âge adulte ». On

doit savoir rester debout. Seul. Sans père et sans mari comme béquille ? L'âge de la force ou la force de l'âge.

J'essaye de rationaliser, d'apprendre. En réalité, je coule.

32

Toute la semaine pourtant, je me débats et j'écoute. Paris, les maisons de production, le cinoche. Je déjeune avec les « copines », organise les week-ends, drague des petits amis pour Marina. Je tente de lui préparer un anniversaire avec des tas d'enfants qui la réinviteront. Je voudrais tant qu'elle ait une vie, sa vie d'enfant loin de toutes ces histoires entre Gilles et moi. Gilles. Il y a dans toute la conduite de Gilles quelque chose d'assez pervers. J'essaie de m'en convaincre. Tout de suite je lui trouve des excuses. Quand guérirai-je de lui ?

Je repense à l'une de nos plus belles engueulades. Celle où je m'étais probablement conduite comme la bobonne conne de l'histoire. Celle aussi où, pour la première fois, j'avais eu cette intuition que Gilles se moquait de moi. Ou qu'il perdait les pédales. Ou bien qu'un maillon me manquait pour comprendre.

C'était en décembre, de l'année dernière, juste avant la scène du sauternes-sancerre.

Nous vivions depuis deux ans aux U.S.A. Marina y avait été conçue. Elle y était née. La tradition de la société qui avait muté Gilles à New York voulait que les expatriés français invitent le patron américain à dîner. Dans l'appartement dont, soit dit en passant, l'A.M.E. payait le loyer. Une brique et demie par mois. A ce prix-là, les jeunes loups installaient leur famille dans l'une des « Mansions » de Larchmont. Tout bénef. Le patron habitait lui aussi à quelques blocs un temple à colonnes. «Autant en emporte le vent», entre jardinet tondu et courette manucurée. A la grande surprise du bureau, Gilles et moi avions ramé pour habiter un deux-pièces à Manhattan : nous, nous préférions les tours du Westside. New York — fantasme. Au 52e étage. L'Empire State Building qui clignote, rouge et vert, suspendu au-dessus de nos oreillers. La flamme de la statue de la Liberté en toile de fin fond. Les crêtes lointaines des arbres. Les buissons de Central Park : un nid dans les airs. L'Hudson à nos pieds. La mer à bout de bras. Et dans la tête, des milliers de points lumineux qui croisent. La nuit, la paix des étoiles. La paix des ménages.

Soit par flemme, soit par refus de faire notre cour, nous nous étions défilés depuis deux ans au dîner patronal. Erreur. En six mois, tous les collègues de Gilles et leurs épouses avaient «reçu».

— C'est idnamissible ! m'avait déclaré la mère de Gilles à sa première visite. Tu ferais bien de t'occuper de la carrière de ton mari, ma petite.

Cette phrase m'avait turlupinée.

— Je ne comprends pas, avait-elle poursuivi, je ne comprends pas que tu fasses si peu d'efforts envers des gens qui peuvent t'être si utiles !

Examen de conscience : elle avait raison. Je manquais à tous mes devoirs.

Donc un soir de décembre, dans une tour du Westside, entre le sofa à rayures et la bibliothèque Conran, le petit couple se transforma en commis aux écritures. A nous deux, Balzac. A moi, Maupassant. L'assureur recevait son patron. Comme me l'avait naguère déclaré ma belle-mère : «Ma petite, il faut se donner du mal pour hériter !» Nous, ce n'était pas tant hériter qui nous intéressait que prendre racine à New York. Prolonger le contrat de Gilles. Un an. Deux. Davantage si possible.

Pour Gilles et pour moi, l'aventure commençait à peine. La naissance de Marina dans ce lieu éminemment hostile aux enfants — ni crèche, ni halte-garderie — m'avait vidée de mon énergie. Les dents de Gilles, qu'il avait courtes, s'étaient un peu cassées sur le dos de ses collègues: coriaces, les Américains, dans les assurances. Ses ongles et ses dents repoussaient à peine. Prêt à la lutte. Maintenant. Foin d'orgueil et de flemme. Pas à tortiller: si on voulait rester à New York, fallait recevoir le patron à dîner. Mr. George Turner et son épouse Lana. «Lana Turner» en visite chez les Moutier, tout un programme. Première question — «Quand?» Première soirée passée à éplucher le calendrier. Décembre — Noël — pas terrible pour les dîners mondains. Après moult considérations, nous convenons d'un choix de trois dates: le huit, le douze ou le seize. Deuxième question — «Avec qui?» Deuxième soirée passée à écumer le carnet d'adresses. Un tête-à-tête? Inconcevable. Gilles est nul côté mondanités. Et moi, la bourse, le jet-set, je n'y connais rien. Donc: «Avec qui?» E.F. Personne. G. Alors là — si ça pouvait marcher, ce n'est pas deux ans, mais dix qu'on reste à New York! Max Greenberg, le rival de Donald Trump, le roi de l'immobilier: Max Greenberg qui possède tous les gratte-ciel sur Central Park et les deux plus luxueux hôtels de la Cinquième Avenue. Max Greenberg, un petit chauve, rapide, rond, la soixantaine sonnée, dont j'avais rencontré la jeune épouse dans la salle d'attente de mon gynécologue. Sur Park Avenue. Hyper-chic le gynéco, indiqué par l'une des petites marquises de Larchmont. Mme Max Greenberg attendait un enfant qui devait naître le même jour que Marina. Ça crée des liens. D'autant que l'une de nous deux, si l'autre s'y mettait en même temps, risquait fort d'accoucher sans accoucheur. Et l'une, ce serait moi, vu le compte en banque de l'autre. Bref, Mme Greenberg et moi-même avions donné le jour, au même hôpital, à quelques heures d'intervalle, pas tout à fait dans les mêmes conditions. Nous ne nous étions plus revues. Jusqu'au premier anniversaire du Prince héritier : Mademoiselle Marina avait reçu de Greenberg Junior un carton imprimé. Une invitation à déjeuner. Un palais Renaissance sur la Cinquième Avenue : un hôtel somptueux et sinistre — deux mille mètres carrés, meublé en Louis XIII. Noir, lourd, poussiéreux. Cinq mètres de hauteur de fausse bibliothèque avec des échelles qui se croisent et se superposent, et des tentures qui vibrent aux hululements des sirènes. Un petit côté « Xanadu ». Bardé de trois nurses noires, Citizen Greenberg Junior recevait ses petits amis autour d'une table octogonale à coins de verre où les bébés se cognaient en buvant leur lait dans des hanaps en argent massif gravés « Baby ». Un service créé pour la circonstance par « Tiffany », bien sûr.

Turner et Greenberg : big business. Un peu tremblante, je prends mon téléphone : « Marguerite Greenberg ? » « No. » Une voix de châtré. Manque de chance, ou coup de bol, je suis tombée sur Lui. Je me présente. Il se souvient. Avec le roi du « Real Estate », je cause couches-culottes. Pampers ou Love ? Pampers. Les ours sur la bande adhésive, c'est bien plus mignon, nous sommes d'accord. Je me lance : dîner à la maison ? Oh, c'est trop aimable. Quelle date ? Avant que j'aie eu le temps de répondre, il a coupé et m'a transférée. Une voix féminine. « Marguerite ? » Non, le *service* : un standard qui prend les rendez-vous et transmet les messages. Le 12 ? Ah non, Mister et Mrs. voyagent en Californie. Le 16 ? Les Greenberg assistent à un gala en leur honneur à la Maison-Blanche. Le 18 ? Le 18, Okay. Mr. and Mrs. Greenberg se feront une joie. Ils arriveront chez nous à vingt heures. Oui. Pile : Mister mange français. Pas chinois. Ah, prévoir deux desserts. Mister a la dent sucrée. Il n'aime ni le poisson, ni les fraises. Il aime plutôt le chocolat et la pâte d'amandes. Je raccroche triomphante. Le 18 — ça marche ! Gilles se charge de son patron. Troisième soirée, nouveau conciliabule : « Bon. Qu'est-ce qu'on fait à dîner ? » D'accord, pas de poisson. Mais encore ? Ton patron, il aime quoi ? Le gibier. Où trouver du gibier à New York ? Tandis que Gilles s'absorbe dans les recettes sophistiquées de l'Ali Bab, je bats le rappel des copains new-yorkais. Ron, mon ami pianiste qui passe ses dimanches en cuisine, m'indique une boucherie *down town* :

— Bien sûr, tu vas mettre la matinée pour y descendre en métro, l'après-midi pour en remonter, mais c'est la « seule » pour le chevreuil.

Va pour la boucherie *down town*.

— Et le fromage ?

— La seule adresse : Zabar's !

Alors là, Zabar's, je connais ! Sur deux étages, une cohue de bonnes femmes en vison et baskets qui viennent des antipodes acheter chez Zabar's leur « Begaitte », leur café italien fraîchement moulu et leur saumon fumé écossais. Devant chaque stand, ça s'agglutine et ça regorge. Et gare à qui oublie d'arracher son « numéro » en arrivant. Pas une chance d'être servi. Et même si, prévoyante, je m'arme de patience, on appellera le numéro « vingt » quand j'aurai tiré le soixante-dix. Va pour trois quarts d'heure d'attente. Et encore trois quarts d'heure pour payer à la caisse. Va pour Zabar's.

— Et les desserts ?

— Sur l'East Side, un pâtissier français : Bonté !

Encore à l'autre bout de la ville. Mais à l'est cette fois. Il faut commander. Bon, je commanderai. Et aller chercher à la dernière seconde. Bien, j'irai chercher.

Au rancart, le scénario. Que diable, mon travail peut bien attendre trois jours ! Que sont trois jours en regard des années à venir ? New York, deux, trois ans. A nous la grande aventure. Si Turner et Greenberg sympathisent, Moutier prolonge son contrat *ad vitam*. Elle a raison, la belle-mère : « Il faut se donner du mal pour hériter ! » Je sillonne. L'est. L'ouest. Le sud. La veille du 18 décembre, une petite dame courbée sous une caisse de cabernet-sauvignon — « le meilleur et le moins cher de la ville » — encore la « seule » adresse, mais au nord — franchit le seuil de son cinquante-deuxième étage. Mission accomplie. Gilles se met en cuisine. C'est lui le « Chef ». Les soupers fins du XIXe siècle parisien renaissent sous sa spatule. Ne reste qu'à mettre le couvert. Le jour J. Nous avons juste six assiettes, dépareillées. Des verres de toutes les tailles rachetés à des copains en partance. Des couverts en plastique. Mais la nappe de Grand-Maman fait bel effet, petits bouquets, bougies roses. Du bric, du broc : finalement, notre table n'a rien à envier à l'argenterie des petites marquises de Larchmont. Je tourne, je vire en plaçant les chaises pliantes qui s'effondrent. J'imagine le patron de Gilles en sandwich. Je le mets où ? Face à New York ? Non, c'est trop beau. Il va trouver ça mieux que chez lui. Les barges glissent sur l'Hudson incandescent. King Kong s'accroche à la flèche de l'Empire State Building. De grosses libellules croisent devant nos baies. Trop beau. Et comme c'est lui qui paie, pas la peine de le rendre jaloux. Mieux vaut le mettre face à la kitchenette. A Max Greenberg revient la vue sur son empire. Juste en bas s'érige un bâtiment Greenberg qui va nous boucher la vue. Bon sujet de conversation.

Seize heures — j'appelle Gilles au bureau.

— Est-ce que tu pourrais passer prendre les desserts ? Une galette des rois, une bombe au chocolat.

— D'accord.

— Essaie de rentrer tôt, ce serait bien.

— Pourquoi ?

— Ben, je suis un peu dépassée. J'aimerais avoir couché Marina et pris mon bain avant l'arrivée du patron.

Gentiment, Gilles arrive vers six heures. De chez

«Bonté», il rapporte une galette pour quatre. Il a oublié la bombe.

— Pour quatre? Et la bombe? Il n'y aura jamais assez!

— Mais si, largement.

— Le *service* de Greenberg a bien précisé: «prévoir deux desserts»! On doit retourner prendre le truc au chocolat.

Gilles, conciliant:

— Ne t'inquiète pas... De toute manière, avec les escargots pour commencer, il y a bien assez pour quatre.

— Pour quatre?

Alors là, Gilles profère une phrase si surprenante que je ne suis toujours pas certaine d'en avoir saisi le sens. Il dit:

— J'étais tellement débordé la semaine dernière que j'ai oublié d'inviter mon patron.

— Pardon?

— Il y a bien assez pour les Greenberg et...

Assommée:

— Ton patron ne vient pas?

— Ben non, j'ai oublié.

*

La nouvelle n'atteint que lentement mon cerveau. Depuis une semaine, je ne travaille pas, j'oublie tout ce qui compte pour moi, j'arpente la ville à faire des courses qui me rasent, je claque une fortune que nous n'avons pas, nous ne parlons, nous ne rêvons que du patron de Gilles et de ce dîner dont nous attendons tant, et Gilles a «oublié» de l'inviter?

J'explose. Une scène à casser les vitres. La première, la seule du genre. Mais Bobonne en barre.

— Ne te manquent que les bigoudis et le rouleau à

pâtisserie, ma pauvre Lise, tu as perdu ton sens de l'humour.

Tu parles que je l'ai perdu ! Et les Greenberg ? Qu'est-ce qu'on va faire des Greenberg ? Ils vont croire à un guet-apens. Le petit Max, qui se lève à cinq heures du matin, a autre chose à foutre que dîner dans des assiettes en carton avec un assureur de l'A.M.E. et une scénariste de troisième zone. Encore, si on lui était utiles !

A nouveau le carnet d'adresses. Un tête-à-tête avec Greenberg : je n'ose pas imaginer. Plus snob, plus prétentieux — connais pas. Et Gilles qui ne dira pas un mot ! Les couches-culottes comme conversation, ça ne peut durer que le temps des escargots à l'ail. Après ?

Je fonce sur mon téléphone. J'appelle le copain Ron :

— Mets ton costume et débarque : il y a du chevreuil.

Ron a des idées sur tout — et particulièrement sur Bush qu'il déteste. Greenberg a financé la campagne de Bush. Au moins, ça mettra de l'ambiance.

Dix-neuf heures quarante-cinq. Je m'aperçois que l'interphone ne marche pas. Il ne manquerait plus que les Greenberg se retrouvent à la porte. Gilles fait la tête. Je descends dire au concierge d'ouvrir aux personnes qui se présenteront. Dans l'ascenseur, je repère une femme, la cinquantaine, que j'avais rencontrée à une convention de scénaristes. Judy Shepherd. « Où habitez-vous ? » m'avait-elle demandé. Première question des New-Yorkais qui, à l'adresse, calculent le niveau de vie. Ainsi avait-elle découvert qu'elle pouvait me parler sans déchoir. Je devais être « successful ». Nous habitions le même building : elle connaissait le prix de mon loyer.

— Que faites-vous ce soir ? dis-je.

— Je termine mon scénario : Coppola me tanne. Je suis tellement en retard !

Comme si l'idée me venait soudain :

— Montez donc dîner... En voisine.

— Comme c'est gentil à vous, mais...

— Nous avons un ami promoteur. Il compte nous

construire des buildings sous le nez. Il faut nous défendre ! Une si belle vue... A huit heures.

— Eh bien, c'est entendu. A huit heures.

Je remonte dare-dare. Schuss à la salle de bains. Ding-dong. Les Greenberg. Coup d'œil circulaire : ça ne vaut pas le mobilier Louis XIII, mais hein, quelle vue ! La conversation meurt tout de suite. Marina hurle. J'y vais. Gilles arrose son chevreuil. La sonnette retentit. Gilles ouvre. C'est la scénariste qu'il ne connaît pas. Penchée sur le derrière de ma fille, j'entends :

— Max, mon chéri ! Marguerite, *my love* !

— Judy *darling* !

Quand j'émerge de la nursery, je trouve Gilles qui passe en silence les petits fours tandis que Judy, Max et Marguerite, qui passent, eux, tous les week-ends ensemble, évoquent leurs centaines d'amis communs, les croisières passées, présentes et à venir. Sans nous. Ouf ! On se demande un peu ce qu'on fout là. Mais on fait le service et l'honneur est sauf. Au-dessus du chevreuil, nous nous adressons un coup d'œil. « Il faut se donner du mal pour hériter. » On n'est manifestement pas faits pour ça. Les mots « Turner », « patrons » et autres signes de lèche sociale redeviennent tabous.

Quant à « rester à New York », notre grand rêve, mon rêve, « poursuivre l'aventure », le voyage aboutit rue Galande. Vingt mois plus tôt que prévu. Vingt mois avant l'expiration du contrat de Gilles.

33

Octobre

Il y a sept ans, jour pour jour, un samedi comme celui-ci, à Belle-Ile, nous nous mariions. N'y pas songer.

Et pourtant j'y songe. Quelles simagrées ! Gilles avait même voulu que nous nous fiancions religieusement le 20 avril parce que la mère de son ami Antoine avait vu dans les astres que c'était notre «jour faste».

En ballerines et robe d'été sous mon ciré, je pédale derrière lui. Le jour se lève sur la lande. Nos vélos filent entre les genêts jaunes. Son gros chandail torsadé longe la falaise, son profil d'adolescent se découpe entre les deux phares. A six heures du matin, le 20 avril, nous arrivons à l'église de Sauzon. Le père Anselme dit pour nous tout seuls, dans la nef vide, une messe face à la mer. Il bénit ma bague de fiançailles. Sur une petite chaise, une mini-cassette joue l'*Ave Maria* de Schubert.

«Pour le meilleur et pour le pire.» Au premier signe de problème: «Je désire que nous nous séparions.» Adieu promesses, vœux, messes, cochons, poulets — du pipeau tout ça, au premier signe de problème, salut, je me casse.

Et j'y ai cru, moi qui ne croyais ni à Dieu ni à diable. J'ai cru que c'était indissoluble.

34

Chaque nuque d'homme, chaque main d'homme, chaque geste d'homme me le rappelle sans jamais me séduire comme me séduisaient la nuque blonde de Gilles, la longueur de ses doigts, sa démarche pressée, enfantine, quelquefois maladroite. Chaque coin de rue me parle de lui, de nos promenades dans Paris, de son pas que j'avais peine à suivre, de sa tête, trop lourde, toujours inclinée sur l'épaule droite, qui accentuait encore cet air penché de chêne grandi trop vite et d'adolescent boudeur. Je revois ses bras qui se balancent, battant furieusement les pans de son imper, ou qui s'enroulent autour de mon épaule et de mon cou. Nous aimons marcher ainsi, emboîtés, moi petite, légèrement à l'avant, lui en retrait qui m'accroche et m'arrime. Je rêve. Je me souviens. Mais il m'échappe encore et c'est en vain que je tâche à nouveau de capter la magie de sa présence.

Questionnez-moi, les copains, aidez-moi à comprendre !

Dans une anse étroite de la plage de Donan. Assis en tailleur, un bloc de papier sur les mollets, il tourne vers le rocher son torse à demi et, le petit doigt en l'air, trempe délicatement son pinceau dans le godet. Puis il regarde la mer, un regard qui se perd.

Les yeux mi-clos, je bronze contre sa cuisse. Quand il s'allongera sur moi tout à l'heure, quand sous son aisselle blonde j'entreverrai l'océan qui roule et monte, je sentirai mon corps s'enfoncer dans le sable, plonger dans une eau tiède et couler. D'en bas, je le regarde peindre. Je vois au-dessus de moi, comme un reflet dans le ciel couleur d'eau, un visage d'homme penché. Ce visage à l'envers, c'est un menton rond d'enfant, avec une fossette comme un coup de pouce dans la glaise, une bouche, charnue, où le sang monte et palpite, le dessous d'un nez droit aux narines nerveuses, et des yeux en amande, qui d'en bas ont la profondeur sombre de deux lacs suspendus. Tout le visage, puissant, se tend dans une application sérieuse et vorace.

D'accord, je veux bien croire que j'ai tout inventé. Gilles, je l'ai fabriqué. Pendant sept ans, j'ai eu des voix, des visions. Une illuminée. A Paris, à Poissy, à Belle-Ile, en Italie, cinq ans avec un miracle de gentillesse et de pureté — j'ai tout inventé. Je garde de cette rencontre, qui maintenant m'échappe et me fuit, la lancinante nostalgie. Je l'ai tout de même connu, le Gilles tellement humain que j'ai aimé ! Je me raccroche au concret :

— Il était beau, tout de même ?

— Oui, si tu veux, concède Charlotte.

— Il était gentil aussi, non ?

— Ça, pour avoir l'air gentil, il avait l'air gentil... C'en était même alarmant ! Une telle placidité, un tel manque d'agressivité. Fallait que ça sorte d'une façon ou d'une autre.

Devant mon expression, Charlotte conclut :

— Te bile pas, on ne comprend jamais rien aux amours des copains.

35

Hauts et bas. Je passe de l'euphorie « Youpiii, je m'en sors et Papa ne va peut-être pas si mal ! » à la dépression « J'ai beau dire, j'ai beau faire, sans toi, je n'existe pas : Gilles, je t'en supplie, reviens ! »

Nanou téléphone deux à trois fois par semaine. Douleur, plaisir de lui parler. Nanou : le lien avec

Gilles... Doucement naît entre nous deux une affection presque indépendante de lui.

Autrefois, j'avais aimé Nanou à cause de son amour pour Gilles. L'amour de Nanou : une acceptation de tout ce qui peut venir de lui. Totale. Donnée. Une passion qui n'attend rien en retour et se réjouit de ce qu'elle reçoit. L'amour, le vrai. L'amour maternel tel qu'on n'ose le rêver. Parfait.

Pourtant l'amour de Nanou, je le sais, n'est ni simple, ni serein. La jalousie, elle connaît. Au moment de notre mariage, accepter une autre femme dans la vie de Gilles ne fut pas facile pour elle. Une femme qui aurait peut-être pu la remplacer, elle, Nanou qui n'est pas sa vraie mère. Pas facile, non plus, la naissance de Marina. L'enfant que Nanou n'a pas eu. Pas facile. Elle a su tout surmonter. Pour l'amour de Gilles.

Loin de m'impatienter, l'amour de Nanou continue de faire à Gilles une énorme publicité. Elle le dit si bon. Elle le connaît si bien. J'ai longtemps vu Gilles par les yeux de Nanou. Je le vois encore.

Maintenant qu'il souffre, que nous souffrons tous, Nanou pleure. Sa souffrance à elle — peut-être la seule réelle... Son discours? Toujours le même:

— Retourne là-bas, tout de suite... Il me l'a dit: «C'est une crise. Rien du tout.» Quand je l'ai accompagné à l'aéroport, j'ai vu un homme triste... Je lui ai dit: «Tu es triste de laisser ta fille?» Il a répondu: «De les laisser toutes les deux.»

Les discours de Nanou sont extraordinairement efficaces. Je reprends espoir. S'il m'aime, comme elle dit, tout n'est pas foutu? Pas foutu. Pas foutu... Ça en prend du temps, et des coups, pour comprendre et accepter. Je n'accepte toujours pas. Et pourtant.

Pourtant, au téléphone, Gilles a recommencé d'être glacial. Il parle à Marina... Et nous — nous nous contentons de nous entretenir de détails matériels. Par exemple: les habits et les affaires de Marina qu'il doit mettre dans la valise qu'une amie de Charlotte rapporte de New York ce week-end. Je me fous de ces habits. Je prolonge la liste pour lui parler plus longtemps.

Et puis, je me retiens pour ne pas trop lui parler de la santé de Papa, ou lui raconter les anecdotes de ma réinstallation à Paris. Les quelques dîners parisiens, dont naguère nous partagions l'humour. Ce second degré, si présent dans l'humour de Gilles. Impossible de rien partager avec lui désormais. Interdiction de rien livrer. Pas même le rire. Je ne sais rien de lui, de sa vie, de son moral. Je dois rester absente aussi. Avoir tout partagé — et puis plus rien. J'ai du mal. Dès que j'entends sa voix, j'ai de la curiosité. Comment va-t-il? Qui voit-il? Que fait-il? C'est avec le plus grand naturel que je redeviens avec lui ce que j'étais — confiante, bavarde, même drôle. Mais je ne dois plus être «drôle». C'est déjà trop intime.

Donc tais-toi, Lise. Sa vie ne te regarde pas. La tienne ne le regarde pas.

Vous êtes

Sé-pa-rés.

L'incroyable, c'est que, par moments, j'oublie!

36

J'appelle l'amie de Charlotte qui revient de New York. Elle y a récupéré ma valise. L'amie me parle fort aimablement de Gilles.

Combien il est charmant. Tellement cultivé. Si raffiné.

— Enfin quelqu'un, s'exclame-t-elle, qui n'a pas que des certitudes!

Je ris.

— Il a si peu de certitudes qu'après avoir été marié sept ans et avoir fait un enfant, il n'est plus sûr de rien...

— Ah? dit-elle, très étonnée.

D'après ce qu'elle avait compris, d'après ce que Gilles avait laissé entendre, c'était moi qui l'avais quitté, l'abandonnant à son triste sort dans la solitude new-yorkaise. «Il avait l'air triste, l'air de vous adorer toutes les deux...»

Me voilà ravie pour la journée.

37

Le coup de téléphone du samedi me fait déchanter. Très bref. Très absent. Je lui demande s'il a écrit à Marina. Non, il n'a pas eu le temps, il le fera la semaine prochaine. Je dis: «Si tu veux, tu peux m'écrire aussi.» Il ne comprend pas. Timidement, je répète: «Tu peux m'écrire aussi...» «Oui, oui», bredouille-t-il. Je lui passe Marina. J'entends ce qu'il lui dit: «Mon amour... ma chérie... mon petit chat... je viendrai te voir pour ton anniversaire... dans une semaine, je passerai tout un week-end avec toi.» Même voix tendre qu'autrefois pour moi. Ses inflexions chaudes qui me faisaient vibrer des pieds à la tête. Je reprends le combiné. Changement de registre. Pressé, le mec. Je demande:

— Tu reviens pour les deux ans de Marina?

— Oui.

— Dimanche?

— Oui.

— Je fais une fête.

— Nanou me l'a dit. Invite ma mère. J'y serai. Salut.

Il raccroche et je fonds en larmes. «Mais qu'est-ce que je lui ai fait? Comment a-t-il pu être aussi doux avec moi, pour me traiter avec tant de froideur aujourd'hui?»

Marina me voit pleurer. C'est la première fois.

Et le voilà qui revient pour l'anniversaire. Moi qui me faisais une joie de cette fête ! Je l'imaginais aussi gaie, aussi détendue que possible. J'avais invité tous les amis, tous mes amis qui ont des enfants. C'était une façon pour Marina et moi de reprendre contact avec Paris. Paris, sans lui. Et voilà qu'il revient. Et me demande de recevoir sa mère, Nanou, la tribu Moutier au grand complet.

Je me dis que pour Marina c'est bien. C'est bien qu'à son second anniversaire son père soit là.

Qu'est-ce qui va se passer maintenant ? Que va-t-il me dire ? Que va-t-il vouloir ?

38

Toujours pas de nouvelles du cancer de Papa. Il ne veut pas faire d'analyses complémentaires, il dit qu'il va bien.

Si « ça » — et la menace du débarquement de Gilles — n'existait pas, j'irais, moi aussi, presque bien.

Je me rends compte qu'en même temps que je le redoute, j'attends Gilles et l'espère. Masochisme ? Qu'est-ce que j'espère ? Sans doute qu'il me dise qu'il tient à moi, qu'il a fait une bêtise, qu'il veut que tout s'arrange. Je recommence d'attendre le même discours, celui qui ne vient jamais depuis huit mois.

Que l'espoir est lent à mourir ! Combien de coups me faudra-t-il encore recevoir pour accepter ?

CHAPITRE IV

L'ANNIVERSAIRE

39

Octobre (suite)

A midi, personne. A deux heures, à trois, à cinq, je l'attends encore. Quand il arrive au soir, je suis à bout de nerfs. «Salut, tu vas bien?» Pâlot. Pas rasé. Fripé. «Ça va.» Marina, folle de joie. La nuit tombe. Nous sortons tous les trois faire les dernières courses pour la fête de demain. C'est drôle de faire les courses ensemble. Si naturellement. C'est sinistre aussi. Je lui en veux d'arriver la bouche en cœur, alors que tout est organisé. Les ballons, le gâteau, les cadeaux des enfants. Je lui en veux de se glisser avec tant d'aisance dans le rôle du mari prévenant et du Papa qui participe. Avant de disparaître vers de nouvelles aventures. Gentiment, il m'aide à porter les bouteilles au quatrième. Je me réjouis à l'idée que c'est toujours ça de pris. Faux cynisme. Pathétiques ricanements de quémandeuse. Un peu d'amour s'il vous plaît!

Nous dînons en tête à tête. Je ne peux rien avaler. Primes d'assurances, évaluation des sinistres, Gilles est loquace sur ses activités. Je suis passive. Par chance, j'ai eu l'après-midi pour m'arranger: je ne me sens pas moche. Au dessert, il me dit qu'il faut parler.

Je suis assise par terre, les coudes et le menton sur la

table basse. Il est sur le lit. Je dis que je n'ai rien à dire. Que je ne veux pas parler. Il me dit que tout vient du fait que l'on n'a pas parlé ces dernières années. Il me demande si éventuellement, peut-être, un jour, qui sait, j'envisagerais de reprendre la vie commune.

Je réponds que je n'en sais rien; il y a moins de trois semaines, il voulait qu'on se sépare, j'ai accepté de ne pas divorcer et d'attendre six mois, j'en suis là. Je ne comprends pas de quoi il me parle, «si éventuellement, un jour, peut-être». Comment puis-je savoir?

Il m'aurait dit il y a seulement trois semaines que je me retrouverais ici à Paris, sans lui, j'aurais répondu: «jamais», «impossible», «pourquoi?», «comment?», «impensable!». Alors «si éventuellement, peut-être, un jour, j'envisagerais...» Je n'en sais rien!

Je commence à m'énerver. Il me remet la responsabilité dans les mains, mais ses questions sont théoriques. Il ne suggère rien.

Je demande:

— Qu'est-ce que tu me proposes? Tu vas rentrer à Paris?

— Peut-être... Enfin pas tout de suite.. Il faut que je finisse mon travail pour Mercier... J'en ai pour, environ, jusqu'à... à peu près août.

Je sais par expérience qu'il faut ajouter six mois aux calculs de délais de Gilles. De quoi me parle-t-il? Comment savoir ce qui va se passer en un an? Il change d'avis tout le temps! Moi qui ne voulais pas parler, j'arpente la pièce, et conclus: «Ne parlons pas, il est trop tôt.»

Il acquiesce. Et repart à l'attaque en me disant que tout vient du fait que nous n'avons pas parlé depuis la naissance de Marina. Pas parlé? Je lui rappelle que tout cet hiver, je lui ai demandé ce qui se passait, ce qui n'allait pas, je lui rappelle mes supplications, mes larmes et mes questions. «Est-ce qu'il y a quelqu'un d'autre?»

Et quand il a finalement «parlé» de Geneviève, il ne disait rien encore puisque Geneviève n'avait aucune importance, et que c'était une façon de cacher l'autre. Une façon de dire, sans dire, tout en disant, mais en ne disant pas.

Il me «taquinait», comme il l'a résumé plus tard, en s'expliquant sur ce chapitre. Drôle de façon de «parler» pour régler un problème. Au fait l'autre, Debbie, il l'a sautée?

— Non.

— Mais... pourquoi?

— Parce que si je faisais l'amour avec Debbie, je commencerais quelque chose avec elle et ce serait prendre un énorme risque pour nous deux, toi et moi.

Cette fois, je tombe sur le dos d'étonnement:

— Un énorme risque pour nous deux? Enfin, Gilles, tous les risques, tu les as pris! Tu vis à New York, je vis à Paris. Nous sommes sé-pa-rés, nous allons vers un divorce, à partir de maintenant, il peut se passer n'importe quoi... Je peux, moi aussi, rencontrer quelqu'un... En décidant de vivre sans moi, et moi sans toi, tous les risques tu les as pris!

Il opine:

— C'est vrai.

Je poursuis, bêtement, le poussant dans ses contradictions et ses hypocrisies.

— Ne pas coucher avec Debbie, pour ne pas prendre le risque de l'aimer, elle, c'est idiot! Ou ça marche entre vous, et ça valait la peine de foutre en l'air ta vie et la mienne. Ou ça ne marche pas, et peut-être reviendras-tu. Sans regret. Tu auras vécu ton expérience. Ratée. Mais notre vie pourra reprendre. Réussie peut-être.

Je m'interromps. Je me rends compte que je me suis laissé piéger. Je discute. Je bavarde. Je m'immisce dans sa vie qui n'est plus la mienne. Ça ne me regarde pas, tout ça. Ce sont ses méandres. Plus les miens. Je conclus:

— Tout ça, je te l'ai déjà dit cet été... Je ne veux plus parler.

Silence.

Mais j'ajoute, mauvaise:

— Tu me dis que tu ne l'as pas sautée parce que tu ne «voulais» pas la sauter, parce que tu ne voulais pas prendre de risques pour nous, mais si ça se trouve, c'est elle qui ne veut pas de toi!

Il rougit. Je l'ai touché au vif. Furieux.

— Pas du tout. Elle — elle voudrait bien!

— Tu lui as parlé, tu lui as dit que tu étais séparé de ta femme?

— Oui.

— Qu'est-ce qu'elle en a dit?

— Que mon amour pour elle ressemblait fort à une toquade et qu'il fallait que j'y voie clair avant de commencer quelque chose. Nous en sommes là... Maintenant, te dire que lorsque je la rencontre dans le couloir, ça ne me fait rien, ce n'est pas vrai... Bien sûr... Elle m'émeut... Elle me touche... Elle est si vivante... Si ouverte...

Je me tais. Le sujet Debbie m'est trop douloureux. La jalousie me tenaille. Tout ça ne me regarde pas! Je ne veux pas savoir. Je ne veux plus parler!

Il part vers onze heures, me laissant extrêmement angoissée. Il a réussi. Je parle avec lui dans ma tête, m'insurge. Vers une heure, je m'assoupis un peu. Mais le téléphone sonne. Je tâtonne jusqu'à l'appareil. C'est Gilles:

— Je voulais juste te dire bonsoir.

Bravo — impossible de me rendormir après ça. Toute la nuit, je bataille. Et puis à l'aube, d'un coup, je rends les armes. De la douceur, de la douceur, de la douceur... Je cesse de réagir. J'arrête de me débattre. Je ne triche plus. Y'a pas, y'a pas, faut que j'te dise, faut que j't'avoue, réveille-moi, téléphone-moi, dis-moi bonjour, bonsoir, n'importe quoi, je t'espère, je t'attends, je t'en prie, Gilles, reviens !

Au-dessus de moi, dans la mezzanine, Marina s'agite aussi. Réveillée vers cinq heures, elle ne parvient plus à s'endormir «... Papa». Même les câlins dans mon lit ne la calment pas. A sept heures, vidée, j'appelle Gilles et le supplie de venir nous voir.

Nous allons tous les trois prendre le petit déjeuner au café.

40

Au café Gilles se conduit avec Marina comme il se conduisait avec moi quand il m'aimait. Mêmes regards tendres. Mêmes prévenances. Mêmes mots doux. Même délicatesse. Il la traite comme une femme dont il serait fou.

Je retrouve le Gilles d'autrefois, le Gilles amoureux. Son amour ne m'est plus destiné.

Le voir si semblable à lui-même, après tant d'indifférence, le voir si aimant, mais pas à mon égard, est une torture. Je bats précipitamment en retraite, les laissant tous les deux. J'échoue rue Galande. Au radar. Une loque. J'accroche les ballons, fais voguer les canards dans la baignoire, mets la table pour les quinze petits enfants de cet après-midi. La douceur de ce regard qui enveloppait Marina tout à l'heure. La femme que Gilles aime. Comme elle doit les aimer, Debbie, Gilles et sa tendresse. Elle ne les laissera pas partir, elle, les yeux de Gilles, les mains de Gilles, si longues, si fermes, qui enferment les siennes. Ah ! c'est vrai, j'oubliais, il ne l'a pas touchée, pas encore, attends, attends, ma vieille, la caresse de Gilles.

Désir de défaite. Désir de mort. Tu t'enfonces. Tu

t'abandonnes. Tu te confies. Tu mets ta vie entre ses mains. Jusqu'à la fin. On sonne à la porte.

Charlotte, Jacques et leurs trois fils occupent le terrain. Le plus jeune, Henri, a l'âge de Marina. L'aîné, Charles, saute dans mes bras. Mon Charles, mon filleul, avec ses taches de rousseur et son air filou. Cinq complices dans la place. Arrive Nanou. La statue du commandeur en miniature. Le chignon bétonné, les tétons agressifs, l'œil dur. Elle serre Marina dans ses bras, ignore Charlotte, guette la porte. «Gilles a la clé, j'espère!... Quand madame arrive-t-elle?» La mère de Gilles n'arrive pas. Elle se trouve au Kenya. «Quelle pitié!» regrette Nanou. «Quelle veine!» grommelle Charlotte. En masse, les enfants et leurs parents débarquent. Mes vieux amis. Ceux, nouveaux, de Marina. Bouffée de joie à les retrouver tous. Brouhaha. Cohue. Je perds Gilles de vue. La rue Galande redevient vivante. Moi aussi. Ça se bat, ça bouge, ça mange. Marina est un peu submergée par le bruit. Elle se colle à son père et ne joue pas avec les autres enfants qui s'amusent entre eux. Tant pis. Elle a l'air ravi!

Le soir, Charlotte et Jacques emmènent les garçons se détendre au square Notre-Dame. Tout le monde parti, je décide d'aller les retrouver avec Marina. Gilles ne décolle pas. Ils nous accompagne. Sa présence me gêne: j'ai besoin d'être seule avec Charlotte et les enfants. Le temps d'arriver, nous les avons manqués. Retour tous les trois rue Galande. Je couche Marina. Gilles recommence à dire qu'il veut que nous parlions.

— Je ne sais pas si tu as réfléchi ces dernières semaines, mais moi j'ai beaucoup pensé à ce qui nous était arrivé. C'est comme si nos deux passés, ton passé avec ta mère, mon passé avec la mienne, avaient contribué à nous détruire. On a cru que nos passés nous unissaient, ils se sont combinés au contraire pour tirer le pire de nous-mêmes.

— Par exemple?

— Tu as agi envers moi et ma famille comme ta mère l'avait fait envers toi et la famille de ton père. Tu as essayé, comme elle l'avait fait avec toi, de me couper de mes racines. Tu as voulu me couper de ma mère pour que je n'aime que toi. Comme ta mère l'avait fait à l'égard de ton père. Pour t'avoir à elle toute seule. Pour que personne d'autre ne t'aime. Pour que tu n'aimes qu'elle...

Je réfléchis. Il poursuit:

— J'avais l'impression que tu me forçais à choisir entre mon passé et toi. Je te choisissais toi parce que cela me paraissait la seule façon de pouvoir vivre avec toi. Mais je t'en voulais de tes discours visant à me prouver combien mon milieu était nul.

— J'ai eu tort. Mille fois tort. Mais c'est toi qui m'as dit et répété, et redit, combien tu avais souffert de ton milieu. Le pouvoir. L'argent. La corruption. Les apparences. Tu ne tarissais pas sur ce chapitre... J'ai cru que tu attendais de moi que je te donne un nouveau monde, une nouvelle vie... Quand on est parti à New York, j'ai cru que c'était ça qu'on faisait, ça qu'on voulait... Sortir du passé et construire ensemble notre vie dans un lieu, parmi des gens qu'on avait choisis ensemble, des gens sans rapport avec nos passés... Je me suis trompée: tu ne voulais pas t'échapper du passé... Mais en m'insurgeant contre ce qui t'avait fait souffrir, j'essayais de te protéger du mal qu'on pouvait encore te faire.

— Quel mal?

— Celui que tu m'avais décrit, tout ce dont tu m'avais parlé en pleurant à Venise, tout ce que j'avais vu de ta souffrance en présence de ta mère à Paris. Quand tu devais faire quatre fois le tour du pâté de maisons la nuit pour te calmer après un dîner chez elle...

— Tu as peut-être voulu me défendre, mais surtout tu as voulu m'isoler! Que je n'aime personne d'autre que toi!

Et s'il avait raison? Se pourrait-il que j'aie cherché à l'amoindrir pour me le garder?

— Pourquoi ne m'as-tu pas arrêtée?

— Tu étais inépuisable.

— Enfin, Gilles, je ne t'ai obligé à rien, si tu n'étais pas d'accord, tu pouvais le dire! Tu n'as pas douze ans et tu es libre quand même! Libre de penser et d'agir tout seul. Libre de me clouer le bec si tu trouves que je débloque... Entre nous, tu n'aimais pas plus mon passé que je n'aimais le tien, et tu ne te gênais pas pour le dire. Ça ne m'a pas empêchée de continuer à aimer mes amis.

— Tu me fais cet effet-là... Je ne peux pas t'aimer et aimer quelqu'un d'autre... Pour Marina, ç'a été pareil. Je n'ai pas pu aimer ma fille... Quand tu es partie à Paris, je me suis dit qu'enfin, enfin j'allais pouvoir aimer mon enfant!

Ces derniers mots m'ont glacée. Un trouble immense me submerge. Il n'a pas aimé Marina? *Il n'a pas pu l'aimer à cause de moi?*

Gilles poursuit:

— Je ne peux pas t'aimer et aimer quelqu'un d'autre à la fois... Quand j'ai senti que tu t'en allais, j'ai pu enfin l'aimer, elle...

Je suis terrifiée par ce qu'il me dit. Que Marina et moi soyons interchangeables, qu'il ne puisse aimer et sa femme et sa fille en même temps, mais soit l'une, soit l'autre, me donne le vertige. Qu'il puisse nous mettre sur le même plan et qu'en conséquence, nous ne puissions coexister dans son cœur, qu'il éprouve la même sorte d'amour pour nous deux, comme pour deux amoureuses ou deux enfants, m'épouvante pour l'avenir.

Je me souviens brusquement de l'impression du matin, au café, quand il s'adressait à Marina comme à une femme; je retrouvais ses gestes d'amant, ceux d'autrefois à mon égard, ses mots, même ses regards d'amant.

Gilles poursuit, conciliant:

— Je suppose que c'est souvent comme ça, les rapports d'un homme avec sa fille aînée.

— Dans «Peau d'Ane» peut-être!... Mais la femme est morte et la fille est obligée de s'enfuir: vaste programme.

S'il ne peut nous aimer toutes les deux, aussi fort et différemment, le mariage, la famille, l'avenir ensemble, tout en effet va aux oubliettes. Je frémis en songeant à la Marina de quinze ans dont son père sera «amoureux». A moins qu'il ne soit «amoureux» d'une autre femme et, de ce fait, traite sa fille avec la même indifférence qu'à Larchmont il y a un mois!

Je saute sur mes pieds, folle de rage et de peur.

— Tes méandres, tes salades, tes histoires, j'en ai ras le bol. Je ne suis pas ta psychanalyste. Je ne veux plus t'entendre.. Je n'y comprends rien, rien, rien!... C'est tellement compliqué qu'il faut demander de l'aide. Il faut que quelqu'un t'aide à démêler tout ça. C'est trop compliqué. Et trop important pour Marina!

Gilles à son tour s'énerve:

— Je n'ai pas besoin d'un psy... J'ai besoin qu'on parle ensemble, pour t'expliquer ce qui s'est passé. Pour tâcher de comprendre ensemble...

— Comment puis-je t'aider? Tu m'expliques qu'à cause de moi tu n'as pas pu aimer ta fille, qu'à la minute où je m'en vais, tu éprouves enfin quelque chose pour elle... Tu me rends responsable de trucs complètement dingues et tu espères qu'en me les soumettant, en me les faisant partager ou plutôt en me faisant endosser la responsabilité de tes paradoxes sentimentaux, tu vas les résoudre? J'en ai marre de t'entendre. Je n'en peux plus. Débrouille-toi tout seul.

Il est furieux. Je tremble de révolte et de peine. Qu'il mêle Marina à notre échec de façon si tortueuse m'affole. Nous nous taisons tous les deux. Je réfléchis. Je lui parle dans ma tête: «Au lieu d'admettre que tu t'es senti délaissé à la naissance de l'enfant, que j'ai été trop mère et plus assez épouse, que l'ajustement à la paternité —

être trois et non plus deux — t'a été douloureux comme à beaucoup d'hommes, au lieu de cela tu fous tout en l'air, et tu te justifies en invoquant des raisons à contresens de ce qui s'est passé... Au lieu de dire que je ne me suis pas assez occupée de toi, tu dis que je t'ai étouffé et coupé de New York. Au lieu d'admettre que tu t'es senti déçu par ta propre jalousie à l'égard de ta fille, déçu par ton manque d'élan, tu dis que c'est moi, ma personnalité, ma présence qui t'ont empêché d'aimer Marina. C'est injuste, lâche et bête ! Et puis... »

Il ne dit toujours rien. Je m'exclame :

— Peut-être que je me trompe encore ! Peut-être mon existence t'empêche-t-elle vraiment d'aimer ta fille. Dans tous les cas, il faut demander de l'aide. Je ne peux pas, moi, t'aider, moi moins que quiconque !

Je me lève, fonce vers la cuisine. Il me suit. J'attrape un tabouret, monte dessus et farfouille dans le placard à la recherche de biscuits :

— J'ai faim !

— C'est ça, jette-t-il, bourre-toi de gâteaux maintenant !

Il m'arrache le paquet. Je saute du tabouret, le bouscule, lui fais face :

— Dis donc !

Le poil hérissé, nous nous mesurons. Deux loups prêts à l'attaque. Et soudain, une convulsion. Nos yeux se fendent, se plissent, une bourrasque. Nous éclatons de rire. Appuyés l'un à l'autre, jambes croisées, biscuits à la main, nous rions, nous rions...

Gilles revient s'asseoir au bureau, et moi à ses pieds. Il me regarde d'en haut, son sourire polisson aux lèvres. Le visage penché, la boucle sur le front, l'œil qui frise : le Gilles que j'ai aimé ! Je me rends compte que je n'ai pas vu ce visage-là depuis des mois, des années peut-être. C'est le visage sur la photo de mon portefeuille, celle que j'adorais et que j'ai déchirée l'autre jour... Quelque chose de mutin, de bon.

— Tu as ton visage d'autrefois...

Je pose ma tête sur ses genoux et respire l'odeur bleue de sa chemise. Nous nous taisons longtemps. Je dis :

— Tous les deux... On est très blessés... Il faut prendre soin de nous... je veux dire, faire attention l'un à l'autre. Je t'ai beaucoup aimé et...

— Moi aussi, je t'ai beaucoup aimée... Si je t'avais moins aimée, peut-être n'en serions-nous pas là.

Je lève le visage :

— C'est parce que tu m'as beaucoup aimée que tu me tapes sur la tête ?

J'ai quitté ses genoux pour m'asseoir par terre. Gilles insiste.

— Je t'ai beaucoup aimée.

— Mais tu ne m'aimes plus.

— Si.

— Non !... Tu m'aimes et tu me quittes ? T'es sado-maso, ou quoi ?

Il se tait. Moi aussi. Nous laissons le silence s'installer. Il doit être une heure du matin. J'aimerais qu'il parte. Je voudrais qu'il reste. Je demande.

— Qu'est-ce que tu crois que j'éprouve en te voyant, quand tu téléphones, quand tu restes dîner ?

— Je ne sais pas... Du plaisir ?

Il ne cessera jamais de m'étonner, celui-là !

— Du plaisir ? Tu es fou !

— Alors pourquoi me souris-tu ?

— D'instinct. Un vieil instinct qui m'attire vers toi, une vieille envie de te séduire et d'être aimée de toi... Mais elle ne veut plus rien dire, cette envie !... Ce que j'éprouve en te voyant, c'est la peur. Quand tu dis que tu arrives, je suis figée sur place. Pas de plaisir. De peur... Qu'est-ce qu'il va encore me faire ?... Ce que j'essayais de dire tout à l'heure, c'est qu'il faut faire attention. Du chagrin à la colère, de la colère à la haine, le passage est facile ! Et si je te hais, pour Marina, c'est foutu ! Si je te hais, elle souffrira comme j'ai souffert de l'horreur de

Maman pour tout ce qui touchait à mon père... Quand tu as débarqué chez moi avec ta mère il y a quinze jours pour emmener Marina malgré moi, je t'ai haï... C'était la première fois. Mais c'était horrible... Si nous ne faisons pas très gaffe, notre rupture risque à tout instant de basculer dans des scènes sur lesquelles nous ne pourrons pas revenir. Et dont Marina sera au bout du compte la victime... Si je te hais, c'est foutu pour son bonheur, sa confiance dans l'amour, sa sécurité. Elle sera déchirée entre toi et moi, elle se sentira coupable de t'aimer, m'en voudra de te haïr, nous en voudra à tous les deux, s'en voudra à elle-même de ses sentiments. La perturbation émotionnelle assurée.

Gilles acquiesce. Je poursuis.

— Ce serait bien si tu l'appelais à heure et jour fixes. Pour qu'elle ne croie pas que c'est toi à chaque fois que le téléphone sonne... Et quand tu viens, préviens à l'avance. Ne surgis pas dans l'escalier. Sinon, à chaque fois qu'on montera ou descendra, elle espérera te voir, elle t'attendra. Attente toujours déçue. Il faudrait que quand elle t'attend, tu viennes, et qu'elle sache qu'elle peut t'attendre parce que tu viendras.

Gilles acquiesce toujours.

Il se lève. Il va partir.

Nous nous tenons face à face — l'un contre l'autre. Je pose mon front contre sa chemise. Nous restons enlacés. Immobiles. J'ai envie qu'il m'embrasse. Je lutte de toute ma volonté contre cette envie. Il pose ses lèvres contre les miennes, effleure ma bouche, un tout petit baiser que je lui rends vite et je me dégage :

— Il faut partir maintenant.

Il ne résiste pas et s'en va. Encore une nuit sans sommeil. Je ressasse la révélation de ce soir.

Alors, finalement, la femme entre nous, ce n'était pas «Geneviève», ce n'était pas «Debbie», c'était Marina !

41

Au matin, il revient dire au revoir à Marina. Cet adieu ressemble point par point à celui d'il y a trois semaines. Mêmes trémolos. Même chamade. Même angoisse.

— Alors, rendez-vous à Noël...

Il me serre le bras, étouffe Marina de baisers. Puis il s'en va.

Je téléphone à Ulla, en Camargue. Les résultats des analyses de Papa?

— Eh bien, les résultats sont positifs...

Mon cœur se fige.

— C'est-à-dire?

— C'est-à-dire que la tumeur est maligne... C'est un gros cancer de la peau, ma chérie. Reste à savoir s'il a métastasé. Et où.

Voilà: ce que je redoutais depuis septembre est arrivé.

— Il le sait?

— Oui.

— Comment prend-il la nouvelle?

— Nous venons mercredi faire les analyses à Paris.

CHAPITRE V

SANS GILLES (2)

42

Octobre (suite)

A l'hôpital Saint-Louis, Papa subit toutes sortes d'examens. Prises de sang. Biopsies. Scanner. Scintigraphie osseuse. Les médecins défilent. Il les attrape, les coince, et les bombarde de questions.

En deux heures, nous savons tout sur les cancers de la peau. Tout ou presque. Nous déjeunons tous les deux à la cafétéria de l'hôpital où nous parlons de... Gilles. Nous nous étalons sur Gilles. Comme si tous les deux, nous préférions parler de Gilles que de son cancer. Comme si tous les deux, nous meublions notre angoisse par une autre angoisse.

En rentrant en métro, je suis submergée par la certitude que mes histoires avec Gilles sont absurdes. Face à la maladie, à la mort, tout ça n'a aucune importance! Je pense à la santé de Gilles, sa façon de fumer, de boire. La mort de son père. D'un cancer. La maigreur de Gilles ces derniers temps.

... L'important, l'essentiel, c'est que je l'aime et qu'il m'aime, puisque c'est ce qu'il a dit. Le reste — comparé à la mort — n'est rien. Zéro. Je calcule les heures pour l'appeler, pour lui dire que je pense à lui, qu'il prenne soin de lui, que je tiens à lui.

A peine rentrée à la maison, je lui téléphone. Je lui dis

que Papa a un cancer. Il reste froid. Pas méchant, non. Mais absent. Aucune curiosité. Je ne crois même pas que l'idée du danger l'atteigne. Il ne pose pas de question. Oui, c'est embêtant, bien sûr. Puisque c'est pris à temps, bon, rien d'inquiétant. Je lui dis aussi combien j'ai pris conscience de mon attachement à lui, Gilles.

A mes effusions, il me répond très calmement qu'il faudrait voir, réfléchir à tout ça, laisser passer du temps.

Je dis que je suis tout à fait d'accord, que je voulais seulement lui dire... que d'après ses discours du week-end, j'avais cru comprendre... Enfin je croyais qu'il attendait de moi une réponse, un espoir...

Il me répond qu'«on verra», qu'il est trop tôt pour parler.

43

Peut-être Gilles a-t-il cru que j'utilisais la maladie de Papa comme un chantage pour le coincer? Le fou. Je ne lui parlerai plus de Papa. C'est moi la folle! Comment ai-je pu croire à son baratin du week-end? Une vieille histoire: le chat et la souris. Apprendre à être seule. Nom de Dieu, Lise, apprends! Apprends à te taire. Et à ne rien partager. Ni avec lui. Ni avec personne. Papa m'obsède. Là non plus, ne rien laisser paraître. Il est assez angoissé comme ça. Le rassurer au contraire. Le soutenir. L'aider. Les nouvelles ne sont pas si mauvaises. Le cancer est très localisé. Il n'a pas métastasé dans les ganglions. En ôtant le grain de beauté et une grande plaque de peau alentour, les chairs, les muscles, et en grattant jusqu'à l'os, la maladie devrait être endiguée. Il faudra en outre lui greffer sur le dos de la peau prise à la jambe. Vingt centimètres carrés de peau. Une longue opération. Trois heures au moins. A l'hôpital, on m'a montré une radio de quelqu'un dont le cancer avait métastasé. Des petits points noirs comme des têtes d'aiguilles fichées dans les os. Sur tout le squelette. Des gommettes. La mort. Partout. Palpable. La mort. Sur le squelette de Papa, pas une seule tache.

44

Je trouve un grenier à louer à la Butte-aux-Cailles. Délabré. Une ruine. Ça y est — miraculeux —, j'ai signé pour six ans. Loyer assez bas pour Paris. Mais la plomberie, l'électricité, les cloisons, la peinture, tout à faire. Grand, surtout comparé à la rue Galande! Je devrais être soulagée. J'ai beaucoup voulu cet appartement. Pour reconstruire ma vie et celle de Marina en France. L'arranger à mon goût. Qu'on y soit bien toutes les deux.

«Toutes les deux» — le hic, il est là.

En choisissant les carreaux de la cuisine, je me mets à sangloter. Penchée sur les papiers peints, le déluge. C'est mon appartement et non le nôtre. Je «dois» choisir ce qui me plaît sans jamais songer à ce qui plairait à Gilles. Ne plus tenir compte de lui. Faire cet appartement pour moi. Pour moi. Pour Marina et moi. Je n'y arrive pas. C'est comme si je n'osais pas... Comme si ça rendait les choses définitives. Irrémédiables. Je me surprends à transiger... à imaginer une chambre qui nous plairait à tous les deux. Mais bon Dieu, Lise: il n'y a plus de tous les deux! Ou le salon tel qu'il l'aurait aimé et fait, lui, tel qu'on l'aurait fait ensemble. Un lieu paisible où Gilles pourrait aussi se sentir bien. Où il aimerait vivre...

Je prends tout à coup conscience que nous ne vivrons plus ensemble. La «Butte-aux-Cailles» me paraît le signe, la preuve de notre rupture. Et de ma solitude. L'idée d'y vivre m'affole. Quitter le nid de la rue Galande pour ce grenier ? Où Gilles ne peut, ne *doit* avoir aucune place ?

Week-end pourri où je lutte contre moi-même.

Maman dîne rue Galande. Cette fois, je dois lui dire.

— Ton père ! Malade ?

Je n'ai pas prononcé le mot. Elle l'a deviné. Cancer. J'ai vu passer dans la fixité de son regard cette idée, cette souffrance, cette terreur, nouvelles : si cet homme, la force et la vie, son homme, venait à mourir ? Elle refuse et s'insurge. « Lui ? Mais non ! C'est impossible. »

Mon père disparu — pour Maman, la solitude, la vraie. Nous nous serrons l'une contre l'autre.

45

Papa se fait opérer à Saint-Louis samedi. Il entre à l'hôpital deux jours avant. Ulla répète à satiété que « tout fa pien ». Sa confiance, peut-être trop bruyante pour être honnête, me fait peur. Papa — extraordinairement courageux. Et capable, lui, de parler d'autre chose que de sa maladie. Chapeau !

46

L'opération de Papa s'est, paraît-il, bien passée. En arrivant à Saint-Louis, je le trouve pourtant pâle et maigri. Première impression de faiblesse, qui me serre le cœur. Je l'aide à se lever. Je l'accompagne jusqu'aux toilettes en le portant à demi. Je l'attends devant la porte. Sa souffrance en cet instant. Mon père que je n'ai jamais vu qu'en complet-veston. Cravaté, sanglé, qui se changeait pour le dîner, résolument droit et digne — je crois même ne jamais l'avoir vu transpirer l'été — l'idée que Papa se fait de la dignitié humaine. Le voilà en pyjama taché qui me demande de l'emmener faire pipi et de garder la porte ouverte. Je l'entends qui souffle, halète. Je demande: «Ça va?» Il ne répond pas. Si c'était le début de la fin? Si Ulla m'avait caché la vérité? Si son cancer avait métastasé? A peine sorti des toilettes, fatigué, humilié, Papa, brutalement, me renvoie.

47

Ce matin, ses traits, même sa bouche et ses orbites, me paraissent démesurés. Il ressemble à Voltaire avec ses lèvres sinueuses sur les dents, son nez trop pointu — ce nez à «piquer des gaufrettes» qu'enfant, je trouvais si drôle! Ulla a beau dire, en trois jours son visage s'est creusé. Il me dit: «Emmène-moi d'ici.» Nous allons faire quelques pas dans le couloir. Il pousse son goutte-à-goutte. Il boite. Promenade lente parmi les chariots et les chaises roulantes. Il s'agrippe à mon bras. Je pense à autre chose, à lui, mais je parle de son laboratoire, de Gilles, de la Butte-aux-Cailles.

«Contacte d'urgence Monsieur X., ordonne-t-il, pour la plomberie, c'est le moins cher.» Il me donne le numéro par cœur. «Va demain sans faute chez Y., je t'ai déjà dit que j'avais des réductions sur les tommettes! ... Et téléphone donc à l'esthéticienne d'Ulla: tu as le teint brouillé, tu as besoin d'un nettoyage de peau.» Je le regarde. Il gesticule. Ça y est. Je le retrouve, mon père, bruyant, concerné, furieux. Tellement en vie! Immense soulagement. Ulla avait raison: il va bien. Aussi bien que possible. A la mesure du bonheur qui m'envahit, je prends conscience de ma peur de le perdre ce dernier mois! Le poids, la chape se soulèvent. Il tyrannise Ulla, séduit les infirmières, s'informe de tout et de tout le monde autour de lui. A son contact, je retrouve de la vraie gaieté, pas mon ramassis d'«anecdotes» pour le distraire... Incroyable curiosité. Formidable courage. Comme j'adore en lui, comme j'admire cette intelligence de la vie qui fait que, de cette épreuve, il va sortir grandi. Il a déjà appris mille choses nouvelles. Je le vois qui furète, emmagasine, réfléchit, cherche. Et avance! Son œil gris d'oiseau s'allume:

— Quelle leçon faut-il tirer de tout ça? me demande-t-il en me montrant les gigantesques pansements sur son dos et sa jambe.

Je ne sais pas. Mais lui saura sûrement en tirer «le maximum»!

48

«J'ai eu ton message au bureau, me téléphone à dix heures du soir le célèbre producteur Gérard Barnet. J'arrive d'une interminable réunion au C.N.C. Je suis mort.»

Youpie — il m'a rappelée, Gérard B., ma source, ma mine, ma chance pour gagner ma vie en France. De New York, pendant toutes ces années, je l'ai soigné: cartes de vœux, cartes postales, coucou j'existe. C'est pour lui qu'avant de suivre Gilles aux États-Unis, j'ai écrit cette série télé qui a fait toute ma réputation de scénariste.

«...Passe me prendre chez moi, m'ordonne-t-il. Douze

place du Palais-Bourbon. Code 1B2. » Clac. Il a raccroché.

A cette heure ? Chez lui ? La gueule du loup. Je cherche frénétiquement son numéro personnel dans l'annuaire. Il n'y est pas. J'appelle les renseignements. Ça ne répond pas.

— Non, grommelle Charlotte au bout du fil, sur le Minitel je ne le trouve pas.

— Qu'est-ce que je fais alors ?

— Vas-y.

— Hein ?

— Poser un lapin à Gérard Barnet, c'est te trancher la gorge.

— Débarquer chez lui à dix heures du soir, c'est passer à la casserole.

— Entre deux maux, choisis le moindre. D'accord, il est un peu gras, un peu vieux, un peu con. Mais place du Palais-Bourbon, mazette, quel appartement ! ... Et très généreux avec les femmes...

— Charlotte, ma fille, tu n'es qu'une pute.

— Lise, ma vieille, vous n'êtes qu'une prude.

Je raccroche, perplexe. « Après tout... pourquoi pas ? Je suis assez maligne pour m'en sortir... Une pirouette, un coup de charme, il ne me saute pas, on cause, on reste potes à vie. Transformer les ex ou les futurs en vieux copains, mon talent caché. »

Mon regard tombe sur le visage de Gilles. Sa photo qui trône, encadrée, pour Marina.

« Dire que c'est son absence qui me met dans des pétrins pareils. »

Oui mais... l'aventure ! Mariée, maquée, je devenais popote et guimauve. A nous deux l'inconnu... Je revois la petite moustache de Gérard B., son début de bedaine, ses gros sous, je me dis que pour l'inconnu, il faudra repasser. Qui sait, ce soir je vais peut-être décrocher le contrat du siècle ? ... A nouveau le visage de Gilles. Je deviens toute molle. Sur la photo, la bouche suspendue et souriante, il se penche vers un être, une femme que je sais être moi. Je me suis découpée. Un bout de silhouette dans la poubelle. Je vais me chercher dans la glace. Un machin. Une espèce de truc, une éponge à pattes, flasque et humide, qui pleure dans la rue quand on la bouscule, qui aboie quand on l'approche.

Il ne reste rien. Plus d'esprit. Plus de panache. Rien que de l'eau et des dents. Si l'autre, le Gérard B., me touche, je lui arrache les yeux, le nez, la gorge, c'est moi qui tranche tout. Allons, entre deux maux, je choisis le moindre, je reste chez moi. Mal. Si mal. Je ne supporte désormais que les trajets. Partout, la nausée. Sauf en voiture, dans le métro ou dans le train. Quand je pars avec l'idée qu'ailleurs je serai mieux. Peine perdue. A peine arrivée, je m'absente. Je ne me reconnais plus. Je ne reconnais personne. Même Marina. Nos longs repas en tête à tête. Le jambon qui tombe. L'eau qui se renverse. L'ennui. Les week-ends seule à seule qui n'en finissent pas. Le seau, la pelle, le parc. La culpabilité. Je l'habille, je l'emmène, je me démène. Deux marteaux-piqueurs. Ça saute, ça creuse, autour d'une balançoire vide.

A minuit, le téléphone sonne. C'est Gérard B. Mécontent. Je m'explique, lui explique, pas son numéro, pas de baby-sitter, que faire?

— Retourne donc à tes tétées!

Il me raccroche au nez. Adieu la série télé.

49

Je fuis le souvenir de Gilles et ne peux plus évoquer New York sans violence. Je me rappelle l'hiver de notre arrivée. Avant la naissance de Marina. New York en liberté. Nous avions quitté Paris avec quelques Pléiade

— Shakespeare et Saint-John Perse pour Gilles, Balzac, Apollinaire et Proust pour moi. Paraît que d'ordinaire, les expatriés aiment à dormir et manger dans leur liste de mariage: l'A.M.E. avait donc offert de payer notre déménagement. Mais nous, à l'époque, nous voyageons «sans bagages et sans réservations». Le matelas et les petites cuillers, la lampe et le vase chinois, je les cherche au fond des échoppes du Lower East Side, dans les salles de ventes et les hangars de l'Armée du Salut. Une façon comme une autre de s'approprier Manhattan.

Tailladée par le vent qui me hache le visage et le souffle, je me hâte d'un bloc l'autre, passant sans transition du bain de foule aux coupe-gorge. Entre les cuisinières renversées, quelques pneus, un brasero, et les volutes des bouches d'égout qui fument, un corps, la tête la première, git dans une poubelle.

Comme tous les New-Yorkais, je passe, l'œil fixe, je n'ai rien vu. De l'autre côté de la rue hésite une petite vieille. Grassouillette, proprette, un genre Mamie Nova bardée de sacs. Elle se lance dans l'intersection. Nous allons nous croiser au milieu. Nos regards se rencontrent. Enfin un visage humain! Un bon regard bleu tendre de grand-mère. En m'approchant, je lui adresse un sourire. A ma hauteur elle se hausse pour me parler. Elle veut probablement que je l'aide à porter ses sacs jusqu'au trottoir. Elle va me demander l'heure, son chemin, ou protection dans ce quartier hostile. Je me penche.

— Tire la langue, m'aboie-t-elle au visage, que je l'arrache avec mes dents!

*

«C'est la faute à Reagan, tout ça, m'expliquera mon copain Ron, le pianiste démocrate... Ce salaud a coupé les crédits des hôpitaux psychiatriques. Ils ont vidé tous les malades pseudo-inoffensifs. Tu sais combien il y a de «bag ladies» comme la tienne à Manhattan? Six mille! Et trente mille fous. Sans abri. Sans boulot. Sans sécu. Et sans aucun moyen de subsister. Ça achèverait de faire sauter les plombs de n'importe qui: New York est peuplé de déments!»

Se pourrait-il que la violence de New York ait aussi détraqué des privilégiés comme nous? Cette ville aliénerait quiconque chercherait un sens au monde.

Gilles — fragile. S'est-il brisé au contact de New York? Une âme en miette? Ou bien affermi, et révélé? Un cœur en marche. A moins que ce soit à moi que New York ait mis des œillères?

50

Novembre

En venant chercher Papa à Saint-Louis, j'apprends que sa sortie est remise à la semaine prochaine. «Une série d'analyses de contrôle», m'explique Ulla. Pliée en deux. La crampe à nouveau. Que vont-ils trouver? Papa gesticule. La peur l'exaspère. Il dit:

— Tu te complais dans tes histoires. Comme ta mère. Tu lui ressembles, c'est extraordinaire!

Une vieille petite voix en moi se met à crier: «Ça fait trente ans que ça dure! A t'entendre, je suis elle, à ses yeux, je suis toi. Mes conneries m'appartiennent, je me ressemble à moi-même. Enfin, j'essaie.»

— Vois des gens, ordonne-t-il. Sors.

Sur ce point, mes parents s'entendent.

51

Les travaux commencent à la Butte-aux-Cailles. J'ai intérêt à faire fortune — ça va coûter la peau du dos. Je cours les banquiers, emprunte à tire-larigot. Comment vais-je rembourser? Endettée sur quinze ans. Je ne veux pas y songer. Travailler. A tout prendre, c'est le plus amusant. Mais si je ne trouvais plus de scénarios à écrire ou réécrire? Si la muse me trahissait? On verra. «On verra», c'est mon leitmotiv. Moi qui à ce jour ai plutôt dirigé ma vie, je commence à faire n'importe quoi. Je pars dans toutes les directions et prends des risques fous. Mais qu'au moins cet appartement soit le mieux possible! On casse tout. On reconstruit. Maman et moi faisons équipe. De sa petite voix précise, le Bic et le mètre à la main, elle mesure, dessine, calcule. Penchées sur la même feuille, nous faisons des devis, nous additionnons, nous soustrayons, nous dressons des plans de bataille. Présente, Maman. Concernée. Efficace. Ensemble, nous créons la Butte-aux-Cailles. Merveilleux de trouver avec elle cette nouvelle sorte de complicité après tous nos orages!

52

Charlotte expose ses toiles dans une galerie du Marais. Je l'aperçois, appuyée au mur, un verre à la main, parmi ses admirateurs. Avec ses yeux pâles, son nez droit, son petit cul, ce quelque chose de propre et de trop sage, qui pourrait se douter que Charlotte s'est tapé tous les hommes qui l'entourent? Et quelques-unes des dames... Je souris, amusée, presque touchée. Je l'admire.

Quand nous avions dix-huit ans, nous cultivions à dessein les fausses apparences. C'était moi la piquante, taches de rousseur et nez au vent, qui passais résolument pour la «baiseuse» du couple. Erreur. Aussi menues l'une que l'autre, Charlotte diaphane, la prunelle fuyant sous le cil, le sourire sibyllin, Lise les poignets fins, les gros lolos et le verbe rieur, c'était elle, ma Charlotte, qui embarquait en catimini dans son lit tout ce qui passait.

Je me souviens de mes grands étonnements à la surprendre avec le caissier du Codec ou le très rigide époux de quelque cousine B.C.B.G., sans que j'aie eu la moindre intuition de la façon dont ils s'étaient compris et séduits. Rien vu. Rien entendu. Secrètes toutes deux, à Charlotte la baise, à moi la romance. Tandis qu'elle s'envoyait discrètement en l'air sur les tables et sous les comptoirs, je faisais l'amour au fond des divans, dans les coussins, les vagues, les flammes, avec un monsieur, un seul, qui restait dans ma vie un temps très certain. De trois ans en trois ans, je calcule que je n'ai peut-être aimé que six hommes. Charlotte, une bonne centaine. Angoissée, Charlotte ? Possible. Mais libre. Elle sait, elle, rendre très heureux le mari qu'elle trompe et s'occuper magnifiquement de ses enfants.

Dans la cohue très branchée du vernissage, je me sens perdue. Une étrangère. Plusieurs années loin de Paris — je vais devoir ramer pour y retrouver une existence sociale. Brusque coup de pompe. J'en ai marre. J'ai la flemme. C'est trop — je vais me coucher. La prise de courant que je ne parviens pas à réparer, le producteur que je ne parviens pas à séduire, le banquier que je ne parviens pas à convaincre, tous ces «détails» financiers, pratiques et j'en passe, qui me tombent dessus et qu'il faut résoudre. La perte de Gilles, c'est ça aussi. Bon, à l'assaut, Lisette. Pas le moment de roupiller. Dans la foule, je me pavane. La mère de Charlotte, bonne âme, me présente à ses copines :

— Lise... (Elle hésite, cherche : quel nom maintenant ?)... Lise Moutier... enfin Borniche, Lise Borniche... Vous savez, la scénariste de cette série télé il y a trois ans...

L'autre dit au pif : «Oui, bien sûr.» Elles me lâchent. Non sans avoir crié en s'en allant : «Et comment va votre adorable fille ?» Et puis zut. Je m'absorbe dans les tableaux de Charlotte. Je ne connais rien à la peinture moderne. Quelque chose de nu, de dépouillé dans sa peinture m'émeut ! Les toiles de Charlotte m'évoquent toujours la mer. La mer à Belle-Ile. Pourtant, pas une touche de bleu. Nulle part. Curieux. Le bleu semble résolument absent. Et moi, dans cette foule, j'entends la rumeur de Belle-Ile. Gilles me manque : j'aimais tant lorsqu'il me disait ce qui était réussi, et pourquoi. J'aimais la sensation d'apprendre par lui. Côté technique, il savait tout. Côté émotion il aurait probablement renâclé devant la peinture de Charlotte. Juste après l'anniversaire de Marina, il me disait combien il la détestait. Je n'avais jamais entendu Gilles émettre un jugement aussi net. Il a même ajouté qu'il trouvait Charlotte « malsaine et malfaisante ». J'ai répondu, non sans une pointe de perfidie, qu'il avait tort, qu'elle m'avait sauvée au moment où j'avais le sentiment de me noyer, que sa présence et son soutien m'avaient beaucoup aidée ces derniers temps.

C'est vrai.

Je suis infiniment reconnaissante à Charlotte.

Et autre chose encore.

Je puise en elle de la force et du calme. Un peu de liberté aussi. Mes histoires avec Gilles auront eu cela de bon : nous nous sommes dépouillées de nos rivalités d'adolescentes. Nous avons renoncé aux rapports de force. Deux êtres à égalité. L'amitié telle qu'on la rêve. Vivante. Sans complaisance.

53

Plus trace de cellules cancéreuses : les analyses de contrôle étaient bonnes, Ulla ramène Papa dare-dare se reposer en Camargue. Je les accompagne au T.G.V. En marchant avec lui le long du train, je ne me lasse pas de le regarder et de le suivre, j'aimerais que le quai n'en finisse jamais — c'est bien la première fois.

Papa se carre dans son fauteuil. Devant lui, *L'Express, Le Nouvel Obs, Newsweek,* le *Times,* dix gazettes médicales —, les nouvelles du monde entier. Avide de savoir, mon père, curieux de vivre et de revivre.

— Tu as vu ?

Il me montre sa cicatrice et compte les points de suture.

— Quatre-vingts !

Il a gagné cette bataille-là. A ses voisins qui saucissonnent et s'en fichent, je ne sais quel baratin il va faire. Mais en descendant à Nîmes, ils auront reçu le message.

54

Ce soir, je vais à un dîner mondain. Reprise de contact avec le parisianisme. J'arrive en retard. Échevelée. Essoufflée. J'embrasse la maîtresse de maison, un agent littéraire de chez Armedia, qui me reçoit avec quelques-uns de ses clients.

Je salue le producteur Nadeau et son égérie, Mme di Borgo, vautrés côte à côte sur le canapé. J'ai beaucoup de tendresse pour Nadeau. Un vieux de la vieille, un pilier du cinéma auquel il ne semble pas appartenir. Avec ses nœuds papillon, ses bretelles et ses fixe-chaussettes qu'on aperçoit toujours entre les poils de ses mollets, c'est un professeur Nimbus mâtiné de médecin de famille.

Puis une inconnue sur une chaise, très brune. La cinquantaine. Jupe courte de cuir noir. Jambes noires croisées haut. Clope à la main. Sac à la hanche. J'ai déjà vu cette silhouette quelque part. « Agnès Roussel », la réalisatrice de « La Chair et les Tripes », j'y suis. Dernier convive, son assistant, une sorte de ramolo B.C.B.G. pour lequel j'éprouve une immédiate antipathie : je déteste sa chevalière, son petit blazer bleu marine, sa voix onctueuse et mouillée. Il parle du dadaïsme d'Autant-Lara auquel je ne connais rien. Et manifestement lui non plus.

— C'est gentil d'être venue, me dit le jules de la maîtresse de maison, un pharmacien affairé qui n'a rien à voir avec tout ce monde. Il me sert du champagne que je renverse.

— C'est gentil de m'avoir invitée, m'emmêlé-je sous l'œil charbonneux de la réalisatrice assise au-dessus de moi.

On passe à table. Agnès Roussel à la droite du pharmacien, moi à droite de Nadeau — Nana pour les intimes.

Nana, son unique boucle en bataille sur le front, sue et beugle en se servant à boire bouteille après bouteille. Des meilleurs crus. Je commence moi aussi à tanguer.

En face de nous, l'égérie de Nadeau, cette extraordinaire Priscilla di Borgo. De vingt ans plus âgée que lui. Presque octogénaire. Je me souvenais d'elle comme d'une dame plutôt effacée, recevant pour Nadeau dans l'appartement de son mari. Erreur. C'est une industrielle de choc, parlant haut et fort, très lancée, très sûre d'elle, qui manie le paradoxe avec un gros cynisme fondé sur la puissance de son argent et de son entrejambe. Très important, l'entrejambe ! Physiquement pourtant, rien d'attirant. La chaussure plate. Une robe à nœuds-nœuds imprimés. Un turban rouge d'où tombe, très raide et grise, une frange à la Louise Brooks. Mais sous les sourcils épilés et repeints, de beaux yeux pervenche. Quelque chose de très vivant dans le regard. Aux aguets.

Pour moi, petite jeunette égarée dans sa bande, le type de la femme redoutable dont mieux vaut ne pas se faire une ennemie. Elle me hacherait menu pour un manque d'égards... Du genre à prendre votre vie en main : ça fait les mariages, les appartements et les carrières.

La réalisatrice souligne les vertus de la salade aux cèpes. Je me délecte. La conversation, comme de juste, roule sur les hommes et les femmes.

Agnès Roussel :

— Moi, les hommes avec des loupiots sur le ventre, je m'en méfie. Ce sont des faux. Des tricheurs. Des mal-baisés... Un homme, un vrai, ça a un fusil, et du sang plein les mains... Ça sait étrangler son lapin... Et pas porter des paquets et faire son marché à Buci. C'est à nous de les porter, les paquets ! Faire le marché — c'est nous qui savons... Chacun son boulot.

Intervient Mme di Borgo :

— Moi, tuer mon lapin, avoir du sang plein les mains, j'adore ça... Dire que Henri m'interdit maintenant de chasser sur nos terres... Sous prétexte qu'on divorce...

— Le con, ironise Nadeau, mais descends-le, Priscilla ! Couic, comme aux lapins.

— Ça, c'est une idée.

Rires. Agnès Roussel reprend :

— C'est comme les hommes qui assistent à l'accouchement de leur femme. C'est pas des hommes — ce sont des mauviettes et des crétins. Un vrai homme à un accouchement — ça s'évanouit... Parce qu'un accouchement, c'est dégueulasse, du sang, de la merde ! Moi j'ai mis quatre enfants au monde, et jamais, jamais, aucun de mes maris n'y a assisté. C'est trop dégueu. Alors ceux qui restent plantés là à dire « que c'est beau, que c'est beau », ce sont des vicieux.

Je sens que je dois dire quelque chose. Parce que je ne suis vraiment pas d'accord ! Je ne lève pas le doigt, mais c'est tout juste, et j'avance :

— ... Pour moi, que mon mari ait assisté à la naissance de notre fille, ça a été une très grande aide. Un moment de bonheur inoubliable. On était vraiment ensemble. Soudés.

Elle me coupe :

— Dites-moi, ma petite, d'après ce que j'ai compris, vous venez de vous faire larguer? Alors vous n'êtes vraiment pas une référence!

J'éclate de rire: «En effet!» Mais je pense: «Comment le sait-elle?»

— Votre fille a quel âge?

— Deux ans.

Moue silencieuse qui vise à souligner la justesse de son raisonnement, genre: «Qu'est-ce que je vous disais?»

— C'est votre premier, votre second mari?

— Premier.

Moue visant à dire: «Bon, ça va. Mais ne recommencez pas la même connerie avec les suivants.»

— Et vous comptez divorcer? intervient Priscilla di Borgo, manifestement obsédée par son propre divorce.

— Je ne sais pas. Oui. Probablement.

Je suis soufflée que ces gens connaissent mes problèmes avec Gilles.

— C'est vous qui voulez divorcer, insiste-t-elle, ou c'est lui?

— Moi. Pour le moment.

— Mais vous êtes complètement folle! s'exclame Priscilla. Ne divorcez jamais. Restez donc mariée et prenez des amants... Mariée, vous aurez des amants merveilleux. Divorcée, avec une petite fille, vous n'en trouverez aucun!... Moi je suis restée mariée cinquante ans avec Henri et je n'ai eu dans ma vie que des hommes merveilleux! Et puis si vous en trouvez un qui tienne vraiment à vous et auquel vous tenez, alors, peut-être, reconsidérez la situation et remariez-vous. Mais ne soyez pas «divorcée». Toujours, toujours mariée... Avec des amants bien sûr!

Je ris. Le pire, c'est qu'elle a évidemment raison. Une leçon, et une pour ce soir!

Ce sont «les mêmes» que je retrouve une semaine plus tard, pour un déjeuner au Théâtre du Rond-Point.

Arrivée en retard, comme d'habitude, je me place au bout de la très longue table dans la salle du restaurant, à côté de Priscilla qui préside.

Elle me demande tout de suite des nouvelles de «notre» divorce. J'élude et réponds que pour le moment, je suis son conseil... Elle me dit que je fais bien, que j'ai un peu meilleure tête. Moins «chat écorché». Décidément, en ce moment, ça semble être l'expression consacrée. «... Replumez-vous, insiste-t-elle. Grossissez. L'autre soir, vous aviez l'air usé. Et ne divorcez pas!» Là-dessus arrive sa copine, la chef monteuse Arlette B., un ersatz d'Arletty, mâtinée de Suzy Delair. «Alors ce divorce, hurle-t-elle à la cantonade, ça avance? Où en est-on?» Je bredouille. «Magnez-vous!» Et de sa voix grave et nasillarde de titi parisien: «... Grouillez, quoi! Vous n'allez pas rester mariée avec ce miché toute votre vie quand même! Je vous le déconseille! Divorcez. Divorcez vite! Et croyez-moi, ne vous remariez jamais.» Et maintenant, au tour de Chiffon que je salue. Chiffon Lévine, autre force sociale de ce petit groupe. Je l'avais, elle, rencontrée chez le conseiller culturel français à Los Angeles. Elle reçoit toute la bande, Nana et Priscilla, Agnès Roussel, son assistant, et dix autres commensaux dans la maison de Gloria Swanson qu'elle loue une semaine en avril pour les Oscars. Une sorte de madame Verdurin dont elle a même l'apparence. Chiffon: une femme puissante comme une cariatide.

Elle me prend la main et susurre:

— J'ai su ce qui t'arrivait ma petite amie, et très égoïstement, j'en suis contente...

Elle a une voix un peu âpre et bien timbrée, précieuse aussi:

— Tu te souviens sans doute que j'avais les yeux rouges à ton mariage?

Moqueuse:

— Tu avais pleuré peut-être?

— Oh oui alors!... Sur toi. Ce jour-là, j'étais désespérée. Ma petite amie méritait tellement mieux que ça!

Si Chiffon le dit... Rassurant. Que tout soit déjà résolu, conclu et entériné, par des gens qui s'en fichent, et sans que ça me concerne d'aucune manière.

55

Peut-être pour me punir de mes mendicités du samedi, mes «Écris-moi, chéri», «Tu vas bien, hein?», «Raconte ta vie Mimi», Gilles ne téléphone pas de la semaine. Silence. Pas de carte pour Marina, pas de coup de fil aux heures où il pourrait lui parler à elle seule. Rien. D'un côté, c'est bien. Plus d'à-coups pour moi. Un train-train confortable dont je fais mes choux gras. Rue Galande, je dors beaucoup, lis, me mijote des petits plats devant la télé. Pas si mal. Quant à Marina, elle semble aussi profiter de cette paix des foyers. Plus de cauchemars et grasse matinée même pour elle! Elle ne réclame pas son père. J'espère qu'elle n'y songe pas en secret, sans oser m'en parler. Je suis partagée entre l'envie de laisser courir, ne pas soulever en elle des besoins qui n'existent peut-être pas — ou au contraire, lui parler de son papa, lui expliquer «qu'il est à New York, tu sais, il travaille, il pense à toi...».

Bref — dire? ou ne pas dire? La laisser poser les questions en premier? Ou répondre aux questions avant qu'elle ne les pose, de crainte qu'elle ne les pose pas parce qu'elle n'ose pas?

Je ne sais pas.

56

Maman m'invite à dîner chez elle avec un jeune Italien.

Elle m'a téléphoné il y a déjà une semaine, très excitée. Tonitruante :

— Je te l'ai trouvé !

J'ai cru qu'elle parlait du papier peint au rabais que nous cherchons pour la Butte-aux-Cailles.

— ... Je l'ai trouvé, ton amant, ton mari, tout.

— Ah ?

— Avocat international... Un palais... Rome... Charmant... Distingué... Riche... Je prenais un verre avec lui à son hôtel quand il m'a confié que ça ne marchait plus du tout avec sa femme. Exactement comme toi. Elle veut le quitter. Se séparer. Il n'y comprend rien. Il était très content, lui ! Comme toi. Mais ce qui est très sympathique chez lui, c'est qu'il cherche à comprendre !

— Très sympathique, en effet.

— C'est vrai ! Tu en verras beaucoup, toi, des hommes qui se posent des questions ? Il m'a dit : « Vous vous rendez compte, Marianne, je vais même aller voir un conseiller conjugal, moi ! »

Surtout de fleurs séchées, bougeoirs enrubannés, serviettes en corolle, Maman a mis les petits plats dans les grands, et quand j'arrive, « Il » est là.

Pas mon type. Trop à l'aise. Trop gâté. Trop charmant en effet. A table, il se livre et raconte qu'il est allé voir son conseiller conjugal, et qu'il a pleuré en lui disant des choses qu'il n'avait jamais dites à personne. Parce que de nature, il est plutôt pudique.

Maman et son amie Colette, invitée pour faire le pendant, échangent des regards approbateurs :

— Ce qui est tellement sympathique, Guido, c'est que vous cherchiez à comprendre.

J'avance que c'est sa seule chance, en effet, de sauver son mariage. On ne peut rien faire d'autre que d'essayer de comprendre...

J'aurais mieux fait de ne pas commenter. Maman s'insurge :

— Tu en verras beaucoup, toi, des hommes qui s'interrogent sur les besoins de leur femme ? Pas un seul. C'est formidable !

— Je souhaite, renchérit le beau brun, être un meilleur homme à la sortie.

Il est bêbête, sincère. Et cabotin. Il m'énerve. Inconsciemment, je le compare à Gilles.

Gilles, lui, ne se serait pas répandu ainsi. Gilles, lui, est un vrai pudique, un vrai orgueilleux, un vrai sincère. Vrai, vrai, vrai. Ce n'est pas demain la veille qu'un autre homme me plaira !

Dans le taxi qui le déposera à son hôtel, changement de registre, l'Italien me parle de sa vie trépidante en Malaisie. Son succès fou. Ses petites amies. « Sans me vanter, susurre-t-il, je crois être un très bon amant. » Vaste programme. Il m'invite à dîner lors de son prochain passage à Paris « pour avoir la perspective d'une si jolie femme sur tout ce qui m'arrive... » Je refuse de m'arrêter boire un verre à l'hôtel. Il me quitte en tentant de me prendre dans ses bras. A défaut, il me caresse fugitivement la joue, ce que Maman aurait probablement trouvé attendrissant et délicieux. Ce que je ne trouve rien du tout.

De Rome, le lendemain, il téléphone. Il compte revenir passer le week-end à Paris et décrit indéfiniment son besoin de me revoir, l'impatience avec laquelle il attend les dîners que nous ferons ensemble, combien notre rencontre lui a ouvert d'horizons... Je dis que ce week-end je ne peux pas. Lundi ou jeudi prochain, s'il veut. Pas avant. Je raccroche enchantée. Peu importe que je doive ce coup de fil à la mauvaise humeur de sa femme. Peu importe que ce Romain trop à l'aise ne m'attire pas une seconde. Je me sens à nouveau en vie. Comme une fleur arrosée. Pour avoir vu mon pouvoir de séduction dans les yeux d'un passant. Un peu comme la Debbie de Gilles, peut-être.

57

— Tu es naïve ou quoi ? soupire Maman dans sa mini-Austin... Enfin, Lise, réfléchis : ton mari ne peut pas t'avoir quittée pour une femme avec laquelle il ne couche pas !... Il n'ose pas te l'avouer — les hommes sont tellement lâches. Il n'ose pas te l'avouer, mais c'est évident : il a depuis des mois une liaison avec cette Debbie.

Je secoue la tête :

— Gilles ne ment pas. J'ai confiance en lui.

Maman passe les vitesses en haussant tout au ciel, les yeux, les épaules, même ses boucles d'oreilles qui se replacent au quart de poil :

— Les femmes partent pour rien. Un homme part pour une autre femme. Crois-moi. Tant qu'il n'est pas certain d'avoir trouvé mieux, il reste. Même quand il a trouvé, il reste. Il garde les deux.

— Pas Gilles.

— Vous êtes encore plus fous, l'un et l'autre, que je ne pensais !

Je change de sujet : l'Italien de Maman. Je ne peux malheureusement accepter ses invitations, n'étant pas libre aux dates qu'il propose.

— Il t'a téléphoné de Rome ? Le lendemain même du dîner chez moi ?

Elle n'en revient pas.

— Oui.

— Il voulait retourner à Paris pour y passer le week-end?

— Oui.

— Ça m'étonne de lui quand même... Ses affaires sûrement... C'est vrai qu'il connaît la terre entière à Paris!

Triomphante et goguenarde, j'insiste;

— ... Le week-end à Paris avec moi.

Elle soupire:

— Le pauvre!

— Toujours aimable!

— ... Il doit être vraiment très malheureux!

Je m'insurge:

— Et mon charme alors?

— Tu es sûre qu'en t'appelant, il n'avait pas trop bu?

— Ah, parce qu'en plus, il est alcoolo!

Nous nous regardons du coin de l'œil et pouffons toutes les deux.

On rit ensemble: c'est nouveau.

58

Toute la semaine, Marina réclame son père. Le dernier coup de fil, qui avait semblé la laisser indifférente — elle lui avait parlé trois secondes et laissé tomber l'appareil —, l'a peut-être plus marquée que prévu. Dès que quelque chose ne va pas, «viens Papa!». Elle s'endort avec sa photo, se roule sur son lapin et me dit que le nom de Papa, c'est «lapin Moutier».

A sa question: «Il est où, Papa?» je réponds: «Tu sais bien: il travaille à New York!» Elle rétorque: «Non, il travaille pas et il est pas à New York!» Elle refuse. Ça aussi, c'est nouveau. Elle ne veut plus se coucher le soir et ne fait que des bêtises. Casser mon collier. En miettes.

Vider toute une bouteille d'Évian dans mon lit, trempé jusqu'au sommier, ce qui fait que je ne peux plus me coucher. Vider son pot plein de pipi dans un verre tandis que je nettoie frénétiquement la moquette sur laquelle elle a vomi son dîner pour avoir attrapé une tablette de chocolat (qu'elle a dévorée avec le papier avant que j'aie eu le temps de la lui enlever). Bref, elle me fait la vie et j'ai l'impression qu'elle exprime ainsi quelque chose. Une souffrance. Une vengeance. Un malaise. Quand, épuisée par toutes ses singeries, je m'effondre, elle vient me voir et, conciliante, dit:

— Tu sais, pour Papa — ça fait rien...

Pauvre Marinette. Tu parles que «ça fait rien»! Cette petite phrase me terrifie. Elle exprime tellement de tristesse, de courage et de lutte.

Quand je pense à ce que Marina a vécu depuis six mois, à ce qu'elle continue de vivre, je suis prise à l'égard de Gilles d'une colère et d'un dégoût monumentaux. Il a fait à son enfant exactement ce qu'on lui a fait à lui. Et il en est aussi inconscient que sa mère! Il revient sans cesse à ses problèmes d'enfance alors qu'il a peut-être marqué sa fille à vie avec sa «crise»! L'idée qu'à deux ans, Marina souffre, qu'on ne lui a pas donné l'enfance qu'elle devait avoir, que peut-être elle en subira les conséquences, me rend folle. S'il compte qu'à cause d'elle, «pour elle», je reprendrai peut-être un jour la vie commune, il se trompe! Justement à cause de ça, de ce qu'il lui a fait, je crois que je ne pourrai plus ni le supporter, ni lui pardonner. Envers moi, il pouvait se conduire durement: j'ai une capacité d'oubli faramineuse. Je l'AIME... Mais quand je pense à Marina si triste à Larchmont, si triste aujourd'hui, je lui en veux. Au-delà de tout.

59

Avec la distance et le temps, les détails new-yorkais se parent de je ne sais quelle poésie. Fausse, peut-être. New York tous les deux. New York avec Gilles.

Dur. Drôle. Dingue.

Souvenirs épars.

Cet ascenseur qui me faisait battre le cœur. Une belle boîte chromée avec soixante boutons noirs, qui s'allument dorés. Manque le numéro treize. Il ne se passe pas de fois, quatre par jour en moyenne, où je ne crains que ce machin se coince ou lâche en route. Les oreilles se bouchent à mesure. On bâille. On mastique. Émotion douce jusqu'au cinquante-deuxième étage. Quand le vent hurle dans la cage, quand il secoue les câbles, la cabine, le building tout entier, quand on sent tanguer les étages, c'est carrément le suspense de la Tour infernale. Surtout depuis que je suis enceinte.

Ce samedi d'octobre-là, Gilles et moi nous embarquons ensemble. Seuls dans la cabine. L'ascenseur va se refermer quand s'engouffrent deux, quatre, dix jeunes mecs, baskets, tee-shirts et grands sacs en papier marron. Il y a une boum au trente-sixième étage. Les portes coulissent au ras des braguettes et des sacs. Dans l'angle du fond, je remue un peu les épaules pour faire de la place à mon petit bidon. Énorme. J'accouche dans quinze jours. Les jeunes miment un match de foot. Ça se pousse, se repousse. Confusion. Bourrades. Mouvements de foule dans la boîte. Un hoquet. Et là, sur le panneau, entre le bouton trente-trois et trente-quatre, le doré clignote, vacille et disparaît. L'ascenseur s'est arrêté.

— Merde ! disent les jeunes.

L'un appuie sur tous les boutons, l'autre sur le retour des portes, le troisième plaisante :

— Mort de douze personnes asphyxiées dans un ascenseur du West Side...

Plus d'air conditionné. Il fait chaud. Des sacs de papier surgissent les canettes de bière. Par deux, par six, elles circulent. Chuintement de la mousse. La chaleur augmente. Je cherche Gilles du regard. Il a manœuvré jusqu'à la porte. Il tâtonne, et trouve au niveau de ses genoux le téléphone.

— Douze personnes écrabouillées, clame le plaisantin. Chute libre : pas de survivants.

— Taisez-vous, ordonne Gilles sans agressivité. Je n'entends pas ce que dit le concierge.

Silence immédiat. Gilles raccroche :

— C'est une affaire de quelques minutes. Ils vont nous faire descendre en rappelant l'ascenseur.

— J'ai envie de faire pipi, dit l'un des garçons.

— Moi aussi.

— C'est la bière ! dit d'autre.

— Retiens-toi.

— T'es marrant !

Avec l'envie de faire pipi, se lève un vent de panique.

— Douze personnes mortes de faim et de soif.

— Ta gueule !

Il fait de plus en plus chaud. Je commence à avoir peur. Gilles reprend le téléphone.

— Allô ? Allô ?

Il raccroche :

— Pas de tonalité. Nous n'avons plus de ligne.

Coupés du monde.

— Douze personnes...

— Tu vas la boucler, oui !

Terrée dans l'angle, je ne bouge pas. Gilles voit mon regard.

— Calmez-vous, dit-il. Ma femme est enceinte.

Les visages des dix garçons se tournent vers moi. Comme s'ils suivaient une balle de tennis. D'un seul mouvement. Les yeux sur mon ventre. Un cri unanime :

— Quand?

— Maintenant!

J'ai obtenu mon effet. Terrifiés, les mecs. Presque autant que moi. Si j'allais accoucher dans l'ascenseur? Je n'ai même pas la place de m'asseoir. Mon visage se couvre de sueur. Gilles reprend le téléphone. Toujours pas de tonalité.

— Je ne tiens plus! dit l'un des garçons.

Il fait pipi dans l'angle opposé au mien. Tollé général. Gesticulation. L'ascenseur oscille. Je tiens mon ventre à deux mains.

— Restez tranquilles, commande Gilles.

Dans la seconde, les garçons s'immobilisent. Je m'accroche à l'autorité de Gilles. Patient. Maître de l'ascenseur. Avec son front haut, son nez droit, ses mèches coupées trop courtes par le coiffeur, et sa chemise ouverte sur un torse imberbe, l'adolescent pseudo-romantique se transforme en général romain. Le visage de Gérard Philipe dans *Caligula.*

Quarante-cinq minutes. La chaleur. La peur. L'odeur: l'un après l'autre, les garçons ont fait pipi dans l'angle. Personne ne proteste. Ça sent le fauve. Nos regards courent, se cherchent, se fuient. Ils n'expriment rien. Que notre peur de cette peur. Chacun se tait. Sauf le plaisantin qui continue d'éructer par jets intermittents: «Douze morts dans un ascens...» Le râleur: «Mais bon sang, qu'est-ce qu'ils foutent en bas!» Et le gentil: «Ça va, madame, le bébé?» Une bande dessinée, les nains de Blanche-Neige ou bien les Schtroumpfs: toutes ces personnes physiquement identiques se résument à un trait, un seul, qui les distingue. Tel le casse-cou qui tente maintenant à la force de ses poignets d'écarter les deux battants de la porte. Les ongles dans le chrome, il lutte. La porte résiste. Tout à coup, elle cède. Un mur. De haut en bas, un mur de béton. Lisse, sans rien pour accrocher le regard. «Emmurés vivants, douze personnes dans un... » Le casse-cou frappe le mur à coups de poing. L'ascenseur tangue.

— Arrêtez, ordonne Gilles.

Il n'arrête pas. Il s'agrippe au mur et tente de l'escalader. Vers quoi ? Mystère. Si l'ascenseur se met en branle, s'il monte, il l'écrase. S'il descend... Le garçon saute dans la cage. Spasmes. L'ascenseur chute d'un demi-mètre. Douleur. Déchirement. Mon ventre. L'ascenseur se stabilise. Gilles me prend contre lui. Je ferme les yeux. Qu'on en finisse. Sous moi, je sens à nouveau l'ascenseur qui bouge. J'ai peur. Il se met en branle. Il descend. Lentement. J'ouvre les yeux. Les boutons luisent — dorés. Le compte à rebours — quinze, quatorze, douze. Les portes s'ouvrent sur le rez-de-chaussée. J'accouche la nuit même.

Il est environ deux heures du matin. Je me réveille :

— Gilles, ça y est — je crois qu'il faut y aller.

Au combat. Celui pour lequel on se prépare depuis neuf mois. Je prends ma dernière douche. Il absorbe son dernier café. Le petit coup de l'étrier.

Dans une robe écossaise prêtée par Charlotte, le ventre en avant, la valise à la main, l'ascenseur en sens inverse. Cette fois, ce n'est pas qu'il se coince en route dont j'ai peur.

— Dis donc, tu n'as pas oublié les balles de tennis ?

— Et mon singe ?

Les balles de tennis, c'est pour mon dos. Gilles me les appuiera dans les reins en cas de trop grosses douleurs. Le singe — c'est pour les contractions. Un objet familier sur lequel se concentrer. La méthode américaine.

— Et le vernis à ongles ?

Ça, c'est pour le moral. Il faut dit-on se redonner forme humaine avant de quitter l'hôpital, crainte de faire une dépression à la maison.

En bas, Gilles me rend la valise et file seul dans la nuit jusqu'à la Huitième Avenue. Je le suis à distance et me cache — péniblement — entre deux pare-chocs. Si un chauffeur de taxi aperçoit une femme, un homme, un gros bidon, une valise, nuitamment sur le macadam — il les y laisse *ad vitam*. Crainte que la dame n'accouche dans la voiture. Gilles finit par arrêter un taxi dont il garde la porte ouverte pour l'empêcher de filer. Il me siffle. J'apparais.

Le taxi saute dans les trous. Je m'accroche à ceux de la banquette. Silhouettes monolithiques de buildings. Ululements des sirènes. Sentiment de la fin d'un monde. Le nôtre. Quand nous retraverserons la ville, nous aurons accompli le seul acte de notre vie que nous ne pourrons jamais défaire. Un enfant. Un fils. Je ne doute pas d'attendre un garçon. L'intuition maternelle. Rien qu'une intuition, car je n'en sais rien. Les Américains redoutent que les ultra-sons endommagent le système auditif de l'enfant. Donc pas d'échographie. A moins d'être «une grossesse à risque», impossible de savoir si Bébé a bien cinq doigts et deux mains, et mystère quant à son sexe. Mais, moi, je sais. Un garçon. Je l'ai vu en rêve. Il est blond, il porte une salopette à carreaux dans mon ventre. Évidemment, il ressemble aux fils de Charlotte, les seuls petits garçons que je connaisse de près. Mais je sais : il s'appelle Guillaume.

A l'hôpital, on me saisit et m'assied dans une chaise roulante. Je dis que je n'ai pas mal. Que je peux marcher ! Peine perdue. On craint que dans ces murs, je glisse et fasse un procès. J'attends dans ma chaise tandis que Gilles remplit les papiers, déchargeant l'hôpital de toute responsabilité en cas d'accident. On me roule vers la maternité. Gilles suit. On nous parque au milieu d'une salle que bordent une dizaine de cases aux rideaux tirés. Bruits d'aquarium. Cabine d'exploration sous-marine. Bulles. Branchies. Pulsions aquatiques. Dix cœurs, ceux des bébés dans les ventres ou des femmes derrière les rideaux, branchés aux monitors, dont l'infirmière a tourné le volume à fond pour pouvoir les entendre du bout du couloir.

On me branche. Le cœur de mon bébé et le mien palpitent en stéréo. A contre-temps. Les dix autres cœurs, à contre-temps. Ça bat, ça bulle. Nausées. Vertiges. Je manque d'air. Gilles, lui, manque de place. Rien, pas même une chaise, où installer son grand corps. Il finit par s'allonger tête-bêche sur ma couchette. Nous somnolons dans une cacophonie sous-marine. A droite et à gauche, entre les pulsations, on entend geindre les femmes.

— C'est pas humain... C'est pas humain.

— Au secours...

Je regarde Gilles. Pas rassurée :

— Dis donc, ça promet.

— Respire, dit la voix du mari d'à côté.

Je ricane.

— Comment on fait ?

— Ça reviendra, murmure Gilles.

Les cours d'accouchement sans douleur, ça n'était pas mon truc. Contrairement aux autres femmes qui prenaient des notes, moi je devais sortir à chaque fois qu'on projetait un film sur un accouchement. Je ne voulais rien voir. Gilles, heureusement, sait tout.

Huit heures du matin, toujours pas de grosses contractions. Arrive un inconnu. Mon accoucheur est au chevet de Marguerite Greenberg.

— Vous savez ce qui vous attend, dit l'inconnu.

Mes yeux s'écarquillent de peur.

— Non.

— Le Petosen... On va provoquer l'accouchement.

Retour dans la chaise roulante. On m'installe dans un cagibi oblong, coupé du couloir par un rideau ocre — la salle de travail. Entre une infirmière noire. Belle, pimpante.

— Je m'appelle Clarissa et c'est mon premier accouchement.

En chantonnant, elle m'injecte dans le bras une dose dudit Petosen. Se trompe-t-elle dans la dose? Les contractions sont, dans la seconde, à leur maximum. Clarissa les voit approcher comme des vagues qui déferlent sur son monitor. Le bruit du cœur, de l'eau — la souffrance qui me rejoint —, j'entends la musique des *Dents de la mer.* Clarissa panique. D'un requin l'autre, je n'ai pas une seconde pour reprendre mon souffle. Clarissa lâche tout. Elle file dans le couloir à la recherche de mon gynéco. Je reste seule avec Gilles. Les vagues continuent à déferler. De toute mon âme, je m'accroche à lui.

— Souffle. Plus vite. Une fois. Deux.

Je m'accroche à lui. A sa voix. A ses mains. A son regard. C'est comme si je tendais un millier de bras qu'il saisit. Clarissa revient. Mon gynéco est en plein accouchement Greenberg. L'interne de service fera sa visite quand mon tour viendra. Je réclame une péridurale. Impossible sans l'accord de mon médecin. Dans la pièce d'à côté, une femme hurle à pleins poumons en espagnol, et réclame elle aussi une péridurale.

— Tu sais bien, répond le mari. Sois raisonnable. C'est trop cher.

A New York, la péridurale coûte dans les huit cents dollars en plus de l'accouchement. Pays moderne s'il en est: seuls les riches accouchent sans douleur.

L'interne arrive enfin, escorté d'une étudiante. Il fustige l'incompétence de l'infirmière. Un petit con. Salaud. Tout pour impressionner la minette. Je réclame à nouveau une péridurale.

— C'est le problème de votre accoucheur, madame.

Il repart en pérorant, suivi de l'étudiante tout ouïe. L'infirmière file au bloc, à la recherche de mon médecin. Alors, il naît, oui ou non, le bébé Greenberg? Je ne tiens plus le coup. Un vent de panique souffle avec l'arrivée de la nouvelle vague de souffrance. La batterie des *Dents de la mer* reprend à fond la caisse. «Respire!» ordonne

Gilles l'œil sur le monitor. Je respire. Plus vite. La vague me submerge et avec elle l'étreinte de la douleur. Le petit con d'interne repasse. Sans la minette cette fois. Okay pour la péridurale. On appelle l'anesthésiste. Une Chinoise très calme qui me présente une dizaine de feuilles à signer. La décharge légale. En cas d'accident. Si je restais paralysée. Mon testament, mon arrêt de mort, je signerais n'importe quoi. En pleine contraction, «lu et approuvé», là... là et là... Les gouttes de sueur effacent mes paraphes. On fait sortir Gilles. Il attend derrière le rideau ocre. On m'assoit, jambes pendantes et dos à la seringue. La jeune infirmière se place devant moi.

— Appuyez votre tête contre son ventre, me dit l'anesthésiste. Posez vos mains sur ses hanches. Faites le dos bien rond.

Ma respiration, celle de l'infirmière, se confondent. On me palpe le dos, je m'appuie sur Clarissa. Et soudain, je plonge en avant. Sous moi, le vide.

— Merde... Elle s'est évanouie!

Gilles s'inquiète derrière son rideau. Il a cru qu'il s'agissait de moi. Il voit sortir les baskets de la jeune Clarissa qu'on tire dehors. Remplacement immédiat par une autre infirmière. Mais l'aiguille a dévié. Il faut repiquer. Deuxième péridurale. Miracle immédiat. Depuis des heures je déguste — et soudain le Nirvâna. Apparaît alors mon accoucheur. Démarche élastique. Bronzage. Plutôt beau gars. Le sex-appeal de Sami Frey.

— La charmante Marguerite Greenberg vient d'avoir un superbe garçon. Max a été très courageux. Et vous?... Mais... Nous y sommes presque? A quatre heures, mon cher Gilles, nous sablerons le champagne. En attendant, allons donc prendre une pizza au coin de la rue. La «quatre-saisons» est imbattable pour cinq dollars!

Gilles, en dépit de sa faim et de sa fatigue, ne bouge pas.

— Vous, me lance Sami Frey dans un clin d'œil, attendez-moi...

Nous ne sommes plus pressés. Nous l'attendons. Ensemble. Quand Sami revient, ça se précipite. Branlebas de combat. On me roule dans une nouvelle salle. Silhouettes bleu pervenche. Vision de Gilles en blouse de papier, toque et masque. Je ne sens que ses yeux. De grands yeux sombres, d'une chaleur et d'une tendresse infinies. Je réponds aux ordres qu'on me donne. Le bébé est en train de naître. Je m'arc-boute : qu'est-ce que c'est ?

— Une fille !

Une fille ? Comme moi. Pas comme Gilles. Incompréhension fugitive.

Je crie :

— Vous êtes sûrs ?

Éclats de rire.

On lave le bébé. De toute mon âme, je tends vers elle. On me l'apporte emmaillotée jusqu'au cou dans un linge blanc, comme l'enfant des crèches. Elle est toute rose. Une petite houppe sur la tête. Quand je la tiens dans mes bras, c'est une émotion, un bonheur de tout l'être si complet que je n'ai pas la force de le soutenir. Le visage de Gilles et celui, lisse et rond, de ma fille. Je m'évanouis.

Le réveil est doux. Marina dort dans une nacelle transparente à côté de moi. Je la prends. Je n'ai jamais pris de bébé si petit dans mes bras. J'ai souvent craint, durant les neuf derniers mois, de ne pas trouver les gestes. Je n'ai plus ni doute ni appréhension. Rien qu'un élan du plus profond, une communion immédiate et totale.

Alentour, derrière leurs rideaux, les cinq autres femmes téléphonent. Feux croisés des descriptions des cinq accouchements, dans le brouhaha de leurs autres rejetons qui piaillent à leur chevet. Ma voisine, une juive orthodoxe aux cheveux enturbannés, renvoie le plateau, son bébé est né en période de jeûne, elle réclame d'être nourrie par le goutte-à-goutte.

Je n'ai pas envie de parler. Rester là. Marina contre moi. Avec Gilles.

Mais on me fait lever. Accouchée à quatre heures, j'arpente le couloir à neuf. La méthode américaine. Direction la salle de bains. Là, surprise. Dans ce pays, obsédé par les microbes, j'aurais cru la propreté condition *sine qua non*. Erreur. Les toilettes de la maternité du New York Hospital sont dignes de celles de la gare Saint-Lazare.

Pas de regrets — ça ne durera qu'une nuit. Et cette nuit coûte si cher qu'à moins de s'appeler Greenberg et de confondre l'hôpital avec une suite du Waldorf, le commun des mortelles regagne ses pénates le lendemain. Inconnue ici, la petite semaine de clinique à la française.

Nous arrivons chez nous sous l'œil intéressé du concierge. J'explose de fierté en tenant ma fille serrée contre moi. Cinquante-deux étages en fusée: avec Marina dans les bras, rien ne peut arriver. Les premiers jours tous les trois — l'infinie douceur.

Chaud et dur sous son grand peignoir blanc, Gilles nous apporte le petit déjeuner au lit. Les tasses cliquettent sur le plateau laqué, le café danse. La flèche de l'Empire State Building vient de s'éteindre, et avec elle les stries des mille petites lumières au néon qui hérissaient l'espace. On entend le mugissement des barges sur l'Hudson, les sirènes dans Central Park, les klaxons des premiers taxis jaunes. L'aube se lève sur New York, un jour ouaté d'octobre.

Gilles s'installe en tailleur sur le lit, face à moi qui somnole, vaincue, parmi les oreillers à petits cœurs. Les seins nus dans les dentelles de ma chemise de nuit, la bouche de Marina contre ma peau, je la tiens serrée, je n'ose pas bouger, elle est repue, elle dort.

— Tu veux ton café? demanda-t-il en me tendant la tasse.

Sa main frémit, la tasse vacille et déborde. Une nappe noire dans la soucoupe. Le regard de Gilles sur mon visage, la tête duveteuse de son enfant. Au fond de ses yeux, je vois remuer l'eau sombre de sa tendresse. Elle monte, comme une vague chaude et salée, roule, on dirait une énorme larme qui coule. Lente et si douce. Il a posé la tasse. Il a tendu le bras. Il serre mon poing qu'il couvre et qu'il broie. Son front, sous l'effort de l'étreinte, se plisse de mille rides comme s'il allait pleurer. Il ne pleure pas. Il courbe la tête. Il ferme les paupières. Nous restons ainsi, crispés, noués l'un à l'autre, lui, le bras tendu qui me presse, moi sa chaleur et celle de notre bébé contre ma chair. Je me mets à trembler sous la détresse de ce visage d'homme, aux yeux clos, que le bonheur bouleverse.

Et puis la fatigue s'accumule. L'hiver vient, le sommeil ne vient pas ou s'interrompt. Le fantasme d'une nuit entière à dormir. Et la douceur petit à petit déserte l'appartement 52 B. Gilles s'impatiente. Gilles m'impatiente. Il s'en va. Il revient. Il me laisse seule avec Marina. Je me fais plus mère. Il se fait moins père. Je l'observe. Il me guette. De son absence, je lui en veux. De mon omniprésence, il m'en veut. Il se retire. Loin.

«Tu verras, m'avait dit Charlotte, il y a un avant — après l'enfant. Après, tu ne penseras plus pareil.»

Exact. Je ne pense plus pareil. Je pense lait. L'heure. Lessives. Et j'y trouve du plaisir. Pas à la lessive, non, là, ne pas exagérer. Vivre, Marina dans les bras — jouissance. Mais je m'accroche. Entre les siestes et les tétées, je recommence à écrire mon scénario. Dans trois semaines, je compte retourner à la bibliothèque. Poursuivre mes recherches sur Lady Frances, une aventurière américaine dont je voudrais faire une série télévisée. Je caresse même le rêve de vendre le projet à N.B.C. Pas facile.

Ici, point de «nourrice agréée». Ni crèche ni halte-garderie. Aucune structure d'aucune sorte — à moins d'être miséreux — pour faire garder son bébé. Sauf la garde à domicile — ça, c'est pour le portefeuille des Greenberg. Ou la jeune fille au pair — ça, c'est pour les petites marquises de Larchmont. Dans les minuscules appartements de Manhattan, pas de place pour une personne supplémentaire. La plupart de mes amies new-yorkaises ont dû quitter leur travail. Jusqu'à ce que leur enfant aille en classe, à deux ans.

Nous, nous ne doutons de rien. Notre cinquante-deuxième étage, avec vue sur l'Hudson — quel pied pour une étudiante! Toute l'Europe va se ruer dans notre studio.

Abstraction faite de l'exiguïté des lieux, la perle rare débarque un soir de novembre, une Suissesse de Lausanne, recommandée par des amis de ma famille. On l'a prévenue, c'est petit, c'est minuscule, mais c'est New York! Gilles va la chercher à l'aéroport. Il la manque. Elle téléphone. Pas contente, mais débrouillarde. Tant mieux. Ils finissent par se retrouver. Boutonneuse, la jeune fille. Moins jolie que sur ses photos. Mais «in». Obsédée par les bonnes adresses et les fringues.

Dans le bus qui les ramène, elle demande:

— Comment c'est, New York?

— Une ville dure.

— Pourquoi?

Alentour, les fenêtres borgnes du Bronx. Les cheminées d'usine, effondrées. Les voitures empilées. Les ordures sur les rives du fleuve. Ça fume. Ça crache. Ça charrie. Il dit:

— Les gens ici se font virer. Pour rien, une peccadille. Du jour au lendemain.

— C'est bien, dit la jeune fille. Ça leur apprend à travailler.

Quand Gilles arrive, croulant sous les quatre valises, il a sa tête butée des mauvais jours. Elle ne lui plaît pas, la jeune fille. Je le vois dans la seconde.

— Mais c'est très gentil ici. C'est cher, le loyer?

Deux valises sous le berceau — ses robes du soir. Deux sous son lit — ses tailleurs de ville. Nous parlons de l'organisation. Ses horaires. Je lui propose de prendre un jour en semaine en plus du week-end.

— Le samedi, ça ne m'arrange pas, dit-elle. Je préférerais le mercredi et le jeudi. Et le dimanche après-midi.

J'essaie d'expliquer que le week-end, Gilles et moi, on aimerait bien être tranqui... Non, je ne peux pas dire ça. En revanche, la semaine, moi pour travailler, j'ai besoin de sa présence. Elle m'interrompt:

— On verra, dit-elle. On s'arrangera.

Quinze jours passent. Nous n'osons plus bouger. La Suissesse vaque en robe de chambre, cold cream, bigoudis et pantoufles, du téléphone à la télé, de la télé à la kitchenette qui donne sur notre lit. Elle est partout. Sa carte de crédit — celle de son père — étant très supérieure à la nôtre, elle sort chaque soir. C'est moi qui finis par lui demander quand elle sera libre pour que je puisse travailler.

Le soir sous les draps, murmures et grands conciliabules.

— En plus, dis-je, je n'aime pas laisser Marina seule avec elle.

— Elle donne l'impression de s'en foutre, concède Gilles.

— Bon. Qu'est-ce qu'on fait?

— Donnons-lui encore un mois, suggère-t-il.

— Dans un mois, elle aura pris ses inscriptions à la fac. On ne pourra plus la virer.

Nous évoquons la première phrase de la jeune fille: «Virer — c'est bien — ça apprend à travailler.»

Nous, c'est la première fois que nous «employons». Et

nous, on se prenait pour des gens qui ne «viraient» pas. Avant, après Marina: de l'autre côté de la barrière.

Encore une semaine. Allons, Lisette, du courage, de la confiance. Il faut te décider à laisser Marina aux soins de la jeune fille. Je file à la bibliothèque. Dans tout New York, j'ai trouvé un endroit qui ressemble à mon héroïne.

Dans le hall, pavé de marbre rose, une dame entre deux bouquets de fleurs me débarrasse de mon vestiaire. Et là, ô stupeur, je vois son visage se décomposer. Horrifiée: «Vous ne pouvez pas entrer ici, comme ça!» Je me regarde.

— Qu'est-ce que j'ai?

Elle pointe ma jupe. Une jupe de laine noire, au niveau du genou. Peut-être juste au-dessus. Mais comment savoir? Je porte des collants opaques. Pas un pouce de chair.

— Qu'est-ce qui ne va pas?

— C'est le règlement... Le légataire de la bibliothèque l'a stipulé dans son testament.

— Mais quoi?

— Les femmes ne sont admises ici, dans la salle de lecture et aux fichiers, que décemment vêtues. Les bras nus, les jupes au-dessus du genou et les pantalons leur sont interdits.

En plein cœur de New York — je n'en reviens pas.

— Mais quand il fait — 5° dehors, les panta...

— C'est le règlement.

On va encore m'empêcher de travailler! Je tire sur ma jupe, fais glisser l'élastique jusqu'aux hanches.

— Comme ça, ça va?

Elle tâte mes genoux. Cachés. Elle s'écarte et me laisse passer. Au boulot. Je n'ai pas tellement de temps dans la journée. Je pousse le battant et pénètre dans le sanctuaire. Un parfum d'encaustique, de cuir — l'encens. Devant les hautes fenêtres à vitraux, sur des stalles, d'énormes bouquets de fleurs. Au pied des bouquets, comme des ex-voto, des petites pancartes: «Don permanent de glaïeuls par Madame X.» «Chrysanthèmes mensuels légués par Madame Z.» Une sorte de bedeau femelle me cueille à l'entrée. La jupe à petits plis aux chevilles, une cordelette sous le ventre, le chignon gris en tourelle, elle m'explique, en chuchotant, le «règlement».

«N'écrira ni au feutre, ni à la pointe Bic, ni bien sûr à l'encre. Tous les stylos devront être déposés au bureau central. Seul le crayon est toléré. Mine dure. Numéro six de préférence. Ne gommera point et ne taillera son crayon qu'au taille-crayon fixé à cet effet au marbre du mur ouest.» Elle me désigne une machine à manivelle où, debout dans un bruit de moulin à café, j'irai moudre chaque mine qui s'émousse, rejoignant quelquefois toute une queue de lecteurs qui patientent, leur botte de crayons à la main.

Avant de me laisser m'asseoir, elle me conduit d'autorité à la salle des fichiers. Un colombarium. Chaque tiroir est surplombé d'une loupiote indépendante. Du plafond aux dalles, un millier de loupiotes.

Outre l'odeur de cuir et de vieux papiers, ce que j'aime le plus dans cette bibliothèque, ce sont les W.C. de marbre vert, vert jusqu'aux plafonds lambrissés, avec une cuvette en forme de grand coquillage et des robinets d'or. En plus, ces toilettes ont un côté rituel: on ne peut y aller que le lundi. Quelle poésie! Le reste de la semaine on s'abstient.

En attendant mes livres, je songe à New York. Peut-être à cause du foisonnement des petits métiers, de cette constante impression d'activités industrieuses, souvent souterraines et troubles, de gestes artisanaux aperçus au fond de boutiques où s'entasse tout et n'importe quoi, New York me paraît très proche du XIXe siècle, avec les quartiers misérables au cœur même de la ville, la violence et l'aménité à ce point extrêmes et mêlées. Je voudrais tout y décrire, et bizarrement, ce n'est pas un monde futur que j'entrevois, mais bien un rêve du passé, une réincarnation de l'univers de Zola.

Lady Frances, l'héroïne de mon nouveau scénario, occupe mes rêves. Comme elle voyage dans le Pacifique, je travaille penchée sur un atlas, et je passe des îles Marquises aux îles Gilbert en mesurant les dangers de la traversée grâce aux couleurs plus ou moins brunes des fonds sur la carte... Seule à déjeuner dans la cafétéria du coin, je continue de rêver. L'océan, les voyages me submergent la tête et nous partons, Gilles, Marina et moi, dans les mers du Sud pour un an. Bien sûr, nous emmenons un docteur (pour Marina), un répétiteur (pour Marina), et nous vivons plein d'aventures qui se terminent très bien. Gilles est capitaine à bord. Et moi j'écris des histoires sur le pont. Quand nous rentrons en Europe, je suis enfin devenue un écrivain — un grand, un vrai, un «à jamais» — et pendant mon absence, mes films se sont vendus tout seuls, sans aucune «promotion de la part de personne»: les spectateurs font le siège chez le producteur! Alors, nous repartons pour de nouvelles aventures, de nouvelles rencontres qui donneront une nouvelle profondeur aux chefs-d'œuvre à venir.

A la cafétéria, je songe aussi au déjeuner de dimanche chez les Français de Larchmont — mon réseau «mères». Ces discussions fringues-bébé, bonnes adresses et nou-nous-ménage me dépriment. Organisation, propreté, ponctualité, économie, plans, que sais-je? — l'idée, c'est que nous visons au bonheur et non à une insurmontable complication de l'existence. J'ai tout de même l'impression en voyant ces jeunes femmes de mon âge d'être devenue la mère d'une de mes copines: problèmes ancillaires et théories esthétiques sur la façon de mettre le couvert! Comme il est difficile de devenir adulte et responsable sans devenir vieux et court!... Difficile de ne pas tourner à la caricature comme ces «petites marquises» dont je ferai peut-être des nouvelles. Étranges destins. Maintenant, bien plus qu'à vingt ans, nous devenons ce que nous allons être jusqu'à la fin. Je vois presque physiquement l'évolution non seulement chez les petites marquises new-yorkaises mais chez mes amies proches qui, avec la venue des enfants, basculent...

Il est vrai que Marina est le plus grand choc de ma vie. Pour Gilles, je ne sais pas: probablement aussi... Sa présence donne des émotions qui ne ressemblent à rien. Elle change le sens de tout.

Ces clichés que j'enfile à la suite dans ma tête me lassent. Je paie l'addition et retourne travailler.

Mais en marchant, j'ai cette conscience aiguë d'être à la croisée des chemins. Les choses ne sont plus ce qu'elles étaient, et ce qu'elles vont être dépend de ma vigilance.

Le soir, après cinq heures de silence, brutal retour à la réalité. La foule new-yorkaise. Deux cents personnes sur les passages cloutés qui se bousculent à chaque carrefour. Puis le métro et ses graffiti, une chenille monstrueuse hérissée de mille vers solitaires qui déboulent sur moi dans un cri de casserole. Les femmes suspendues se laissent secouer tandis que leurs lunettes noires glissent sur leur nez. Les carreaux, c'est pour cacher la peur dans leur regard. La peur, ça excite l'agresseur, c'est bien connu. Chute de tension. Obscurité soudaine. Chacun serre son sac. Dans le noir, une voix: «J'ai plus d'emploi, plus de logement, plus d'allocations chômage, plus d'assurance, mon père me chasse, ma mère me fuit. J'ai le sida.» La lumière vacille. Apparaît un fantôme qui passe un gobelet à café entre les bras levés. Les regards restent rivés aux publicités marronasses derrière les têtes et sous les aisselles: *Venez nous trouver quand vous êtes violés.* Le spectre agite son verre où tintent deux pièces.

— Casse-toi, cochon, aboie un crâne rasé, va crever plus loin. Dieu a créé Adam et Ève — pas Adam et Steve!

On continue à se laisser secouer. Sans expression.

Changement d'atmosphère, j'arrive à ma tour: une

forteresse que je vais mettre un minimum de dix minutes à traverser. Première herse, premier gardien, qui m'ouvre successivement deux portes en se découvrant deux fois. « Comment allez-vous ce soir ? Comment allez-vous ce soir ?... Et... comment allez-vous ce soir ? » répète-t-il à la file des locataires que chaque appel d'air repousse à l'extérieur. Nouveau comptoir où s'alignent deux concierges qui remettent les bouquets de fleurs, les paquets de Bloomingdale et les costumes sous cellophane du teinturier. «*How are you tonight?*» Je me dirige vers la salle des boîtes aux lettres, vaste comme une salle de coffres-forts, qui s'ordonne autour d'un autel de marbre vert où les officiants pressés décachètent leur courrier. Arrêt cash devant la machine NYCE qui me distribue quelques billets pour payer tout à l'heure la livraison du bœuf tandoori, en me proposant un prêt à dix-sept pour cent. Trois minutes pour retraverser le hall, direction les ascenseurs. Là, nous sommes une vingtaine à attendre que les ménagères aient terminé, quelque part dans les airs, de charger leur linge, sorti tout chaud des machines à laver, à sécher et repasser du neuvième étage. Encore huit minutes dans la cabine qui va s'arrêter cinquante-deux fois jusqu'à mon palier. Et maintenant, quatre serrures qui chacune s'ouvre dans le sens contraire de l'autre. Cette fois, j'ai prévu large : il me reste trente secondes avant la relève de la garde. A six heures pile, la jeune fille baisse les bras. Je me rue sous la douche. J'entends au loin le téléphone sonner. La jeune fille décroche et je m'ébroue. Je crois percevoir le bruit des pleurs de Marina. Je ferme l'eau. Oui, elle crie. Pas de panique, la jeune fille est avec elle. Je procède à mes ablutions. Cette fois, j'entends Marina hurler. Je saisis mon peignoir, et dégoulinante, les cheveux trempés, je fonce. Dans le coin nursery, je trouve la jeune fille, les oreilles résolument bouchées, l'une par le téléphone, l'autre par sa main plaquée, et Marina, hystérique à côté dans son berceau. Je la prends. La jeune fille poursuit sa conversation. Marina dans les bras, j'arpente le salon. Marina se calme. Elle me lèche l'épaule. Elle a peut-être faim? Je cherche dans le frigidaire — plus de lait. La jeune fille a oublié. Tant pis — de l'eau. Je cherche un biberon. Je les trouve tous en vrac dans l'évier. Une dizaine, ni lavés, ni stérilisés. Marina toujours dans mes bras, je stérilise. A mon contact, je la sens qui frissonne. Elle se mouille. Son pyjama est humide. Je retourne dans le coin nursery. La jeune fille toujours au téléphone. Je farfouille dans les tiroirs — pas un pyjama propre.

Quand Gilles rentre, il me trouve assise en peignoir, les cheveux séchés sur place, l'œil noir, donnant son biberon à Marina. La jeune fille, en robe de chambre, repasse frénétiquement sa robe du soir. Elle sort.

Cette fois, je ne demande pas: «Qu'est-ce qu'on fait?» Je grommelle: «Faut qu'elle s'en aille.» Nouveaux conciliabules. Gilles raconte que le coup de fil de tout à l'heure, c'était lui. En entendant sa voix, la jeune fille l'a pris pour son Jules français.

— Où est Lise? a-t-il demandé.

— On peut parler, elle n'entend rien.

— Le bébé pleure?

— Attends un instant, je vais faire taire le monstre.

Pas une bonne idée de parler du monstre au père. On est d'accord. On ne va pas passer tout l'hiver dans cet enfer. Mais qu'est-ce qu'on va lui dire? D'accord, on lui a payé son billet d'avion aller et retour, mais c'est nous qui l'avons fait venir! Qu'est-ce qu'on va lui dire? Lourde responsabilité. Nous passons la plus grande partie de la nuit à répéter sous les draps notre discours. Au matin, mal à l'aise dans ses baskets, Gilles dit à la jeune fille:

— Nous voudrions te parler.

Face à face tous les trois. Je commence:

— Voilà: nous ne nous étions pas rendu compte... un

bébé, c'est tellement de travail... Trop de travail ! C'est notre faute... On a mal mesuré... On ne sa...

Elle me coupe :

— Vous voulez que je m'en aille ?

— Ben, oui... On aimerait bien...

— Je vais téléphoner à mon père.

Elle fait le numéro à Lausanne. Quarante-cinq minutes de conversation à nos frais. Elle raccroche. Elle dit :

— Je n'ai pas envie de rentrer à Lausanne. Mon père veut que je reste chez vous. Jusqu'à ce que j'aie trouvé quelque chose qui me convienne.

On est tout content. Ça s'arrange. Elle s'en va.

— Tu peux rester autant que tu veux.

Désormais, la jeune fille se croit à l'hôtel. Gilles campe à la banque. Je déserte la bibliothèque. Le premier janvier, vive la liberté, la Suissesse est partie.

Avec la nouvelle année, nouveau conseil de guerre. La jeune fille au pair, c'est bon pour les « mansions » de Larchmont. Dans un studio, ça ne marchera jamais. Si j'obtiens une avance de la N.B.C. pour « Lady Frances », on pourrait peut-être s'offrir une garde à domicile ? Mais comment ça se trouve, une garde à domicile à New York ? Pas question de mettre une annonce chez le boulanger, il n'y a pas de boulanger. Je descends à l'Est, dans les bureaux d'un journal spécialisé, l'*Irish Echo*. « Cherche personne tendre. Responsable. Propre. Appeler après dix-huit heures. Ou avant neuf heures. » Mauvais créneau — les appels commencent à quatre heures du matin, et se terminent à quatre heures du matin. En trois jours, je totalise trois cent cinquante coups de fil.

« Vous vous êtes déjà occupé d'enfants ? Combien de temps ? Chez qui ? »

On me donne des références. Je téléphone. Tombe sans doute sur la voisine, ou bien sur le cousin. Comment savoir ? Adieu Lady Frances.

Travail à plein temps. Trois cent cinquante voix ?

Comment savoir? Comment savoir? Je finis par en sélectionner trente. Toute la journée, toutes les demi-heures, elles défilent. Comment savoir? Aucune n'est américaine. Aucune n'a de permis de travail. Toutes sont plutôt sympathiques. Je lis leur attente dans leurs yeux. Leur désir de plaire. Leur crainte de déplaire. De l'autre côté de la barrière. Je n'ai plus trente-deux, mais cinquante ans. Et je vais payer des dames plus âgées que moi pour s'occuper de mon enfant. Vertige. «Comme Maman.»

Gilles vient rencontrer les trois finalistes. Noires toutes les trois. L'une, énorme, nous séduit particulièrement. Un mètre quatre-vingts, deux cents kilos, un pompon sur la tête en guise de chapeau, et une poitrine, mais une poitrine, où il doit faire bon se blottir. La nounou de Scarlett O'Hara. Elle a l'air gai. Fantaisiste. Gentille.

— Faites attention, me dit la mère de Gilles au téléphone. Ces gens ne sont plus ce qu'ils étaient.

Je ris.

— Évidemment, c'étaient des esclaves.

— C'est bien ce que je disais: ils ne sont plus de la même qualité!

Nous engageons l'armoire à glace. Surprise. Changement de look. La baby-sitter aux robes bariolées arrive en blouse blanche. Une nanie anglaise. Quand je lui dis que l'uniforme, ce n'est pas la peine, elle me répond sèchement qu'elle ne veut pas salir ses habits. Ah bon, je n'avais pas pensé à cela. La grosse poitrine reste dure et sanglée, le silence règne dans l'appartement. Marina ne pleure, ni ne gazouille.

— Il faut lui attacher la main dans le dos pour l'empêcher de sucer son pouce.

Le moyen de laisser son enfant à une brute pareille? Je ne décolle pas de l'appartement, toujours pas de bibliothèque. Lady Frances au rancart. Foutu pour foutu, je fais ma gym sous l'œil intéressé de la Nanie.

Elle a une façon de me regarder — une violence quelquefois...

— Vous êtes bien faite, commente-t-elle.

D'habitude, qu'on me dise ça, j'aime. Ou bien je remercie, ou je dis que non, que j'ai des hanches, et patati, et patata... Sous ce regard-là, je rougis et file dans la salle de bains.

— Gilles, je fais des rêves bizarres concernant la «Nanie».

— Moi aussi, dit-il.

— J'ai rêvé qu'elle se promenait dans l'appartement, un couteau entre les dents.

Fou rire.

— Et moi, avoue-t-il gêné, j'ai rêvé qu'elle faisait rôtir Marina à la broche.

Bon. Nous avons un problème.

— Qu'est-ce qu'on fait?

— On la vire.

— Et on lui dit quoi?

Ça recommence! Nouvelle nuit à palabrer. Nous n'avons rien, mais rien à reprocher à cette femme. Marina semble tout droit sortir d'une pub de «Bon Point» tant elle est amidonnée. Rien — pas une absence, un retard, une négligence, une imprudence. Rien qu'un manque de tendresse.

Lâches, nous choisissons de téléphoner. C'est Gilles qui s'y colle.

— Voilà, madame, nous craignons que ça ne marche pas.

— Pourquoi?

— C'est une question de personnalité.

— Qu'est-ce que vous en savez? Vous n'êtes jamais là!

Nous convenons de lui envoyer une somme d'argent pour la dédommager de son temps perdu.

Gigantesque sentiment de culpabilité. On est nuls.

— Mais il y avait quelque chose chez elle qui nous mettait tellement mal à l'aise...

— Et vous savez ce que c'est? nous dira Ron, notre ami pianiste porté sur la bonne cuisine et la gent masculine.

— Non. C'est juste qu'elle était...

Il nous coupe :

— «Il» était. Il...

Et comme je n'ai pas l'air de comprendre, Ron aboie :

— Ta Nanie, cloche, c'était un travesti... Un mec !

60

Marina continue de m'en faire voir. Finis les câlins et les baisers. Elle me donne des claques et fait du chantage :

— Tu me couches, je vomis.

Il est vingt-deux heures passées — ça suffit. Je la couche.

De son lit elle hurle :

— Veux descendre, vais vomir.

Elle toussote, crachote, criote :

— Pas dormir, vomir !

Et bien sûr, elle vomit son dîner sur ses peluches, ses poupées, draps, couvertures. Minuit. Je dois tout changer. Elle, le lit, les animaux. L'appartement pue. Sortie du lit pour être nettoyée, elle trotte partout, ravie. Recouchée, elle recommence ses hurlements. Seulement elle n'a plus rien à vomir et en dépit de ses menaces, vers deux heures elle s'endort. Moi aussi.

Cinq heures du matin :

— Maman... j'ai faim ! Veux mon lait.

Évidemment !... Je tâtonne, fais chauffer le lait, lui donne, m'apprête à me recoucher.

— Veux jouer...

— Marina, dors, il est trop tôt.

— Non ! Veux Papa !

Larmes. Hurlements. Je me mets la tête sous l'oreiller.

— Dors !

— Si je joue pas, je vomis...

— Si tu vomis, tu vas voir !

Toussotements.

J'ouvre un œil.

— Papa !

Je l'entends qui se force.

Elle se racle la gorge, crie, recommence à tousser entre deux hurlements. « Moi jouer ! » Et soudain, elle vomit tout son lait.

Cette fois, je suis furieuse. Je la nettoie, nettoie les animaux, les parois du lit... Le médecin m'avait dit que la seule façon de faire échec à son chantage (vomir pour obtenir ce qu'elle veut est une vieille technique), la seule façon pour qu'elle cesse, c'est de me montrer indifférente à ses dégueulis. Ne pas la nettoyer, et la laisser dedans. Impossible ! Comment laisser un enfant dans ce bain de lait ? Elle en a partout. Sur le visage, le cou, les cheveux. J'ôte le plus gros, change les draps et la recouche. Elle ne me lâche pas et crie jusqu'à neuf heures du matin.

Joyeux week-end.

Le dimanche soir, Gilles téléphone.

Comme toujours, mon cœur bat au son de sa voix. C'est Marina qui a décroché. Elle ne lâche pas l'appareil cette fois. Ils se parlent. Elle finit par me tendre le combiné. Et je demande à Gilles comment il va...

— Ça va.

— Tu fais ce que tu voulais faire ?

— Je travaille.

— Mais dans la tête, ça va ?

— Ça va.

Je suis déterminée à faire cesser ce dialogue où rien ne passe. C'est trop insoutenable d'avoir tout partagé avec lui — et puis plus rien. Le néant total à ce point !... Qu'il téléphone à l'heure où je ne suis pas là, s'il ne veut pas me parler ! La baby-sitter lui donnera des nouvelles de Marina. Je ne supporte plus ces coups de fil où entre nous c'est le vide. Je préfère rien, à ce rien-là.

— Mais il te téléphone ! insistera Nanou. Il te téléphone toutes les semaines !

Gilles et les apparences.

Oui, il me téléphone. Non, il ne baise pas la fille.

Ça n'empêche qu'il se fout de ce que je deviens et que je pourrais bien crever à ses pieds sans même qu'il s'en aperçoive.

Mais «les apparences» ! Gilles n'ose jamais aller jusqu'au bout... alors comme d'habitude, il conserve «les apparences». Il téléphone et ne dit rien, ne demande rien. Une absence au bout du fil.

Je lui dis, moi, que Marina le réclame, d'ailleurs elle le lui dit elle-même. Au moment de raccrocher, elle pousse des cris : «Non — pas au revoir... Pas au revoir !» Je la prends dans mes bras, mais ne raccroche pas : si Gilles veut raccrocher, qu'il le fasse ! Sinon qu'il l'entende pleurer.

Je suis furieuse à nouveau : je lui en veux d'être si loin, et de vivre sans nous. Tandis qu'elle pleure et qu'il ne l'entend pas ! Attitude illogique de ma part. Pour la première fois, je me dis que s'il revenait, je ne voudrais plus de lui !

C'est curieux comme on devient cruel, comme on manipule quand on aime moins. Je n'ai jamais cherché à culpabiliser Gilles. Au contraire. Le plus possible, quand Marina allait bien, je le lui disais. Maintenant, je ne veux plus ni le protéger, ni le rassurer — qu'il se débrouille ! Stade deux. Après le chagrin, la colère. Espérons que nous saurons éviter le glissement vers la haine.

*

L'Italien envoie des fleurs et téléphone. Cette fois, nous prenons date. J'ai envie d'un dîner plaisant où l'on me fasse la cour. Je taille donc mes roses en écoutant cet inconnu m'appeler «ma chérie» et me jurer une fidélité éternelle. Pourquoi pas ? Un peu de légèreté, que diable !

61

Côté légèreté, c'est raté. Il y avait du brouillard à Rome. L'Italien est arrivé à onze heures du soir. Je l'ai retrouvé pour un verre au Fouquet's. Il m'a paru aussi barbant que la première fois. Dans le taxi qui nous ramenait, main serrée et bras sur l'épaule, je me retrouve aux beaux jours des flirts, avec des types dont je n'ai pas envie. Même timidité de ma part. Mêmes faux émois. Comment m'en débarrasser ? Devant chez moi, il cherche ma bouche. Je me dégage, compose précipitamment le code et laisse retomber la porte sur son nez. J'ai à nouveau dix-huit ans. Et mauvaise conscience de le laisser tout seul avec son désir. Soulagée de m'en être sortie à bon compte. Dommage. S'il m'avait plu ne serait-ce qu'un tout petit peu, j'aurais sauté le pas. Mais là, tout en moi se révoltait. Ce Romain à grandes phrases, eau de Cologne et poil-de-chameau, ce Romain bavard avec son bon gros désir, me collait le cafard.

Je regardais chez Maman l'album de notre mariage : je ne regrette pas d'avoir épousé «l'homme sur les photos» ! Il continue d'être tout ce que j'aime.

Mais le visage de cet homme-là, depuis la naissance de

Marina, je ne l'ai plus vu. Je ne m'en étais pas aperçue: Gilles a changé. Son regard, son sourire ont changé. Son sourire d'enfant à fossettes, cette tendresse dans les gestes — je ne les ai pas vus depuis longtemps. Quelque chose de dur, de «flic», comme disait Geneviève, de fou, de triste aussi, ont abîmé son expression de très jeune homme. Est-ce ma faute? Quelque chose s'est-il brisé en lui à mon contact?

Le changement est si flagrant! L'un est doux. Tout en lui sur les photos est doux. L'autre brutal, clos. Que s'est-il passé? Est-ce à cause de moi, par moi, qu'il s'est durci, abêti? A-t-il régressé à cause de ce que je suis? L'ai-je empêché de grandir? Que s'est-il passé?

L'homme de notre mariage, je ne regrette pas de l'avoir épousé. Si c'était à refaire, je le referais. Maman a beau dire, tout le monde a beau dire que j'ai tout rêvé. Que Gilles n'a jamais cessé d'être ce qu'il est aujourd'hui. Ça n'est pas vrai!

62

Formidable nouvelle: le film que j'avais écrit il y a trois ans est sorti à New York! Produit par une petite maison de Nashville. J'ai perdu tout contrôle sur le scénario depuis belle lurette. Mais le film est sorti. Mon film, quel plaisir! Par le hasard d'une lettre d'un copain, j'apprends qu'un bon article est paru dans *Village Voice*. Gilles était au courant. Il n'est pas allé voir le film. Mais il avait lu l'article. Il ne s'est pas donné la peine de le garder, de me l'envoyer ou même de m'en parler. «J'ai totalement oublié.» Convaincs-toi, bon Dieu, Lise: il n'en a rien à faire.

Quel orgueil de ma part tout de même de ne pas accepter qu'il se désintéresse de moi à ce point. Quelle prétention finalement de ne pas arriver à croire à son manque d'amour. J'ai mille preuves de son indifférence, seulement cette indifférence m'est tellement douloureuse que je ne veux pas la voir.

J'invente d'autres explications qui excuseraient et masqueraient le vide. En face de moi, chez Gilles à mon égard, il n'y a plus RIEN. Comme il l'a dit un jour : « La magie est partie. » Pour lui, il ne reste rien. Zéro. Accepte ! Combien de temps encore, combien de coups pour que je comprenne ? Avant que ça descende de ma tête jusqu'à mon cœur ?

63

Papa a imaginé un nouveau type d'analyse qui accélérerait le dépistage de certains cancers. Il l'expérimente déjà dans son laboratoire. Pour la forme, je tente de le suivre, lui et ses conseils. Je sors. Je vois des gens. Je vais même au fin fond de la Sologne à des mariages de camarades de lycée.

Cette fois, j'ai eu du mal à partir : c'est mon premier week-end sans Marina. Le cœur en pelote, je l'ai confiée à Charlotte, et je débarque du train dans un motel en bord de route où je réserve une chambre pour ce soir. « Si vous rentrez tard, c'est la treize au fond du couloir. La clé reste sur la porte. » Je laisse mon sac à la réception et, bibi en tête, m'achemine vers l'église : nom de Dieu, qu'est-ce que je fous là ? Les noces, j'adorais ça. Aujourd'hui : « Arrêtez ! Au secours ! Un homme à la mer ! » J'ai envie que quelque chose se passe, que quelqu'un surgisse, qu'on arrache la mariée à l'autel et qu'on l'enlève en bus. « Silence, on tourne. » Des années de préparation pour se montrer dans cet état, au bras de Papa, un fantôme qui passe, la griserie du déguisement, l'émotion d'un instant. «Coupez!» C'est fini, on remballe. Une bonne âme m'aurait fait ce «Coupez»-là à mes noces à moi, je l'aurais étripée.

— Nous formons un joli couple, me susurre de dessous son œillet l'heureux homme du jour.

Il glisse sa jambe entre les miennes et m'entraîne dans une lambada coquine et sexy. Je me laisse serrer. J'épouse son corps et ses idées. La tête renversée, les yeux mi-clos, je me donne et ça danse. Mais, soudain; entre deux cils, je croise les regards de la mariée, de ses mère, belle-mère, belle-sœurs et copines. Toutes les femmes maquées de la fête. En rang d'oignons. Et qui grognent. J'en prends brusquement conscience: à nouveau célibataire, je suis devenue dangereuse. Tiens, ça ne m'était pas venu à l'esprit, cette idée-là: je peux faire peur, moi? Je me cambre et me tortille. L'envie de les provoquer, ces dames trop installées.

— Moutier, poursuit le marié en avançant sa jambe bien profond entre les miennes, je l'avais connu chez les jésuites. Je n'aurais jamais imaginé qu'il pourrait un jour épouser une fille comme toi.

«Ça veut dire quoi, ça? Et d'abord, qu'est-ce qu'il fiche, celui-là, à me draguer au pif et au bouc de sa moitié?» Je le lâche et vais prendre l'air sur le perron. A mes pieds, les marais disparaissent dans la brume. Ça sent l'eau, les bêtes, ça stagne, ça grouille. Je m'assois sur les marches dont je sens la douceur et l'usure contre ma cuisse. Je me tourne à demi et regarde la vieille maison au fronton tout cassé, le pigeonnier en ruine où roucoulent les ramiers, les Diane, les Cupidon renversés dans l'herbe haute, «Là-bas, j'avais beau dire que je m'en moquais, comme ça me manquait, la France!» En plein délire chauvin, le mari d'Agnès Z. vient m'interrompre. Je le connais vaguement depuis des années. Un type très occupé. Pas une once d'attirance entre nous, jamais une vibration, un demi-gramme de séduction. Je ne suis pas son genre. Et réciproquement. Mais le voilà qui m'attrape et murmure dans mes boucles: «Voyons-nous lundi à déjeuner!» Je m'écarte, il insiste: «... On peut bien se voir tous les deux quand même!» Et devant la méchanceté de mes sourcils troussés: «Lise, si tu savais!... Agnès est tellement dure! Je suis si malheureux!» Bla-bla-bla. Je le plante là. Et c'est Luc, le mari de mon amie Anne, qui, dans l'escalier, prend le relais. «Qu'est-ce que tu fais à l'heure du déjeuner cette semaine? On pourrait peut-être...»

C'est eux? Ou c'est moi? Aurais-je manqué des choses toutes ces années? N'aurais-je pas vécu? Je considère Luc. Vibrant. Marrant. Quel manque d'imagination, Seigneur: c'est qu'il pourrait bien me plaire celui-là! Fascinée, je regarde ce visage que je n'avais jamais vu. Je sens déjà ses lèvres pleines contre ma bouche, ses mains sur mes seins. Miam miam. L'attente près du téléphone, les week-ends passés seule, les vacances volées à l'épouse et aux enfants. Non, merci. Je passe au salon. Serrés autour du buffet, quelques types, quarante à quarante-cinq ans, fument, boivent et déblatèrent. Je les entends parler de leurs femmes qui, elles, parlent péridurales et expos dans la cuisine. Ivres de beaujolais et délibérément grossiers, ils les apostrophent d'une pièce à l'autre: «Hé, chérie (à chaque fois que je l'appelle "chérie", elle m'en flanque une dans la figure), chérie, apporte-moi donc du café! A chaque fois que je l'appelle "chérie" et que je lui réclame "du café", elle fait la gueule deux jours, vous vous rendez compte? Deux jours sans entendre ma femme! Quelle paix... Non, mais c'est vrai, ma femme, je l'aime, mais qu'est-ce qu'elle est con! Et puis je l'aime, je l'aime — c'est vite dit. Je l'ai aimée, nuance. Maintenant, on se supporte. Enfin elle me supporte. Parce que, moi, honnêtement, elle m'emmerde! Alors, chérie, ça vient ce café!»

Les dames continuent paisiblement de parler peinture en faisant la sourde oreille. On les sent habituées.

Agacées. Profondément méprisantes. Au mental — elles haussent les épaules. Les mecs, eux, sont pathétiques et drôles. Deux d'entre eux, qui ne parlent que de leurs femmes, et très méchamment, font rire les autres — moi comprise — et me flanquent la chair de poule. Ils ont en moyenne quarante-deux ans. Deux à trois enfants. Une maison de campagne. Les femmes, le corps déjà un peu empâté. Les hommes, la figure fatiguée, fanée d'adolescents qui n'ont pas su grandir. Ils sont tous encore beaux. Mais morts. Sans gentillesse. Sans espoirs et sans illusions. Je pense à Gilles et moi dans dix ans, on aurait été semblables. A quoi j'ai échappé ! Collés l'un à l'autre. Par peur. Par habitude. A quoi j'ai échappé !

Pour la première fois, la rupture avec Gilles me paraît une chance. Ma chance...

Il me faut encore faire un effort pour le penser. Mais peut-être, peut-être en effet est-ce autre chose qu'une catastrophe.

Un couple de ces joyeux drilles, qui habite l'hôtel chic en face du mien, me reconduit et me dépose. Un quatrième larron que je ne connais pas attend dans la voiture. A la réception, plus de sac. « Ils l'ont sûrement porté dans la chambre. » Nous enfilons le couloir. Douze — quatorze —, pas de numéro treize. Nous inspectons les serrures — pas de clé. Nous secouons toutes les portes — l'hôtel reste borgne et noir.

— Notre hôtel en face est complet, dit l'un.

— Il est tard, dit l'autre.

Nous retournons à la voiture. J'annonce :

— Plus de sac, et plus de chambre !

— Je vous proposerais bien mon lit... avance le quatrième larron.

— C'est gentil, mais pour vous, le couloir, je crains...

— Le couloir ?

Il fait la moue.

— Bon, dit la dame, on ne va pas rester ici toute la nuit !

J'aurais bien aimé qu'elle proposât, elle, de partager sa chambre avec moi. Malgré tout, elle préfère son homme. Je la comprends. Mais, quoi, la solidarité féminine, non ?

— Non.

Et voilà : on a traversé la rue et je me retrouve dans le lit du larron.

Il se coule entre les draps, torse nu, en caleçon, et je l'observe du coin de l'œil. Une masse de cheveux poivre et sel. Le nez camus. Les lèvres sensuelles, troussées vers l'extérieur comme le bec de Donald. Sans viol, sans brouille — ça va être du grand art. Je me remonte la couverture jusqu'au nez et me réfugie à la lisière.

— Je peux éteindre ? demande-t-il, galant.

Côte à côte, le nez au plafond, deux gisants.

— Tu es mariée ?

— Oui.

Nos voix résonnent dans le noir.

— Moi aussi.

— Ah ?

Dormir, vite dormir, si on cause, ça va devenir intime.

— Comment s'appelle ton mari ?

— Gilles.

— Moi, ma femme s'appelait Anne-Marie.

— Ah ?

— Je l'aimais, mais je suis tombé amoureux d'une autre.

— Ah bon !

— Nous venions d'avoir un enfant.

— Ah oui ?

— Trois avec Anne-Marie. Un avec Marianne.

Ça se complique : je sombre. Il colle sa jambe à la mienne : je me réveille !

— Marianne, c'est la mère de ma dernière fille. Je ne vis pas avec elle. Ni avec ma femme d'ailleurs. Elle m'a mis à la porte. Ç'a été très déstabilisant. Surtout pour les enfants. Mais je crois que je vois enfin le bout du tunnel : l'autre jour dans le Paris-New York, j'ai rencontré Anne et j'en suis fou !

Je me tourne vers lui, il se tourne vers moi, et nous gloussons en même temps. Toute la nuit, nous deviserons ainsi sur les intermittences du cœur. Au matin, je me présente :

— Lise.

— Anne-Lise, non ?... Parce que je crois que j'ai un petit sentiment pour toi...

— Rendez-vous dans trente ans. Je te garde pour mes vieux jours, quand on se sera cassé tous les deux la gueule encore mille fois...

Je m'aperçois dans le train que je ne connais même pas son nom.

64

Me blinderais-je en prévision de son arrivée dans vingt jours ? Gilles perd du terrain. Je commence à envisager presque sans horreur l'emménagement à la Butte-aux-Cailles. Sans lui.

Quelle aventure, cet appartement ! Chaque jour je vais sur « mon » chantier. J'y trouve, ou n'y trouve pas, une équipe d'ouvriers qui se critiquent entre eux. Le maçon contre le plombier, le plombier contre l'électricien, l'électricien contre le peintre. Et moi, je me balade en métro avec une brique de prêt dans mon sac, dont chacun tente de m'alléger à l'arrivée. Il s'agit de les payer en cachette, et l'un compte à toute allure ses billets qu'il lèche du pouce dans un coin, tandis que les autres rouspètent et surveillent. Car évidemment, chacun trouve que l'autre m'escroque et ils ne se gênent pas pour me le dire.

L'autre jour, j'arrive vers trois heures. Une odeur de fauve dans l'appartement. Un bruit de soufflerie si bizarre que j'explore tout — pièce après pièce... Personne. Enfin, dans la salle de bains, coincé entre l'échelle et la décolleuse, parmi les gravats et les rognures — le peintre ronfle. Un bébé. Roulé sur lui-même. Rose et bienheureux. C'est gênant, c'est intime de regarder quelqu'un dormir. Je n'ose pas m'approcher, je n'ose pas le déranger.

Pendant une heure, je fais tomber des trucs dans la pièce d'à côté, je téléphone à voix haute, je tousse, j'éternue: rien. Il ronfle toujours... Et je le paie «à la journée»! Bon, ça suffit, je m'en vais. Le manteau sur le dos, je refais un tour d'adieu dans la salle de bains. Cette fois, sa moustache remue, il ouvre un œil. Il me voit. Un blanc. Et toujours couché, tragique et douloureux, il geint:

— Vous avez vu dans le salon — les dégâts du menuisier?

65

Pour avoir négligé une organisation serrée du weekend, j'erre.

Paris en novembre. Paris désert. Paris dimanche. Paris qui ne change pas. Par le vide des artères et des rues, je pousse Marina vers les jardins publics de mon enfance. Vasques, ruines et colonnades. Le ciel, le sable, blanc, noir. Petits pas et souvenirs qui passent, malhabiles et muets.

Quelques pigeons picorent aux pieds bottés des vieilles. Deux gamins courent en équilibre sur les arceaux des plates-bandes. L'eau des fontaines Wallace fuit entre les statuettes. Mais rien qui bruisse, rien qui bouge, le temps ne passe pas, je pousse, je me pose. Marina grimpe aux échelles, s'enfonce dans les tunnels, glisse sur les toboggans, j'encourage, surveille, applaudit de mon banc. D'elle ou de moi, laquelle est laquelle ?

Contrairement à ce qu'il avait dit, Gilles n'a pas téléphoné. Marina l'a attendu en vain. Ça m'énerve.

66

Décembre

Le compte à rebours. Dans quinze jours il est là.

Lise, tu la boucles. Pas de tirade «Tu as perdu et ma confiance et mon estime et patati et patata» — tout ce que je lui sors dans ma tête. Ne pas tenter non plus de le rendre jaloux en laissant croire Dieu sait quoi. Ne pas jouer les séductrices, ni les abandonnées. Ne provoquer chez lui ni mauvaise conscience ni jalousie.

Mais tout de même quelques regrets. Si je dois le reprendre un jour, je le veux «amoureux». Manifestement, Gilles ne sait pas être autre chose avec une femme. L'amour aveugle ou l'indifférence totale. Entre les deux, chez lui, aucune sorte de sentiment.

Conclusion: sourire, et se taire.

Être charmante.

Être distante.

Facile à dire. Il ne me laissera pas prendre de la distance. Même en apparence. La statue pâle sur son piédestal, il trouvera un truc pour la déboulonner. Un truc qui lui fasse peur. Avec moi, c'est ça qui marche.

Peur de ses gouffres, de ses silences, de ses méandres, de ses sinuosités dont je ne vois ni le début ni la fin, auxquelles je ne comprends rien, ni les mobiles ni les cibles, peur de ce mystère qu'est pour moi redevenu

Gilles. Mystère angoissant, car peut-être dépourvu du moindre sens. Je ne sais pas ce qu'il veut, il ne sait pas ce qu'il veut, et s'il le sait, il change, et je m'y perds, et l'idée que mon avenir et celui de Marina puissent dépendre de ce sable mouvant où je m'enlise... Agréable Noël en perspective.

Au fond, en jouant les sphinx, je ne fais rien d'autre qu'essayer de m'aligner sur lui. Partie perdue d'avance.

Tenter seulement d'y laisser un minimum de plumes. Pas facile. Pas facile.

67

Et si je n'aimais plus Gilles? Si je ne l'aimais plus depuis belle lurette? Si dès le début de la crise, j'avais su que notre mariage était condamné? Si vivre seule ne m'était pas même pénible? Au fond — cette indépendance — j'aime assez ça. C'est vivre abandonnée que je ne supporte pas. Littéralement, ça me rend folle. Comme un rat dans sa cage.

Au téléphone, tout à l'heure, je pleurais. Je le suppliais: «Aime-moi.» De New York, il restait froid. Plus je l'aime, moins il m'aime. Le quiproquo, c'est qu'on ne s'aime peut-être ni l'un ni l'autre. Au fond, c'est moi qui fais durer le supplice. Pourquoi?

68

Il approche.

Dans une semaine... Semaine plongeon. Phase zombie

de ma pseudo-survie. Je marche au radar. Tout me paraît insurmontable. Ajouter à cela l'incommensurable incurie du peintre de la Butte-aux-Cailles, qui m'affole. Pas question d'emménager avant Noël... Si j'emménage un jour ! Il a trouvé le moyen d'agrafer le tissu dans la ligne de téléphone. Résultat : plus de téléphone. Même jeu pour l'électricité : plus de lumière. Idem pour les placards qu'il a soi-disant recouverts et qui ne ferment plus. La peinture fraîche est constellée de taches. Les papiers peints gondolent. Tout est commencé partout, rien n'est fini, tout est dégueulasse. Je n'en peux plus. Il me prend un dégoût de cet appartement. Je n'ai plus la force de tenir ces ouvriers, ce chantier, de rien tenir du tout. Plus la force de passer ces journées à trimballer des tissus sur l'épaule, des rouleaux, des tringles à bout de bras. Dans un sens, dans l'autre, car il faut rendre le matériel, je me suis trompée dans les mesures, ou bien le peintre m'a commandé n'importe quoi. Je repars, à grandes enjambées, par tous les temps, du Printemps de la place d'Italie à la Butte-aux-Cailles. Frustration de ne plus trouver le temps d'écrire mon scénario. Angoisse — si je ne le livre pas dans les délais — de n'être pas payée. Terreur de ne plus retrouver de commande. Et alors comment régler ces travaux ? Et comment vivre tout cet hiver ? J'ai fait une erreur en me mettant ce chantier sur le dos. J'aurais probablement dû rester rue Galande. Cette fois encore, je n'ai pas su attendre. Je me sens au bout du rouleau.

69

La Butte-aux-Cailles.

Encore un coup, je remets la pose des tommettes à la Saint-Glinglin. Nous n'avons que cinquante jours de retard sur les prévisions du peintre qui a carrément disparu. Il est parti mardi «déjeuner». On ne l'a plus revu.

— Vous allez déjeuner? ai-je demandé, méfiante.

— Ben oui! Où voulez-vous que j'aille?

— Oh, je ne sais pas... sur un autre chantier?

— Mais non! Vous êtes drôlement angoissée, vous. Puisque je vous ai dit que l'appartement serait terminé vendredi pour les tommettes.

— Vous m'avez déjà dit cela à trois dates différentes durant les dernières semaines.

— Je tiens toujours ce que je promets. Allez, à tout de suite!

— A tout de suite, monsieur Dubois.

Depuis, je passe mes journées, juchée sur des pots de peinture qui sèchent. Un vrai reposoir, ce chantier. Les serrures, les poignées gisent partout. Les vis roulent sous les pieds. Une pièce sur deux n'a plus d'interrupteur. Va savoir pourquoi, le peintre démonte tout. En l'attendant, je tente d'enduire un mur, de barbouiller une fenêtre. Les résultats sont plutôt désastreux. Alors je retourne écrire mon scénario sur mes pots de peinture. J'aurais dû me méfier quand il m'a dit qu'il ne répondrait pas au téléphone ces jours-ci «pour avancer plus rapidement. Et fuir une autre cliente qui rouspète». J'aurais dû me douter que la cliente, ce serait moi.

L'autre matin, au retour de l'une de ses disparitions hebdomadaires, il me tombe dessus dans l'escalier:

— Ah vous voilà, vous, me dit-il bougon, je me demandais où vous étiez passée! (Brusquement agressif:) Vous avez vu ce mur?... Je suis arrivé à six heures ce matin pour l'enduire! (Soupir d'épuisement.)

— Merci, monsieur Dubois. Trop aimable.

Mais gare si je fais remarquer qu'en une semaine, un mur enduit, ce n'est pas énorme: il m'engueule.

70

— La grande connerie, gouaille l'ancienne chef monteuse Arlette B. de sa voix d'homme qui s'entend d'un bout à l'autre du restaurant, la grande connerie, c'est d'avoir foutu le camp à New York... Une faute professionnelle. Entre nous, quoi, New York a brisé votre carrière !

Nous sommes assises à une petite table, en plein milieu de la salle. Tout l'Interlude profite de la conversation.

— Et puis, vous voulez que je vous dise, poursuit Arlette qui garde, en dépit de cinquante ans de métier dans le cinéma, des idéaux de dame patronnesse, vivre à l'étranger, loin de son monde, de ses amis, de son milieu, conduit tous les mariages au trou. Mon amie X — elle a soixante-dix ans, son mari soixante-trois —, eh bien, quand ils sont partis à Y, et patati, et patata...

Nous nous perdons dans l'anecdote. Arlette me tutoie pour en revenir encore et toujours à sa conclusion.

— Cette chienlit de New York t'a été fatale !

Je ne relève pas. La crise de Gilles, c'est bien sûr New York. La griserie des mille possibles, l'obsession du pouvoir, l'impatience, la violence si nécessaire pour y accéder. Gilles, libéré par New York au moment précis où je le coinçais, moi, avec la naissance de Marina. L'âge adulte pour nous deux. Pour moi, presque la vieillesse. Sans insertion sociale autre que celle qu'il m'apportait, je suis devenue dépendante de Gilles à New York. Émotionnellement. Financièrement. C'était la première fois.

— Une catastrophe, New York ! entérine, allègre, Arlette B.

Cette fois, je m'insurge. C'était formidable, au

contraire. Nous sommes arrivés à Noël... Le premier Noël à New York...

Cette fois, je coupe net le flash-back. Il me donne le cafard. J'ai du mal à évoquer New York sans douleur. New York demeure une aventure tronquée. Sectionnée. Je n'ai pas été jusqu'au bout de New York.

Quand je m'y arrête, le souvenir de ces amitiés à peine forgées et abandonnées avant qu'elles aient eu le temps d'exister, de ces lieux à peine explorés où je n'ai pas eu le temps de vivre, de cet espace — la ville, les couleurs, les odeurs, les gens de la ville — qu'il a fallu abandonner sans avoir eu le temps de les apprivoiser... le souvenir de New York et de tout ce que je n'y ai pas fait m'est pénible.

Quand je dis « le souvenir », j'exagère. Je n'ai presque pas de souvenirs de New York — c'est tout le problème ! Ma grossesse, la naissance de Marina, l'organisation du foyer ont absorbé mon énergie, laminé mes plaisirs et mes émotions. La naissance de Marina, ça aurait pu se passer n'importe où ! Mais durant tout ce temps, quand même, je « mettais en place », je tentais de rendre possible l'intrusion de New York dans ce cocon. Je me sentais enfin prête, disponible.

New York, ça commençait. Et cette impression de n'avoir pas été jusqu'au bout m'insupporte. Comme si le fait d'arrêter au milieu gommait toute l'aventure — même son début. Comme si vivre à Paris, alors qu'il me restait tant, tant de choses à vivre à New York, impliquait que pour moi, New York n'a pas existé : deux ans dont je n'ai rien retenu. Rien gardé. Rien appris. Échec.

71

A la sortie des *Liaisons dangereuses*, je tombe sur des cousins de Gilles que j'aime bien. Ils me savaient à Paris. Mais ma présence ici sans lui leur avait été présentée comme un abandon de ma part : je n'aurais pas supporté New York.

Ça, c'est le bouquet ! Pour eux, c'est moi qui ai quitté Gilles, qui suis rentrée en France avec ma fille, moi qui habite mon petit appartement tandis qu'il reste tout seul dans celui, déserté, de Manhattan. Je tente de remettre les pendules à l'heure. Difficile, sans se répandre.

Gilles continuera-t-il toute sa vie à se faire passer pour une victime ? Je ne veux pas que cette légende s'installe ! Que Marina puisse croire un jour que c'est moi qui ai quitté son père ! Je sens cette interprétation sur le point de s'ancrer. « Ce pauvre Gilles. » Quand je l'ai rerencontré il y a huit ans, tout le monde disait : « Ce pauvre Gilles » en parlant de lui. Personne ne précisait pourquoi, comment, mais « pauvre » il était.

Moi aussi, j'ai marché puisque mon idée fixe, c'était de rendre ce pauvre Gilles enfin heureux.

72

En venant samedi déposer des livres, je découvre que le peintre a réapparu dans la nuit de vendredi, qu'il a peint en rouge toutes les portes qu'il fallait peindre en blanc, et en blanc toutes les portes prévues en rouge.

Impossible de lui dire qu'il s'est trompé, impossible même de le virer et de récupérer ma clef : il s'est à nouveau volatilisé.

Ce désordre aura eu cela de bon que, prise de déprime

et de zèle, j'ai décidé de m'installer mieux rue Galande, en apportant dans le grenier les cartons de livres et de papiers amoncelés. J'ai du coup trouvé mon journal des années 80 lors de ma deuxième rencontre avec Gilles.

Je dis «deuxième» parce que déjà, c'était du réchauffé. Nous nous étions connus quand nous avions quatorze et quinze ans. A l'époque, il ne m'avait pas déplu. J'étais dans l'âge ingrat, il ne m'avait pas regardée. Sa bonne vieille indifférence. Comme il ne m'attirait qu'à peine, j'avais décidé, du haut de mes quatorze ans, qu'il était trop jeune pour moi. Un môme. Je voulais des types de vingt ans avec voiture. Nous étions donc devenus assez bons copains, échangeant quelques lettres pendant les vacances, et voguant tous deux vers des amours plus brillantes. Ajouterai-je qu'il avait totalement cessé de me voir, quand Papa — qui peut-être faisait du gringue à sa mère — avait dit aux Moutier combien je trouvais Gilles charmant. Charmant au point de l'inviter pour moi à un voyage en Espagne. Je n'ai jamais rien su de cette invitation, que Gilles refusa. Me croyant désormais amoureuse de lui, il s'était désintéressé de la petite Lise. C'est du moins ce qu'il m'a raconté plus tard. Moi, l'histoire du voyage en Espagne, je n'en ai aucun souvenir, et de Gilles, il ne me restait qu'une vague impression.

Dix ans plus tard, je reçois rue Galande un coup de fil du même Gilles Moutier:

— Tu te souviens de moi?

Amusée, surprise, je réponds que «oui, bien sûr».

Il m'invite à venir dîner chez sa mère. Il y habite, mais elle n'est pas là. J'accepte. Dîner rasoir et mondain où je retrouve un Gilles verdâtre, boutonneux et fripé qui ne me plaît pas du tout. Impossible de lui tirer trois mots sur sa vie, son travail, ce qu'il a fait ces dix dernières années. En revanche, il m'abandonne aux griffes de l'ineffable Boni de Roqueville, qui se présente comme un éditeur d'art ayant de grosses affaires au Japon. Le Boni, plutôt beau gars, a un style qui, en d'autres temps, m'aurait plu. Une cape très romantique. Un chapeau. Une canne. Et la blondeur d'un Robert Redford. Très conscient de leur ressemblance, Redford revient constamment dans sa conversation.

— ... Moi, aux dernières élections, clame-t-il avec son bel accent snob, aux dernières élections, j'ai voté Mitterrand.

Devant mon regard interrogateur, il poursuit :

— Oui, parce que les Giscard, on les connaît : ils ont été métayers sur nos terres pendant trois générations.

Je pouffe.

A part Boni, il y a une grande fille très à la mode, plutôt jolie, attachée de presse.

L'ensemble incarne ce qu'à l'époque, je déteste. Parisianisme et seiziém-isme. Je m'y sens mal. Et je m'y ennuie.

L'aristocratique Boni qui, lui, habite un hôtel particulier du Faubourg-Saint-Germain, me raccompagne dans sa voiture, une vieille et très belle je-ne-sais-pas-quoi. Durant le trajet, il me tape carrément sur le système et, tandis qu'il me parle encore de Redford, je dis que c'est le seul acteur dont je ne peux pas supporter la gueule (c'est faux), le seul dont les poses et la fadeur m'exaspèrent. Pour cette phrase idiote, Boni deviendra mon ennemi.

Dommage. Si nous n'avions pas si mal commencé, Boni et moi, nous aurions pu nous entendre. J'aime son réel raffinement et puis, au-delà de ses apparences de dandy un peu cliché, son goût de l'aventure, sa fantaisie, son grain de folie. Il y a du bâtisseur en lui. Je me rends compte combien, sans en avoir l'air, Gilles est faiseur d'embrouilles. Eût-il vraiment désiré que sa femme et son meilleur ami sympathisent qu'il se serait abstenu de me répéter le mépris de Boni pour mon travail.

Le drôle, c'est que j'avais assez bien compris Gilles, ce Gilles à éclipses et intermittences du cœur. Compris aussi que l'aimer serait de ma part une sorte de suicide. Témoins ces phrases que je trouve dans mon journal. *«Par-delà nos jeux idiots, nos mots et nos échos, par-delà toute la quincaillerie habituelle somme toute, existent, et pour la première fois peut-être, une entente, une complicité, un profond acquiescement de tout l'être. Mais cette entente, par nos roucoulements, on l'étouffe, on la tue, ronron, "je t'aime", ronron "je t'adore", ronron "pour la vie", ronron "Amour-Toujours". Arrêter maintenant le train qui roule à pleine vitesse vers le pays des clichés et des choses forcées!»*

Notre liaison avait quoi? deux jours. Après je perds les pédales et le fil. Ultime lucidité avant le plongeon final. *«Moutier, je le veux, non parce que je l'aime, mais parce qu'il m'échappe. En ce sens, je ne prends aucun risque avec lui, même si je risque de me rompre le cou. En l'aimant, je fais le pari de le perdre, et ce pari, je le gagnerai.»*

Prémonitoire?

73

Moi, Gilles, je ne lui avais rien demandé.

Il ne me plaisait certes pas. Je l'avais côtoyé pendant un an sans lui accorder d'autres pensées que celle d'être flattée par l'intérêt que je lui inspirais.

Et encore, cette attirance de sa part n'était-elle venue que tard, je le savais. J'ai été très consciente du jour où je lui ai plu. Je revenais de Belle-Ile. Bronzée. Musclée. Triomphante. Je me revois comme je me suis vue dans ses yeux ce soir de septembre-là. Une petite tête de boucles brunes. L'œil gris allumé par la mer. De grands anneaux d'or qui dansaient de chaque côté de mon menton volontaire. Une jupe de soleil, qui voltigeait. Sexy, la Lise. Et totalement indifférente. Je vivais alors avec Bob qui m'aimait. Si loin de penser qu'il pourrait jamais se passer quoi que ce soit entre Moutier et moi qu'entendant au restaurant un couple s'engueuler sur leur divorce à la table voisine, j'avais dit, légère : « Nous, mon pote, dans dix ans. »

Au lendemain de notre mariage, je me souviens m'être demandé, là, devant la feuille blanche, si j'avais bien fait d'épouser cet homme-là... Mais c'était un jeu. Mon goût de l'introspection. Car je connaissais la réponse...

— Pas le choix.

C'était vraiment la première fois de ma vie où mon cœur et ma tête avaient marché ensemble. La même tension vers le don sans réserve. Je ne m'étais rien gardé. Rien de privé. Rien de secret. Rien de prudent.

Je me souviens avoir eu cette certitude que si je perdais Gilles, je perdrais tout. Pourtant, j'avais constamment présent le sentiment de la précarité de notre bonheur.

Comme si la mort était dans la vie que nous menions. Je savais que ce sentiment de « Mort » présente, possible, tenait beaucoup à la personnalité de Gilles. Charlotte l'avait très bien deviné. « Il y a quelque chose de tragique chez Gilles, m'avait-elle dit. *There is something tragic about Gilles* », avait-elle répété au cas où je n'aurais pas compris.

Je ne pouvais pas dire comment, ni pourquoi, ni en quoi, mais c'était vrai.

A formuler cette impression, je m'aperçois de sa force. Combien elle entraînait de choses en moi. Avec lui, j'ai eu dès le début l'idée que quelque chose me menaçait. Une chose terrible qui allait me tomber sur la tête. Il existait dans tout ce que nous faisions un bonheur fou... et de la tristesse.

Beaucoup de tristesse. Beaucoup d'angoisses.

Beaucoup de joie aussi.

N'empêche, mêlé à cette joie, le pressentiment de quelque chose d'effrayant.

J'avais épousé Gilles en sentant qu'il m'apporterait le bonheur. Et le drame.

C'était plutôt paradoxal et bizarre pour «une jeune mariée»...

La première fois que je l'ai vu, il m'avait déjà donné l'impression d'être malade. D'être faible. A la merci de n'importe quoi. Et se fichant de l'être, à la merci...

Il y avait une indifférence fondamentale de Gilles à sa propre existence.

Des désirs. Des pulsions. Un fourmillement de rêves. Mais j'avais l'impression que Gilles ne lutterait pas pour conserver sa vie. Comme une absence d'appétit, un manque de voracité très proche du néant. Par moments, cette impression me paralysait.

Mon énergie, ma joie de vivre nous emportaient tous deux: nous avons cru l'un et l'autre que je le sauverais. Idiot.

CHAPITRE VI

NOËL

74

Il arrive. Je me suis réveillée ce matin avec un petit 39° qui montait vers les 40°. Et si mal ! Avec une Marina grincheuse, tussive, qui ne me laisse pas un instant de paix. Maman au téléphone décrète qu'elle nous emmène chez elle pour nous soigner. Gilles n'aura qu'à nous rejoindre dans son appartement. Impossible. Je ne peux pas faire à Gilles un coup pareil. Il vient voir sa fille et ne trouve qu'un mot sur la porte : « On est chez Maman. » Impensable.

Maman m'emmène tout de même chez elle me reposer. Marina reste avec une baby-sitter. Je rentrerai ce soir pour le dîner.

Moi qui rêvais d'être belle pour lui donner des regrets : j'ai mes yeux gris au milieu des joues, les joues Dieu sait où, et le nez au menton tant il est rouge et congestionné. Sans parler de mes boucles brunes collées par la fièvre. Et mal, mal, mal. Vers sept heures du soir, Maman me ramène dans l'arène. Rue Galande, je trouve Gilles et Marina enlacés.

Elle est folle de bonheur : cris, câlins, baisers. Elle lui caresse les cheveux, le visage, elle l'étreint, court dans ses bras, lui embrasse le nez, les yeux.

Gilles se laisse adorer. Il va plutôt mieux qu'à

l'anniversaire. Remplumé. Il m'appelle «Petit chat, oui, p'tit chat, non, p'tit chat» comme aux beaux jours. Ça ne ressemble pas à une visite, mais à un retour de voyage: le père de famille qui rentre après une dure semaine... Moi, je suis effondrée sur un fauteuil. J'attends que Marina se couche pour dîner et me coucher aussi.

Mais Gilles ne l'entend pas de cette façon. Marina s'endort vers dix heures, nous dînons en effet, puis avachis, lui par terre, moi sur le lit, il me dit:

— Alors, qu'est-ce que tu comptes faire?

— Comment ça, qu'est-ce que je compte faire?

— Tu comptes revenir à New York?

— Non...

Son visage se ferme. Sa nuque roule de gauche à droite contre le mur. Il a l'air furieux. Mauvais. Cette expression, que je lui connais bien maintenant, me fait peur. J'explique. Un déluge d'explications:

— Ç'a été trop dur. Trop de mauvais souvenirs. Je n'ai plus confiance... Il peut arriver qu'on aime moins sa femme, qu'on soit attiré par quelqu'un d'autre, etc. les crises, ça existe. Mais pour nous, ça n'a pas été une crise, ç'a été du massacre. Chez toi, il n'y avait plus rien: ni tendresse, ni respect, ni rien. Maintenant, l'important, ce n'est plus de bien vivre ensemble. C'est de bien se séparer. De ne pas se haïr... Je fais beaucoup d'efforts pour ne pas te haïr.

— Moi aussi. Je t'en ai beaucoup voulu ces derniers mois... Tu as l'air de dire que tout est de ma faute. Mais cela vient de nous deux et, si on en est là, c'est parce qu'il était impossible de te parler. Tu prenais tout au tragique.

— Impossible de me parler? Mais on n'a pas arrêté de parler tout l'hiver dernier...

— C'était à chaque fois pire: tu ne comprenais rien!

Je me tais, réfléchis: ça continue, le dialogue de

sourds. Moi je prétends qu'il ne disait rien, lui que je n'entendais rien. Il poursuit :

— Il n'y avait plus de communication entre nous.

J'argumente :

— Mais moi, je n'ai pas cessé de communiquer avec toi. Mon poste émetteur a continué de fonctionner. D'accord, le récepteur était en veilleuse. A cause de Marina, du manque de temps, de la concentration d'énergie sur le bébé, j'étais moins ouverte à toi. Mais c'était une question de jours, de mois. Si tu avais un tout petit peu attendu... Je n'ai pas cessé d'exprimer ma tendresse pour toi. Quand tu rentrais le soir, je me pendais à ton cou, le matin en chemise de nuit, je t'accompagnais en courant jusqu'à l'ascenseur. Triste de te quitter. Joyeuse de te revoir. Je partageais tout avec toi... C'est toi, dont les postes ne fonctionnaient plus ! C'est toi qui n'exprimais rien. Le manque de communication, il ne venait pas de moi.

— C'est ça, tout est de ma faute !

— Écoute, si on tente de savoir de qui c'est la faute, on est foutus !

— N'empêche qu'à t'entendre, tout est de ma faute.

— Ce n'est pas moi qui ai voulu cette séparation ! Et j'en ai marre, d'ailleurs, que tu laisses croire, ou qu'on raconte « que je n'ai pas supporté New York », « que je t'ai abandonné tout seul là-bas ».

— Et moi, j'en ai marre que tu dises que je t'ai virée. Je ne t'ai jamais virée !

— Enfin, Gilles, tu ne m'as pas « virée ». Mais tu es parti.

— Ce n'est pas pareil.

— Tu m'as quittée, oui ou non ?

— Pour un temps seulement.

— Qu'est-ce que tu espérais ? Qu'il suffirait d'exprimer le désir de remettre ça pour que je rapplique ? Tu as tout cassé.

— ... C'était irrépressible. Une force en moi. Un désir, un besoin d'exister !

— Et maintenant, tu existes ?

— Oui. Un peu tristement. Mais oui, je me sens en vie... Avant, on était morts.

— Morts... Comment ?

— Je ne sais pas... Depuis ton départ, j'existe, c'est tout.

— Que demande le peuple, alors ?... La tristesse passera. Et tu existes. Le dommage, c'est que ton « existence » ait exigé la destruction de quelqu'un d'autre.

— Je ne voulais pas te détruire...

— Mais tu me faisais autant de mal que possible.

— Il fallait qu'il se passe quelque chose... Ça me soulageait... C'était irrépressible...

— « C'était irrépressible. » C'est ce que disent les gens qui ont violé ou tué !

Il ne relève pas. Cette idée que « c'était irrépressible » me conforte dans la certitude que si nous reprenions la vie commune, tout recommencerait. Il va encore me taper dessus. C'est irrépressible.

— ... Alors, tu ne veux pas retourner à New York ? demande-t-il.

— ... Même si je voulais un peu retourner là-bas, tu ne m'en donnes pas l'envie. Sois plus éloquent. Défends mieux ton bifteck... Tu ne me dis pas que tu t'es trompé, que tu m'aimes, que je te manque, ou Dieu sait quoi que dirait un homme désireux de récupérer sa femme... Pendant ces deux mois, depuis septembre, tu ne m'as pas écrit un mot, même « bonjour » en réexpédiant le courrier, au téléphone tu ne livrais rien, quand l'article sur mon film est paru, tu ne me l'as pas gardé, tu ne m'en as pas parlé — alors qu'il me semble que si un article paraissait sur ton concierge, tu le lui signalerais. Bref, tu ne m'aimes plus.

Il ne dit rien. Un silence. Puis il sourit :

— Je crois que je n'aime pas tes scénarios.

Je souris aussi et me retiens de dire qu'il n'aime pas que j'aie une vie devant ma feuille blanche, une vie secrète qu'il n'a pas, lui, dans ses assurances.

— Et Debbie? dis-je.

— Je la vois peu. J'ai déjeuné avec elle... Je lui ai dit qu'il y avait Marina... que j'allais essayer de m'arranger avec toi.

— Et qu'est-ce qu'elle a dit?

— Rien.

Nouveau silence. Il reprend:

— Pour Marina... Elle aime son père et...

— Bien sûr, elle t'aime! Et quand tu dis que tu vas lui téléphoner tel jour, tu devrais le faire. C'est douloureux pour elle de t'attendre... Quand tu ne te manifestes pas, elle est mal.

Les yeux de Gilles se remplissent de larmes.

— Je n'arrive pas à l'appeler! C'est trop douloureux. Même pour elle, c'est douloureux.

— C'était donc pour ça que tu ne l'appelais pas!... Trop douloureux. Mais tu sais, c'est plus douloureux pour elle de croire que tu l'as oubliée.

Il pleure. Pour la première fois, ces larmes ne n'émeuvent pas. Dès que «c'est douloureux», Gilles se défile. La fuite — plus facile. Il se calme. Il insiste:

— Pour elle, c'est très triste, cette situation.

— Oui.

Silence. Je reprends. Sèche:

— ... A Larchmont, elle était très triste.

— Je sais.

Silence. Il reprend:

— Alors, tu me dis que c'est fichu.

J'élude:

— De toute façon, si on revivait ensemble, il faudrait que toutes les bases soient différentes. Qu'on ait compris ce qui s'est passé. Sinon ça va recommencer. Moi, au fond, je n'ai toujours pas compris. Et tu sembles incapable de m'expliquer... Tu continues de vivre à New York dans ton cocon, sans même réaliser aucun des fantasmes dont tu m'as bassinée pendant un an. Paraît que tu voulais faire du piano, du dessin, des bonnes œuvres. Qu'est-ce que tu attends ? Ce n'est plus moi qui t'en empêche ! Il ne s'est rien passé dans ta vie depuis ta «crise». Elle s'est endormie, alors tu crois que tout va bien. Mais se remettre à la colle dans les mêmes conditions, ça n'a aucun intérêt.

Cette expression «à la colle» le met hors de lui. C'est une expression de Maman. Il explose :

— «A la colle», tu répètes tout ce que tu entends ! «Se remettre à la colle.» En effet, si c'est ça pour toi, c'est fichu.

— Oui, c'est fichu.

— Et si moi, je rentre à Paris ?

— Je ne sais pas. On verra. J'ai du mal à m'imaginer vivant avec toi à la Butte-aux-Cailles... (Et soudain, brusque bouffée d'espoir.) Tu vas rentrer à Paris ?

Il hausse les épaules. Pas de réponse. Il reprend :

— Je suis fatigué.

— Moi aussi.

— On ferait bien de prendre des vacances.

Il ôte ses chaussures qu'il va poser au pied de la mezzanine où dort Marina. Il ouvre sa valise. Il sort son pyjama... Je comprends qu'il s'installe. Je ris un peu.

— Qu'est-ce que tu fais ?...

— Ben, je me couche.

— Ici ?

— Oh, écoute, je suis mort ! Les trois derniers jours à Liège ont été épuisants. Je n'ai pas envie de retraverser tout Paris à cette heure...

— Peut-être. Mais je pense que ce serait tout de même mieux si tu rentrais dormir chez ta mère.

Il se lève, me bouscule, jette ses chaussures par terre, les met, arrache son manteau de la chaise :

— Démerde-toi ! Tu ne me reverras pas du week-end ! Démerde-toi avec ta fille.

Il saisit sa valise, la repose en criant :

— Et puis ! merde ! Je la laisse ici, que ça te plaise ou non. Tu me fais chier.

Il ouvre la porte. Je sais que s'il la passe dans cet état, la guerre recommence.

— Calme-toi. — Je le pousse sur le lit. — Assieds-toi. Calme-toi.

Il s'assoit en manteau, les poings dans les poches, l'œil noir. La bouche mauvaise.

— Enfin, Gilles, tu peux comprendre que je n'aie pas envie que tu t'installes chez moi !

— Tu m'as dit de venir directement de l'aéroport. Tu m'as laissé croire... J'ai cru que tu voulais qu'on passe le week-end tous les trois.

— Je t'ai suggéré de passer directement pour que Marina puisse te voir longuement. Si tu arrivais à huit heures... comme elle se couche à huit heures... c'était un peu court !

— Je suis épuisé... Tu pourrais tout de même me laisser dormir à côté d'elle dans la mezzanine. Ça ne me paraît pas un sacrifice gigantesque.

— Tu te trompes.

Il se lève, à nouveau fou de rage.

— Bien, puisque c'en est là !...

Il s'étrangle dans son écharpe. Il passe la porte. Je cède.

— Oh, calme-toi. Tu peux dormir là. Mais ça ne change rien. Et que ta famille ne croie pas...

Il sourit :

— Je ferai un démenti officiel.

Je ne souris pas :

— J'y compte.

Gilles s'abat sur le matelas de la mezzanine à côté de Marina. Je prépare le café pour demain. Il est content.

Bien au chaud. Je me couche dans le salon. Épuisée. Apaisée. Je m'endors comme une masse.

Toute la nuit, c'est lui qui s'agite. Marina s'est réveillée. En le voyant à côté d'elle, elle a voulu jouer. Et puis elle tousse, elle aussi. Elle a probablement attrapé ma grippe. Elle a peut-être de la fièvre. Je ne me lève pas. J'entends Gilles qui monte et descend l'échelle. Il l'emmène faire pipi, lui prépare un biberon, cherche le sirop, casse le sucrier. Il ne ferme pas l'œil. Moi je dors, la tête sous les oreillers.

Je suis réveillée vers dix heures par un coup de fil de sa mère:

— Vous voulez parler à Gilles?

Je monte le secouer.

— Ta mère au téléphone.

Il ouvre un œil, œil tendre, ravi d'être là.

— Bonjour, p'tit chat.

75

Nous prenons le petit déjeuner dans mon lit, romantique en diable, Marina serrée entre nous deux. Elle a 38°6. Moi 40°. Le huis-clos: ni elle, ni moi ne pouvons sortir. Gilles nous «soigne». Il va faire les courses, prépare le déjeuner auquel personne ne touche, et s'effondre sur le matelas de la mezzanine. Tout l'après-midi, nous dormons. Vingt-cinq mètres carrés de poussière et de ronflette. Jolie famille. Au soir, nous émergeons. Marina a un peu moins de fièvre. Mais c'est Gilles qui a envie de vomir. La question ne se pose plus — il couche là.

Cette nuit encore, je dors bien. Mes deux premières nuits sans cauchemar. Un sommeil très profond. Sa présence au-dessus de moi dans la mezzanine me rassure-t-elle ? Mystère du désir et de la volonté. Au fond, je suis contente de le sentir là, et c'est bien ça qui est terrible ! En tentant de le mettre à la porte hier, je faisais mon devoir par rapport à moi-même. Rien d'autre. Mais ce que je voulais probablement, c'est qu'il ne parte pas. En répétant encore et toujours que « c'est foutu », que « je ne veux pas remettre ça », c'est moi que je tente de convaincre. Pas lui. Moi et personne d'autre. Comme si je me devais de ne pas céder. En tout cas, pas tout de suite. La chèvre de Monsieur Seguin se bat toute la nuit en sachant très bien qu'elle se fera manger. Mais elle se bat. Elle tient jusqu'à l'aube. Moi je ne tiens même pas jusque-là. Je le vois et j'ai encore et toujours envie de le voir. Tout mon plaisir, c'est d'être avec lui.

Je sais pourtant que le beau jouet est cassé. Je sais que je lui en veux du plus profond de moi-même. Je n'ai plus la foi. J'ai peur de lui. Et aussi je ne le respecte pas. Je sais que j'en ai assez de l'entendre parler de son enfance, ratiociner sur son passé, rêvasser son avenir — ça m'ennuie. Il m'ennuie.

Et puis j'en ai marre de donner la chair et le sang, et les envies, et les idées, et les copains et tout, à ce type qui me pompe. Il n'apporte, il ne donne rien.

J'ai envie de reconstruire ma vie. Seule. Et de rencontrer quelqu'un qui aura sa vie propre. Libre. Indépendant. Dont je respecterai les exigences et qui respectera les miennes. A égalité. Pas un mec qui vit sur moi. De moi.

Gilles n'existait pas. C'est vrai, c'est vrai, c'est vrai. Il n'existe toujours pas. Il n'a rien fait du tout. Il s'est retrouvé tout seul à New York. Il s'est dit que finalement, il n'était pas si malheureux que ça « avant », et retour à la case départ. Voilà. Rien de changé. Rien de résolu. Avant six mois, je l'empêcherai à nouveau d'« exister », et pour se sentir « en vie », il se refera « une crise». Sa crise. Quel moment béni pour lui ! Sa mère qui l'a tant délaissé s'occupe enfin de lui. La crise de Gilles. Elle va le voir à New York, elle lui parle de lui, elle intercède pour lui. Avec sa crise, il «existe». Il existe pour elle.

Et il existe pour moi. Plus que moi. Quel plaisir !

Pauvre Gilles, en effet.

Il me touche. Il m'émeut. Il me fait peur. Il m'ennuie. Il m'agace. Il me plaît. Je n'y comprends rien.

76

Ça va mal. J'ai des étourdissements. Je suis tombée dans le métro. Le menton tout tuméfié.

Pendant qu'il fait un tour de piste au siège de l'A.M.E., sa mère téléphone :

— Alors, ma chérie, vous avez passé un bon week-end ?

— Ce n'est pas le mot.

— Je crois, ma chérie, qu'il faut savoir oublier.

— Je me méfie.

— Allons, mais de quoi ? Les crises, ça arrive dans tous les couples. Et pour Marina...

— On ne se rabibochera pas «pour Marina». Pour nous. En tout cas, je ne retournerai pas là-bas.

Changement de ton.

— Tu devrais comprendre, ma petite, que la carrière de Gilles est à New York !

— Je ne lui demande rien.

— Mais enfin, quand on aime, il me semble qu'on doit pouvoir pardonner.

— Ce n'est pas une question de pardon. Je veux *comprendre* ce qui s'est passé.

Agacée :

— Il n'y a rien à comprendre, ma petite, c'est encore l'un de ses coups de grisou.

— Il en a eu d'autres? dis-je, vivement intéressée.

— Gilles — c'est une eau qui dort. On croit le connaître. On ne le connaît pas du tout... On croit qu'il fait tranquillement ses études en Suisse, et puis il part en vacances en Afrique et décide d'y créer un restaurant sur une péniche. Il n'a aucune connaissance de l'Afrique, de l'hôtellerie, de la navigation. Peu importe. Un coup de grisou: il va créer un restaurant sur une péniche en Afrique. Bon. Ça dure trois mois. Et tout rentre dans l'ordre. Il regagne la Suisse et reprend ses études. Avec toi, même histoire: ça explose, ça passe. Et puis il y a des torts des deux côtés.

Je fais la moue.

— Dites donc, les coups de grisou dans une mine, ça fait des morts. Et puis, ça recommence. Il peut nous refaire une explosion dans six mois, dans dix ans. Et moi? Et Marina?

— Enfin, voyons, qu'a-t-il fait à Marina?

— Demandez à Gilles comment elle était à Làrchmont... Demandez-le-lui!... Je ne retournerai pas là-bas.

— Bien, dit-elle sèchement. La crise est passée, tout est rentré dans l'ordre, et tu fais des histoires... Comme tu veux... Mais c'est ton choix, ma petite, c'est toi qui le quittes!

77

De l'A.M.E., après avoir parlé à sa mère, Gilles me passe un coup de fil:

— Dis donc, on a besoin de repos. J'ai envie de chaleur: si on partait une semaine au Sénégal?

— Quand?

— Entre Noël et le premier de l'an.

Un blanc: je tente d'imaginer la mer, le sable chaud, et lui. Je dis que j'ai un peu peur de partir loin en huis-clos. L'enfer sous les cocotiers: je connais. La Floride l'hiver dernier, c'était terrible.

Je lui dis que je suis en morceaux. Que j'ai besoin de temps pour me refaire. Que je dois me refaire seule. Que je crains qu'une semaine loin de tout avec lui ne soit trop difficile à supporter. Que si ça se passe mal, cette fois, je ne m'en remettrai pas. Nous convenons de réfléchir à une autre solution.

Cette semaine pourrait-elle nous sauver?

Je ne sais pas ce que je veux. Moi qui suis toujours très claire quant à mes désirs et mes plaisirs... Gilles aura réussi ce miracle: je ne sais absolument pas ce dont j'ai envie. Ni ce que je sens. Ni ce que je me dois. Ni ce qu'il faut faire.

La confusion. Le chaos. Une spirale de brume.

78

Je repense au coup de fil de la mère de Gilles. «La crise est passée... Tout est rentré dans l'ordre.» Elle a probablement raison. Quel dommage! Quel dommage!

Gilles n'a pas été assez loin, il n'a été nulle part. Et maintenant, il est rentré dans sa coquille. Juste une «crise» en effet. Ça aurait dû être un cataclysme! Un vrai bordel! Un vrai chambardement! Rien à voir avec des salades conjugales. Tout à voir avec lui. Seul. Une affaire entre lui et la vie. C'est devenu une petite bisbille entre lui et son épouse. Aucun intérêt. «Pauvre Gilles», en effet. Maintenant, pour lui, tout est redevenu équivalent. Il veut bien qu'on se remette ensemble. Ce serait mieux. Mais pas absolument indispensable. Sauf à son confort. Pour son confort, être marié et père de famille, nettement moins compliqué que de réorganiser son intérieur et connaître la solitude. Oui, au fond, ce serait mieux que «ça s'arrange avec Lise». Mais si ça ne s'arrange pas — tant pis.

Comme il me l'avait dit à Venise, à l'instant où je venais d'accepter de me marier avec lui : «... Si je ne t'épousais pas, j'aurais sans doute épousé la rousse.»

Cette phrase m'avait envoyée sur orbite. Gilles n'aimait pas ladite «rousse», il la trouvait rasoir — et il était prêt à l'épouser dans ces conditions ? C'était à mon avis «faire n'importe quoi» ! La brune, la rousse du pareil au même. Si l'une devenait sa femme tant mieux, l'autre tant pis... La chance avait voulu que ça tombe sur la brune. Une préférence. Pas une nécessité.

79

Ce soir, en tête à tête autour du guéridon de la rue Galande, le réveillon. Je me passerais bien de ces pseudo-festivités. Nous dînons tard. Je le sens absent. Je reconnais sa voix d'avant. C'est la voix glaciale de Larchmont, la voix des mois passés. Plus de tendresse. Plus de chaleur. Dureté. Je recommence à me sentir très mal. Après le foie gras, le faisan, la bûche — je grommelle :

— Dis donc, heureusement qu'on n'est pas allé au Sénégal. Toute une semaine comme ça...

Penser que si je n'avais pas refusé, je me retrouvais là-bas ! Il a insisté, parlementé, alors que finalement il n'avait pas plus envie de me voir que ça... Ce type délire.

Furieuse, je poursuis :

— J'aimerais bien que tu cesses de faire croire à tout le monde combien tu désires mon retour à New York !...

Si je te disais que je rentre, là, maintenant, tu serais bien embêté! Alors, arrête de faire semblant. Arrête de décharger ta responsabilité sur moi. J'en ai marre de m'expliquer avec ta mère, avec Nanou, tes cousines et toute ta famille qui répète à l'envi que «la balle est dans mon camp», que «toi, tu es plein de bonne volonté», «que pour Marina je devrais faire un effort...». J'en ai marre d'avoir ces conversations de dupe avec ta famille, quand toi, tu n'as pas plus envie que moi de me voir rappliquer là-bas. Aie un peu le courage de tes désirs. Ou alors tais-toi! Mais cesse de laisser croire des choses qui ne sont pas...

Et j'ajoute, radoucie:

— Tu as envie, oui ou non, que je revienne avec toi la semaine prochaine?

— La semaine prochaine? C'est un peu tôt. A cause de mon travail... Jusqu'en mars, je suis submergé! Mais après...

— Après... Après, c'est moi qui serai submergée de travail. Maintenant. Ou pas du tout.

— Dans ce cas... Si tu y tiens, reviens.

— Qu'est-ce que sera New York pour moi?

— Je te l'ai dit. J'aurai beaucoup de travail. Jusqu'en mars. Nous ne nous verrons pas beaucoup. Mais si c'est tout de suite ou pas du tout...

— Et Debbie?

— Quoi, Debbie?

— Et Debbie, tu la vois toujours?

— Oui.

— Et c'est toujours la même émotion?

Il hésite:

— Oui... Je l'aime beaucoup... Beaucoup... C'est vrai. Nous sommes très proches...

Mon cœur descend. Un cran. Deux crans. Racorni. Mâchonné. La bonne vieille douleur. Les crocs de Gilles dans le ventre. Ça y est, ferrée. L'angoisse me vide de l'intérieur. Je n'ai plus de pensée. Plus de réalité. Rien qu'un trou et un nom : Debbie. Je n'existe à nouveau plus. Dans ma tête, c'est comme une cavité.

— Debbie, répète-t-il, je la vois si peu. Elle est... C'est difficile à dire... Elle est tellement... vivante... Tellement... Son charme...

Je vais hurler. Il poursuit :

— ... Debbie...

Affolée, je le coupe :

— Oui, bon, donc rien de changé sous le soleil newyorkais. Je rentre, et ça repart pour un tour. Rien de résolu entre vous. Rien de résolu entre nous... Qu'est-ce que c'était, toutes ces palabres sur le Sénégal, les vacances en amoureux, le bonheur sous les cocotiers ? Du cinéma ?

— Je ne sais pas... Je ne sais pas, Lise... Je sais seulement qu'il faut essayer... A des milliers de kilomètres l'un de l'autre, il ne peut rien se passer entre nous. Il faut être un peu ensemble. Le Sénégal n'est pas un endroit neutre pour moi. J'aurais aimé te le faire connaître. Le partager avec toi.

Je souris.

— C'est trop tôt... Quand tu auras ta vie avec une autre femme, et moi la mienne ; quand nous serons heureux l'un sans l'autre — ou l'un avec l'autre —, quand nous serons heureux tout court, nous pourrons partager des choses. Pour le moment...

— Je ne sais pas...

— Ça fait un an que tu ne sais pas !

— J'oscille... C'est comme un balancier. Tantôt je veux que tu rentres, que nous recommencions. C'est très clair. Tantôt... Tantôt...

— Qui te demande de prendre une décision maintenant ? Nous nous sommes donné jusqu'en mars. Je ne rentre pas à New York, tu ne rentres pas à Paris. On est séparés jusqu'en mars. On devrait même l'être légalement. Ce serait plus sain. Puisque dans l'immédiat, nous ne vivons pas ensemble, on devrait faire une «séparation de corps».

— Peut-être, en effet. Peut-être...

— Pour l'instant, tu rentres dormir chez toi ce soir.

Là, il renâcle:

— Les cadeaux, demain matin... J'aimerais bien être là demain matin quand Marina...

— Eh bien, reviens à six heures.

Il est deux heures du matin, et je me moque de lui. Je poursuis:

— Tu peux même revenir à cinq si tu crains de rater son réveil.

Il me jette un regard torve. Je lâche tout de suite:

— O.K., va te coucher.

Nous dormons tous très mal. Marina a senti la présence de son père dans la mezzanine. A l'aube, elle gazouille.

Le matin de Noël, la cérémonie des cadeaux est triste. Marina ne sait plus où donner de la tête. Il y en a trop. Rien ne l'émerveille. Elle ouvre, déchire, déchiquette. Insatiable. Mais ce qu'elle trouve ne retient pas son attention. Au suivant. Elle s'acharne sur le prochain paquet. Au suivant. Quant à nous, nous ne recevons pratiquement rien l'un de l'autre. Gilles, qui m'a toujours gâtée, ne s'est pas fatigué. Cette année, je suis en disgrâce, il est au rancart. C'est tellement visible que les deux paquets qu'on s'échange revêtent un caractère sinistrement symbolique.

Puis déjeuner de Noël chez Nanou. La comédie de notre intimité familiale, ses rites désormais sans gaieté, achèvent de me serrer le cœur. Avant de partir chez Nanou, Gilles sort quelque chose de sa poche:

— Est-ce que je peux mettre mon alliance dans ta boîte à bijoux, je crains de la perdre...

— Non! Tu la mets où tu veux, dans les chiottes, au

coffre, à la poubelle, mais pas dans ma boîte. Elle n'a rien à y faire !

Du coup, il la remet à son doigt. Pour aller chez Nanou, Gilles est marié avec moi.

80

Gilles vaque à ses occupations. Il va à l'A.M.E. Je vais à la Butte-aux-Cailles. Mes déboires avec le peintre se sont soldés par l'engagement d'une nouvelle équipe. Elle avance vite et bien. Gilles téléphone vers midi. Il veut venir voir l'appartement. C'est vrai qu'il ne l'a jamais vu ! J'ai toujours répugné à le lui montrer... L'empêcher de visiter la Butte-aux-Cailles serait maintenant un acte hostile et ridicule. Nous prenons rendez-vous.

A mon indicible satisfaction, il trouve ça formidable. Je ronronne, roucoule, fais les honneurs, explique combien telle ou telle couleur a été difficile à obtenir, combien j'ai lutté pour créer tel volume, je fais la roue. A mi-chemin entre la fierté de la mère qui exhibe son bébé, la revanche de la victime sur le bourreau, l'amoureuse qui a peur de déplaire et quête l'approbation. Dans mes crâneries, implicitement, il y a cette question : est-ce que tu aimerais vivre ici ?

Nous partons déjeuner au bistro du coin où j'ai déjà mes habitudes. On m'y offre d'emblée un Kir. J'exulte : « Tu vois, y'en a tout de même qui m'aiment bien. » Blague à part, j'exulte. Pas pour longtemps. Gilles est à nouveau absent. A nouveau dur et glacial. Je me retiens de demander qui il a vu, à qui il a parlé ce matin... Il revient sur le fait qu'il hésite, qu'il oscille, qu'il n'a pas envie de rentrer à Paris, qu'il n'est pas totalement certain que si je rentrais à New York, ça marcherait, qu'il en a envie, beaucoup, souvent, pas toujours, que Debbie compte quand même, que je compte aussi : que Debbie, c'est moi quand j'avais seize ans, que Debbie, que moi, que Debbie. Bref, que Debbie et moi, c'est la même chose.

J'ai un Kir dans le nez. Ça me rend exaltée et sentimentale. Je dis qu'il compte aussi. Que je n'ai personne dans ma vie. Qu'en comparaison de lui, aucun homme ne me plaît. Que peut-être il devrait essayer quelques bonnes femmes, rien que pour s'apercevoir combien, au fond, il s'ennuie avec elles, combien peut-être il s'amuse avec moi. Je dis que je continue à croire qu'il m'aime, que je peux me tromper, que je prends probablement mes désirs pour des réalités, mais que je n'arrive pas à sentir le contraire. Et si comme il dit «Debbie, c'est moi à seize ans», si «Debbie et moi, c'est la même chose», qu'il fasse gaffe. Il risque fort, quand il m'aura irrémédiablement perdue, de me chercher dans toutes les autres femmes, et alors, quel gâchis, quelle folie ! Je le conjure, si nous sommes essentiels, de ne pas sacrifier l'essentiel. Ni lui ni moi ne nous en remettrions jamais.

Je ressors de ce déjeuner totalement allumée. Et abattue. Devant la grille de la Butte-aux-Cailles, il me serre dans ses bras. Passionnément. La belle énergie du matin, à planter les clous et ranger les cartons, est tombée. Je m'astreins à faire comme si ce déjeuner n'avait pas eu lieu. J'appelle, comme j'avais l'intention de le faire, maître de Bearn pour lui demander les avantages d'une «séparation légale», attendu que je ne rentrerai pas à New York, et que Gilles ne rentrera pas à Paris dans l'immédiat. Il me conseille «la séparation de corps» qui éclaircira notre statut, jusqu'à ce qu'une décision soit prise. En convenant d'aller chercher le papier, je raccroche. Et alors, encore une fois, je m'effondre. Comme en septembre. Rien de changé. C'est toujours la même douleur et la même incapacité à accepter.

A renoncer au rêve d'une vie de famille. Avec Gilles et Marina. Et d'autres enfants.

Quatre heures d'affilée, je pleure. Je pleure dans la rue. Dans le métro. Je suis à nouveau nue. Devant ce rêve qui ne peut, ne doit plus être. Quand j'arrive rue Galande, c'est Gilles qui m'ouvre la porte. Cette atmosphère familiale depuis trois jours, Noël, les cadeaux, la pseudo-vie à deux, c'est plus que je n'en peux supporter. Je me contiens. Mais quand il me dit que j'ai une drôle de tête, je fonds à nouveau en larmes. Je vais dans la salle de bains pour que Marina ne me voie pas. Comme aux beaux jours de Larchmont. Je n'ai pas avancé d'un poil. Je sanglote, les dents serrées, sans pouvoir m'arrêter.

La tête sous l'eau froide. Je ressors. Marina est couchée. Gilles l'a couchée. Très à l'aise, lui, dans son rôle de père, rue Galande...

Il est tout tendre. Il me prend dans ses bras. Je sanglote. Il m'embrasse. Je me laisse faire. Nous nous retrouvons sur le lit. Mais je ne veux pas. Les retrouvailles sur l'oreiller dans notre cas, je n'y crois pas. Ça va encore tout obscurcir. Et puis j'ai peur. Ce qu'il risque de m'en coûter, si je me laisse aller avec lui. Je dis que j'ai peur. Il est gentil — respecte mon angoisse. Nous dînons enlacés.

Le dîner se termine en étreinte passionnée. Cette fois, je ne refuse pas. Nos corps se retrouvent — amour physiologique plutôt qu'amour tendre. Pour l'un comme pour l'autre, cette nuit n'a aucune importance. Ce n'est pas nous que nous désirons. Mais faire l'amour. Nos étreintes n'augmentent ni ne dissipent ma tristesse.

Le lendemain, je sombre.

81

A la Butte-aux-Cailles, ce sont les grandes eaux. Pourtant, la Butte-aux-Cailles va bien — pratiquement terminée: on y pose les tommettes. Que demande le peuple? Charlotte vient voir le travail... Elle aussi trouve le grenier très bien. Je me raccroche à elle comme à une planche. Elle m'emmène déjeuner au boui-boui. Longue discussion entre femmes. Je lui dis que Gilles veut que nous allions passer la fin de la semaine dans une auberge près de Paris. Pas de Sénégal, d'accord. Mais quatre jours de «vacances» en tête-à-tête.

A voir ma mine, Charlotte me déconseille formellement ce genre de sport. Elle me suggère de laisser Gilles partir seul avec sa fille. Et moi de venir chez elle à la campagne. Elle me convainc. En effet, à juger de mon état au bout de trois jours, je n'ose imaginer les dégâts au bout d'une semaine. Le soir, je propose à Gilles de partir avec Marina. Sans moi. Il est furieux. Il refuse. Il rentre dormir chez sa mère.

*

Changement: j'accepte l'auberge. J'ai pris conscience que, où que je sois, je serai mal. Avec ou sans lui. Très mal. Je n'ai pas la force de me séparer de Marina. C'est la seule personne qui me raccroche à la réalité.

Je lui trouve des douillettes pour qu'elle n'ait pas froid si l'endroit est mal chauffé. Puis je vais chercher les papiers chez Bearn. Je m'aperçois en les lisant au café qu'il s'est trompé: il ne s'agit pas d'une séparation de corps, mais d'une demande de divorce. Horreur. Je remballe mes papiers et file travailler.

En partant pour notre auberge, Gilles s'arrête s'acheter des chemises chez son fournisseur du seizième.

Parmi les cachemires et les soies, Gilles, superbe, dit: «Choisis ce que tu veux.» Je savoure. Même si c'est pour ne rien prendre. Je n'ai pas la folie d'acheter. C'est l'impression. Celle d'avoir le choix. Sans restriction. «Choisis ce que tu veux.» Impression fallacieuse de liberté.

Sous l'œil attendri de la vendeuse, tandis que Marina essaie les gants de pécari, et moi les vestes de chasse, j'ai un relent de tristesse: dire que «c'est fini tout ça». Cette impression de sécurité, de gâterie, de facilité. Tout ça — c'est l'argent. Entre nous pourtant, il n'en est jamais question. Gilles n'en parle pas. Le mot «sou», connaît pas. Mais une part de sa séduction, à mes yeux, c'est sûrement sa façon de dépenser quand il n'a pas le rond. Eût-il été plein aux as que son luxe ne m'eût pas intéressée. Ce que j'admire en lui, c'est ce sens du loisir et de l'élégance pour le seul plaisir des yeux, du corps et de l'esprit. La finesse de ses chemises, cette veste si je l'achète, ce week-end à l'auberge, vont signifier six mois de pâtes et d'eau, je le sais. Un côté Cyrano. Les fausses apparences de Gilles: tous les signes extérieurs de richesse, et rien, zéro sur son compte en banque. Comment-s'en tire-t-il? Mystère. Ce sont les secrets d'un gentleman que j'ai vu claquer en une minute — *et seulement pour le plaisir d'autrui* — ce qu'il avait mis des années à gagner. D'aucuns peuvent bien qualifier cette conduite d'«inconscience» ou d'«immaturité». Moi je continue d'y voir de la générosité. Le panache de Gilles — je l'adore.

Nous prenons naturellement la vieille route de Poissy. La maison de famille que j'aimais a été vendue. Je n'avais plus revu les peupliers si familiers qui continuent de s'étirer le long du chemin. Vingt sur ce tronçon, dix qui grimpent et s'alignent plus loin. Un jeu de petite fille — compter les troncs à toute vitesse dans les deux sens — pour tromper l'impatience d'arriver. Je n'ai plus ni impatience ni nostalgie. Partir tous les trois paraît seulement naturel. Je reconnais l'odeur douceâtre de la terre après la pluie. Les cris des corbeaux sur la plaine.

Nous arrivons à l'auberge du Cheval-Blanc. Semblable sur bien des points à l'auberge de l'année dernière, celle où Gilles m'avait dit devant son sauternes-sancerre : «C'est comme si, entre nous, il n'y avait plus de tendresse.» Un an. Même les chambres se ressemblent. Sur deux niveaux avec une échelle. Même Marina se ressemble : elle vomit son dîner sous l'œil inquiet de la patronne. Et même menus pleins de sauce. Mêmes grands crus. Cette fois, je laisse Gilles se commander son sancerre.

Pour la première fois peut-être depuis cette fameuse soirée de janvier dernier, je suis détendue. Tout ce qu'alors j'avais confusément redouté est arrivé. Plus rien à craindre. Ça ne peut guère être pire. Après le dîner, j'investis d'autorité le grand lit de la mezzanine et cantonne Gilles en bas avec Marina. Je suis déterminée à ce que ces trois jours soient reposants. Pour moi. Donc laisser Gilles se débrouiller avec Marina. Bien, il a voulu que je sois physiquement présente. Mais mentalement, je rentre en moi. Je pense à mes scénarios.

Nous prenons tous les trois le petit déjeuner dans mon lit. Gilles retourne se coucher. Il dort jusqu'au déjeuner. Il dormira ainsi tout au long de ces trois jours. Il est dans un état physique lamentable.

A déjeuner, nous bavardons légèrement. Presque du marivaudage. Il me dit que la «rumeur Moutier» veut que je ne sois jamais chez moi. Je souris. Énigmatique. Soudain, je peux jouer à des jeux. Cesser d'être si sincère. Je ne triche pas, non. Je ne mens pas. Mais je minaude. Gilles adore quand je minaude. Finalement, moins je suis moi, plus il m'aime. Je laisse donc croire à une vie trépidante en son absence. Il poursuit. Sa mère lui téléphone souvent pour le déculpabiliser. A l'entendre, Lise est si occupée à l'extérieur qu'on se demande «quand elle s'occupe de Marina!». Cette phrase que Gilles me répète avec délectation me tourne les sangs. Sa mère peut bien dire ce qu'elle veut, je ne comprends pas son besoin à lui de me les rapporter.

Il va dormir. je pars me promener. Je m'enfonce au cœur du brouillard et de la solitude. Dans les bois, une voiture tous feux allumés me frôle à vitesse de croisière. Dans un sens. Dans l'autre. Lentement. A quelques mètres devant moi, elle se gare. Deux types sortent, s'alignent, et font pipi. Je passe derrière eux. Nez au vent. Le pied sûr qui résonne sur la route en méandres. Je jouis de cette force nouvelle: depuis ma rupture avec Gilles, je ne connais plus la peur physique.

En atteignant l'auberge, j'aperçois dans la brume la silhouette courbée de Gilles, le bibendum rouge de Marina qui, main dans la main, font quelques pas hésitants devant moi. Je m'engouffre dans la chambre. J'appelle Bearn: les papiers que je suis passée prendre ne sont pas une demande de séparation. Mais de divorce. Pourquoi? Il me répond que peu importe: signer la «convention temporaire». C'est tout. Temporaire de quoi? En attendant quoi?

C'est la question que me pose Gilles quand je lui montre les papiers. Bien sûr, il refuse de signer. Bien sûr. Et tant mieux.

Il me dit qu'au fond, c'est moi qui ne sais pas ce que je veux, qu'au fond, toute cette crise que je m'obstine à dire sienne, c'est la mienne. Il dit que je savais que nous allions nous séparer, que je le voulais. La preuve, c'est que j'avais emporté ce dont j'avais besoin pour rester à Paris. Mon travail. L'essentiel de mes fringues, de celles de Marina... C'est donc que j'avais dans l'idée, en quittant New York, d'habiter Paris. Sans lui.

J'explose. Je lui rappelle qu'en septembre, il m'a

annoncé sa décision de vivre sans moi et de déménager... Je lui rappelle que je n'avais aucune raison de penser que sa décision n'était pas mûrement pesée. Ça faisait un an qu'il me rentrait dans le chou de toutes les manières possibles. Je ne connaissais Debbie que depuis quinze jours. Mais Geneviève, depuis six mois. Je savais qu'il en désirait une autre. Je savais qu'il ne m'aimait plus. Mais prétendre qu'en quittant New York, je savais que je n'y retournerais pas, dire que je l'ai voulu, que je l'espérais — c'est faux et dégueulasse!

Plus tard, il revient sur cette idée que notre séparation, je l'ai planifiée... Et il ajoute:

— De toute manière, aménager l'appartement de la Butte-aux-Cailles t'a pris trois mois. Tu serais donc partie, tu aurais quitté New York trois mois.

J'en reste ébahie.

— Dis donc, il n'avait jamais été question d'habiter la Butte-aux-Cailles jusqu'à ce que tu décides qu'on se sépare.

Je n'en reviens pas. «De toute manière, tu aurais quitté New York trois mois.» Il se moque de moi! Ou bien se pourrait-il que j'aie choisi cette voie, ce tunnel, ces galeries, pour le quitter? N'osais-je pas dire «Salut. Tu me barbes. Je pars»? Si c'était le cas, je me dégoûte, mais je me rassure: tout va bien. Je cesse de pleurer. Je finis de geindre. J'ai ce que je veux.

Nous partons nous promener. Accorte et légère, je lui fais remarquer combien Debbie aimera le paysage... Nous passons devant une église, finement il commente:

— Elle est jolie, cette église. Mais pour le mariage, c'est trop tard.

Encore plus finement, je dis:

— Débile!

Il rit. Je raille.

— Débit de boissons... Ta programmeuse va adorer le

petit sancerre de l'auberge. «Oh Gilloo, how neat these little French inns are...»

Il rit. Toute la journée, nous continuons sur ce mode. Je parle l'américain le plus nasillard, le plus ringard pour m'extasier sur tout, la cuisine française, la mode française, la campagne française, comme le fera «sa programmeuse» en vacances avec lui au fin fond de «l'Ile-de-France». Il joue le jeu. Nous sommes assez drôles. En tout cas, nous nous trouvons tous les deux pleins d'humour. La fantôme Debbie en prend plein la gueule. Au dîner, tendre et gourmande, je chantonne sur l'air des *Sucettes* de Gainsbourg «Debbie aime les bidets... Les bidets de Debbie». Il n'en peut plus :

— Tu m'embêtes à la fin avec Debbie ! crie-t-il en tapant sur la table.

Le verre de sancerre se renverse. J'éponge à petits coups légers.

— Comment, *je* t'embête ?

Le soir, à pas pesants il monte l'échelle, me toise qui lit dans les oreillers, et demande, brusquement agressif :

— Mais enfin, qu'est-ce que tu veux ? Tu ne le sais pas toi-même ! New York ? Paris ? Moi ? Pas moi ? Hein, qu'est-ce que tu veux, Lise ?

Je découpe mes mots :

— Ce que je veux, je le sais très exactement. Je veux que d'ici deux mois, en mars comme prévu dans le papier Bearn, je veux que d'ici deux mois, tu saches avec une absolue certitude si tu désires revivre avec moi. Ou si tu ne le désires pas. Si tu le désires, je veux que tu croies de toute ton âme que ce qui s'est passé ne se reproduira jamais. Sinon, je veux divorcer.

— D'accord, c'est clair... Mais en admettant que je désire vraiment revivre avec toi, viendras-tu à New York ?

— Rendez-vous en mars.

82

Nous rentrons à Paris. Le 31 décembre, je suis invitée à réveillonner avec Marina chez Charlotte et Jacques. Dans l'esprit de Gilles, pas de doute — il vient aussi. De la rue Galande, j'appelle Charlotte pour lui rappeler que Gilles m'accompagne. Elle n'est pas enthousiaste. Dix minutes après, Jacques me retéléphone. Il dit qu'il n'a pas envie de voir Gilles tant que rien n'est décidé entre nous. Soit nous nous rabibochons. Très bien, nous sommes ensemble, nous venons en couple. Soit nous ne nous rabibochons pas. Et c'est clair pour tout le monde. Mais nous, ce couple qui n'en est pas un, le soir du réveillon en petit comité — non merci. Il n'a pas envie. Pas envie de malaise chez lui. Pas envie de tension parmi ses amis. Bref, il m'attend. Il n'envisage pas une seconde que je ne vienne pas, il m'enguirlande même au cas où je me dégonflerais : « Tu viens. Sans Gilles. Voilà. C'est tout. » J'en reste un peu pantelante. Je m'aperçois que « sans Gilles », aller où que ce soit m'embête. Je m'aperçois que j'avais envie d'être encore et toujours et partout avec lui. Immédiatement, je réagis contre cette envie. Nous sommes sé-pa-rés. Jusqu'en mars. J'ai ma vie. Mes amis. Charlotte et Jacques ont été très gentils pour moi durant ces derniers mois. Un grand soutien. Une grande présence. Gilles n'est pas invité ? Cela n'implique pas que je doive lui tenir compagnie. D'un autre côté... D'un autre côté, je ne vais tout de même pas le laisser seul pour le réveillon du jour de l'an. Ce serait carrément vache. Et puis j'ai envie de le passer avec lui, moi, le réveillon... Je ne sais à nouveau plus où j'en suis.

Rester ? Y aller ?

Rester m'apparaît clairement comme une défaite. Une lâcheté. Recul de ma liberté. Radiation de mon indépendance. La bonne vieille Lise du mois d'août qui subordonnait tout au besoin, au plaisir, au désir d'être avec Gilles.

Je fais un effort sur moi-même. J'y vais. Je n'ai pas envie d'y aller. Ça me donne le cafard. Mais j'y vais. Le comble, c'est que je ne trouve pas de taxi et que c'est Gilles qui, très gentiment, me conduit à l'autre bout de Paris, chez les parents de Jacques. Dans la voiture, le cœur me bat. Je me sens coupable. Je profite de sa présence jusqu'à la dernière seconde. Très tranquille, il dit qu'il a toujours eu horreur des réveillons et que Jacques et Charlotte le rasent. Donc, cela n'a guère d'importance. Mais il s'insurge contre la conduite de ces gens qui se mêlent de ce qui ne les regarde pas ! J'essaie d'expliquer que Jacques tente sans doute de m'aider, parce qu'il croit le temps venu pour moi d'accepter la rupture.

Je le quitte, le cœur en boule. J'arrive comme aux beaux soirs de novembre dans les dîners mondains : triste. Je ne songe qu'à l'appeler. Au premier coup de minuit, je me rue sur le téléphone : «Bonne année, Gilles !» Au douzième, je n'ai qu'une idée : le retrouver. Je fonce et passe le reste de la nuit à errer dans Paris. Poussée, pressée, roulée par les bandes de fêtards. Plus de métro. Pas de taxi. Je traverse toute la ville.

L'écho de mes pas claque sur les quais. Il pleut. La Seine, grasse, se soulève et luit. Je glisse. Aux ponts, enfermés dans les reflets dorés des réverbères, semblent danser des papillons noirs. Col rabattu, écharpe au vent, je cours. L'eau monte. Les ponts, les dalles, la lagune, le canal. Dans chaque halo sur le fleuve, je crois voir qui palpitent, se cognent, se poursuivent et s'affaissent, les deux masques de Venise.

Effondré sur mon lit, Gilles dort. Je me glisse à côté. Le matin, il reprend l'avion.

Son départ ressemble à tous les autres. J'ai Marina dans les bras. Il dévale l'escalier. Il crie : «Alors, on se voit en mars !» La porte se referme... Vite, une sucette pour Marina, un bain pour moi, quelque chose à faire pour toutes les deux.

Cette fois encore, ça ne marche pas. A peine son taxi a-t-il disparu qu'elle hurle: «Papa, reste.» Je passe la matinée à lui lire des histoires et à répéter que son Papa l'aime, qu'il pense à elle et revient bientôt. Je sais mal la rassurer. Nous nous serrons l'une contre l'autre.

83

Nous partons déjeuner chez Maman. Déjeuner du jour de l'an. Foie gras. Saumon. Tristesse. Déjeuner pantagruélique qui ressemble à tous les Noël de mon enfance. Elle et moi. Seules. Avec cette fois Marina. Seule, elle aussi. Gilles avait pourtant choisi cette formule-là pour annoncer à Maman notre mariage. Une sorte de demande.

— Voilà... Nous voulions vous dire... Des Noël comme celui-ci, nous souhaiterions qu'il y en ait encore beaucoup pendant des années!

Elle avait compris dans la seconde:

— Quelle chance! Je vais enfin pouvoir acheter des habits d'homme à mettre sous l'arbre!

Derrière la naïveté joyeuse du propos, mon mariage signifiait cela pour elle aussi: un homme.

Les mille frustrations d'une femme sans homme. Du plus loin qu'il m'en souvienne, je revois, j'entends Maman pestant et peinant sous les valises. Ou bien traînant le bois à la campagne. Maman ployée sous des fardeaux trop lourds... Poids de ce vide de l'âme. Sans homme. Sans axe. Comme une toupie vacillante qui continue de tourner. A vide. Frustrations. Imprécations contre l'absent. L'homme, heureux ailleurs. Le déserteur. De mon enfance sans homme, j'ai le souvenir d'un désespoir sans fin. Dans mon lit à onze ans, ce rêve de la présence d'un homme, un père, un mari, un fils... A l'époque, je n'osais pas. Même rêver : pas le droit. J'avais trop peur que se réalise la prédiction de Maman. Trop peur de l'abandonner à mon tour.

Vingt ans plus tard, nous nous retrouvons toutes les deux. Et Marina prendra un jour la relève et ma place. C'est une spirale qui n'en finit pas.

TROISIÈME PARTIE

The way out

CHAPITRE VII

SANS GILLES (3)

84

Janvier

Je suis installée à la Butte-aux-Cailles. Oui, oui, qui l'eût cru? Morte. Mais ravie. Je me rends compte que j'étais très mal rue Galande.

Enfin un endroit où me poser. Un divan où lire. Des portes qui se ferment. Et derrière les portes closes, des coins, des coussins, des bouquins et des bureaux.

Le lendemain du départ de Gilles, j'ai pris mes cliques et mes claques. Gilles arrivait à New York au moment où j'atterrissais à la Butte-aux-Cailles.

Ce soir, le grenier est quasi meublé, tableaux accrochés, cartons déballés, bibliothèques pleines. Gilles téléphone.

Nos voix. La sienne si douce, si lasse, si basse. Le murmure de l'eau sous la glace. Nos voix, désincarnées. Le moyen de nous rejoindre dans un temps, un moment qui n'est jamais le même? Six heures pour lui, minuit pour moi. Minuit pour lui, six heures pour moi, un coup de fil à l'aube, un appel la nuit, ça n'a pas le même sens. Nous restons en décalage.

— Et si tu venais passer des vacances à New York?

— Oh! écoute, Gilles, je viens à peine d'emménager, je n'ai qu'une envie, c'est de retravailler. Alors, les vacances à New York...

— Je ne dis pas demain.

— Quand ?

— Février ?

— Mais février, c'est demain ! Tu ne te rends pas compte de ce qu'ont été ces six derniers mois. Maintenant, j'ai besoin de paix. De silence et de paix. J'ai besoin d'être bien...

Il est furieux :

— Tu ne fais pas beaucoup d'efforts.

— Je n'ai plus envie de faire d'efforts.

— Alors comment veux-tu que ça marche entre nous ?

— Je ne sais plus si j'ai envie que ça marche. J'ai surtout envie de me laisser aller. Si toi, tu fais partie de la vague, tant mieux. Sinon, tant pis.

— Moi aussi, j'ai souffert par toi.

— Comment ?

— Imagine trois secondes que je suis toi. Et que toi, tu es ta mère. Tu m'as empêché de sentir. De penser. Tu as censuré jusqu'à mes rêves.

Je réagis aussitôt :

— Mais c'est l'horreur, ce que tu me racontes ! Si je te tue, tire-toi. Et le plus loin possible.

— Bien. Bonsoir.

Il rappelle à minuit. Exaspéré :

— Tu vois beaucoup ta mère ces temps-ci ?

— Pas mal.

— Dans ton intérêt, tu ferais bien d'y mettre une sourdine.

— Pourquoi dis-tu ça ?

— Tu commences à lui ressembler trait pour trait.

— Mais enfin, qu'est-ce que j'ai dit ?

— Oh ! ta phrase : « C'est l'horreur. » Tout droit sortie de la bouche de ta mère quand on tente de lui expliquer quelque chose. Tu répètes ses comportements. Tu ne changes pas.

— Changer ensemble, c'était mon but en te suggérant

de voir un conseiller conjugal. Tu as préféré la séparation. C'est ton choix.

— Je n'ai jamais voulu vivre à des milliers de kilomètres, et ne rien partager avec toi.

— Tu aurais dû imaginer qu'en m'annonçant ta décision, pas la mienne, pas la nôtre, «ta» décision de vivre l'un sans l'autre, je ne rentrerais pas à New York. Rentrer vers qui? Retourner à quoi? Si tu n'étais pas avec nous, New York pour moi n'avait aucun sens. Tu aurais dû réfléchir une seconde et imaginer la réaction de l'autre avant de lui foncer dans le chou.

— Je crois que si j'avais été à ta place, je serais rentré.

— Tu crois. Mais tu n'en sais rien. Tu oublies l'année qui précédait cette rupture. Le souvenir que j'en gardais, le souvenir que j'en garde. Revenir à ça?

— Ah, tu vois bien qu'il fallait se séparer!

— Non. Il fallait que ça change.

— Pour que ça change, il fallait qu'il se passe quelque chose...

— Quelque chose que tu as décidé seul. Et malgré moi. Un couple, ça se sauve à deux.

Nous plaidons ainsi près d'une heure. Changeant de sujet, je lui dis brusquement:

— Alors, comment elle va, ta programmeuse?

Il grommelle qu'il n'y aura pas de programmeuse dans sa vie. Je m'étonne:

— Comment, pas d'ordinateur?

Il dit qu'il lui a parlé, qu'il lui a dit qu'il préférait que ça s'arrange avec moi, elle n'a pas eu l'air trop déçu. Exit Debbie. Au placard. Jusqu'à ce qu'on l'en ressorte.

Je passe une nuit agitée. Je rêve que nous nous promenons tous les deux la nuit au bord de la Seine... C'est l'année prochaine, dans deux ans... ou dans dix. Il y a des flaques luisantes, de grandes étendues d'eau partout. Soudain débouche devant nous une fille. Elle a les cheveux sombres, lisses et luisants, de longues jambes Dim et des hauts talons. Elle avance, dos à nous, légère et déliée, ses hauts talons qui plongent dans les flaques, son pied qui ne se mouille jamais. Sexy. Elle hèle un taxi. Gilles se précipite. Elle s'engouffre dans le taxi, il la rejoint, se penche et lui parle par la porte entrouverte.

Je reste plantée dans la nuit. Seule. Cette fois, je le quitte ! A mon tour, je hèle un taxi. Mais mon taxi à moi tourne en rond, et ne me mène nulle part. Je proteste. Le chauffeur m'insulte et finit par me lâcher où il m'a prise. Parmi les flaques luisantes, Gilles a disparu. Je me réveille en larmes.

Il ne téléphone pas le reste de la semaine. Je termine avec trois mois de retard mon scénario. J'achève de m'installer à la Butte-aux-Cailles. Marina entre à la crèche du treizième. Douze petits copains. L'intégration dans le quartier. Elle est ravie. Je commence une nouvelle série télé.

85

Gilles téléphone. Tendre avec Marina. Avec moi, ce n'est plus le glaçon du mois de novembre. A dire vrai, avec moi il n'est rien. Je n'en souffre (presque) plus. En train de mourir? Passerait-il doucement, le grand amour? Que ça puisse s'éteindre ainsi, à petit feu, me paraîtrait inespéré. Je continue à cauchemarder quand je rêve de lui. Pourvu qu'il ne m'ait pas marquée d'une peur indélébile ! J'y étais disposée. Un bon terrain. Cette peur d'être à nouveau quittée m'accompagnera-t-elle toute la vie? Ce qu'il y a de sûr, c'est que, pour le moment, je n'ai l'envie d'aimer personne. Juste Marina. Et mes amis. Mauvais, ça. Très mauvais.

L'Italien téléphone. Je ne le verrai pas.

— Je ne comprends pas comment tu fonctionnes! tempête Charlotte, venue pendre la crémaillère. Ton cœur et ta tête cliquettent séparément. Tu es double... C'est de la schizophrénie avancée, ta lucidité, cette formidable clairvoyance, et puis ces lacs de flotte sentimentale, ces grandes marées oniriques qui t'emportent. Ton idéalisme me tue.

Ce soir, les rares objets de la rue Galande semblent perdus sous les soupentes du grenier. L'ombre moussue des plantes vertes se projette sur les murs. Les pommes pourpres ou ocre mûrissent dans des compotiers d'argile bleue. J'aime ce vide, cette nudité. Et puis, couché au sol, ce plâtre que j'ai trouvé aux Puces dimanche dernier: le moulage d'un buste nu de très jeune femme. La naissance du cou, le modelé des épaules, l'amorce des bras qui vont s'ouvrir, l'ébauche d'une taille qui peut-être se déhanche. Le nombril qui danse, les seins qui se dressent. Si vivants, si présents.

Rien qui situe cette femme dans le temps. Pas un bijou, un habit, une coiffure. Mais, à l'envers, une date, 1840. Je rêve à ce corps. Je viens de l'offrir à Charlotte. Il lui revient. Elle rêve à son tour. A Gilles:

— Je crois que j'ai enfin saisi ce qui te fascine en lui...

Elle me dit qu'autrefois, je lui décrivais Gilles comme un être en devenir. Une esquisse. Une ébauche où l'on ne voyait rien encore et l'on pressentait tout.

— ... Le blanc qui appelle la couleur, le point qui annonce le relief, la ligne qui évoque l'infini... Vertigineuse, Lise, ton attirance pour l'incomplet. L'inachevé... Avec Gilles, ce n'est pas au croquis tel qu'il existe que tu ne peux renoncer, c'est à la perfection de l'œuvre en pleine lumière telle qu'un jour tu l'as entrevue.

Gilles — un formidable potentiel sur lequel j'ai parié.

Elle me dit aussi qu'au moment de notre mariage, je n'étais mue que par cette intuition: en dépit des apparences, avec lui, c'était l'union — la communion.

Il est vrai que ce discours, je le tenais encore il y a six mois à la conseillère conjugale. Je ne m'étais pas rendu compte que ce que je continuais de présenter comme une «communauté d'âme» n'était de la part de l'âme de Gilles que décalcomanie.

Faut-il être aveugle! Moi qui me targuais d'être lucide. Pendant sept ans, j'ai moi aussi tout confondu, le rêve et la réalité.

Depuis combien de temps Gilles sait-il que notre amour repose sur une comédie? Sa comédie et mon aveuglement. Et c'est vrai, Gilles, maintenant que tu te révèles différent de «nous», je n'aime pas ce que je vois. J'aurais pu aimer, note. Tu aurais pu me plaire.

Mais soudain, tu ressembles à ce que je pensais fuir avec toi — le goût du pouvoir, du confort et des apparences. Je croyais que tu cherchais des rapports dépouillés de tout l'accessoire. Je croyais que tu avais horreur de la force et du clinquant. Le paradoxe, c'est que tu ne m'as probablement aimée que pour ça: ma force et mon clinquant. Et moi, pour ton dépouillement. Nous nous sommes aimés pour ce que nous aurions voulu être.

86

Mon rêve de l'autre jour — Gilles courant dans la nuit mouillée après le taxi de la fille — me rappelle le titre d'un livre sur Proust. *L'Etre en fuite*. Proust. Gilles, toute l'année dernière, l'année du sauternes-sancerre, de Geneviève, de Debbie, lisait Proust. Méthodiquement. Un tome après l'autre. Toute l'année, tout Proust. Proust. Je sais par expérience combien il vous colle à la peau, combien le monde de Proust appartient et s'intercale et s'immisce et se fond dans le quotidien. Il ne se passe pas de jour où je ne pense à Proust. Pas de mois où telle vision, telle situation, tel personnage, ne me renvoie à Proust. Je sais l'influence qu'il peut avoir sur la vision de soi et du monde. Puissant. Pernicieux. Salaud de Proust.

Et si la crise de Gilles n'avait été que littéraire? Exclusivement? Quelque chose d'intellectuel et d'artistique. Sorti tout droit d'*Albertine disparue*?

«Littérature» — sa crise —. Cela ne lui ôte ni son authenticité, ni sa force. Au contraire! Au sens où Proust l'entendait. Soumission à la réalité intérieure... «cette réalité que nous risquerions fort de mourir sans avoir connue, et qui est tout simplement notre vie. La vraie vie, la vie enfin découverte et éclaircie, la seule vie par conséquent réellement vécue, c'est la littérature...»

C'est un peu tout ce qu'a répété Gilles l'année passée. Sauf que lui ne vivait pas sa «littérature», il ne faisait pas du Proust. Il s'identifiait à lui. Comme les midinettes s'identifient à Scarlett O'Hara ou à Rhett Butler. «Gilles, c'est Madame Bovary.» Peut-on imaginer plus cliché que ses amours? L'amour conjugal avec Lise. L'amour impossible avec Debbie. En prime, un raffinement «littéraire», mi-proustien, mi-nervalien: «Et si c'était la même?», «Debbie, c'est Lise à seize ans.» La Lise qui n'a pas encore la «connaissance conventionnelle de la réalité». Lise débarrassée. Épurée. La vraie Lise. Par opposition à la fausse. Celle qu'on a devant le nez. Celle-là, on ne l'aime pas. Mais l'autre Lise de seize ans — «la vraie», on la cherche partout. Je n'ose pas souligner que la Lise de seize ans, la «vraie» Lise, quand on l'avait sous le nez, on ne l'avait pas regardée non plus. Et quand, par un quiproquo parental, on l'avait crue amoureuse de soi, on l'avait carrément laissée tomber. Plus revue pendant dix ans. Quitte à en garder l'image bien au chaud. Et à la ressortir, aussi fraîche qu'au premier jour, lequel premier jour ne s'est jamais levé. Ah, les images! L'image de l'Amour avec son premier amour. L'image du Mariage à jamais. Des Enfants. De la Famille. Une grande maison. Une grande table. Le papa assis au bout. Nous partageons les mêmes projections. C'est pour ça que ça marche. Pour ça aussi que ça ne marchera jamais. Nous fonctionnons en écho. Et maintenant, alors que tout pète — ça continue. Tous les deux et pour les mêmes raisons, nous espérons «rester ensemble». Pas parce que c'est lui. Pas parce que c'est moi. Mais parce que je suis sa femme et parce qu'il est mon mari, et qu'un mari et une femme dans notre imagerie «c'est important», «les deux parties d'un tout». Le couple. L'idée du couple.

L'image du couple autour duquel gravitent des enfants.

L'image du couple qui vieillit ensemble.

Comment renoncer aux images? Pour les remplacer par quoi? D'autres images? Autant s'accrocher aux vieilles, celles qu'on connaît. S'accrocher donne l'illusion de croire quand même en quelque chose.

87

Ce soir, les cousins de Gilles, ceux que j'aime bien, grimpent les quatre étages de la Butte-aux-Cailles, carreau cassé dans l'escalier et poubelle dans le hall. Pas le genre des cousins. Ils m'emmènent illico dîner en BMW au restaurant le plus luxueux du quartier. Saumon fumé, huîtres, homard grillé — vin divin, aucune idée de ce que c'est, mais j'adore —, c'est fou ce que je suis corruptible! Je me sens brusquement bien — bien — bien dans ce luxe, avec ces gens dont j'apprécie l'aisance, les bagouses-perlouses et la splendide bonne conscience en évoquant leurs futures grandes vacances, leur futur château, leur future fête au restaurant: Taillevent? L'Ambroisie? ou bien Lucas-Carton? Je me grise de ces mots. Hein. Lequel est le meilleur? Ce qui m'agace d'ordinaire, me rassure brusquement. Faire partie de ce monde une soirée, commander le plat le plus cher, tout droit sur la carte avec un sens très sûr, ne plus se poser aucune question d'aucune sorte, n'avoir que des certitudes et savoir qu'on est au sommet — qu'on y est, ça y est —, faire partie de ce monde-là une soirée — miam-miam. Oui, oui, oui, je suis corruptible, c'est peut-être ce côté « grand bourgeois » qui m'a séduite chez Gilles? Ses fameux costumes prince-de-galles après toutes ces années de copains en jean et baskets, sa culture, son raffinement, ses cigares, ses thés musicaux à l'hôtel Meurice. Je me sentais si femme avec lui, contrainte à l'élégance et aux diams. Cary Grant et Katherine Hepburn à Paris. Ou à Venise. Venise sous la pluie — je me souviens, c'était comme un film des années cinquante, ou une pub pour un parfum Chanel. Avec, ô miracle, la touche humaine et vulnérable puisque le monsieur, si homme, pleure dans la brume du Grand Canal en vous racontant son enfance. J'ai marché. J'ai adoré. Maintenant il faut bien avouer que ce monsieur si élégant était aussi un adolescent paumé. Et moi, une midinette.

88

Je téléphone à Gilles. Pour le plaisir. Marina dort. Je ne l'ai même pas pour couverture.

— Salut, ça va?

— Pas mal. Et toi?

— Pas mal.

Nous continuons ainsi sur le mode mineur. Rien à nous dire. Du tout, du tout. La conversation languit, mais se poursuit. Je sais qu'il aime mes coups de fil : ça l'apaise. Ça le déculpabilise. Depuis que je l'appelle, il appelle nos copains qui par ricochet me téléphonent.

Gilles reprend les fils où nous les avions laissés en septembre. L'étonnant, c'est que ce renouement va en sens inverse de notre vie conjugale. Oui, je l'appelle. Je lui parle. Mais je ne lui parle que parce que je l'aime moins.

D'ailleurs, pourquoi je l'appelle ? Pour prendre de ses nouvelles ? Bien sûr. Mais au moment où je me demandais vraiment et sans cesse comment il allait, je ne lui téléphonais pas. Parler à Gilles quand je l'aimais et qu'il ne m'aimait plus — impossible. Paradoxe ! C'est seulement quand je me moque de sa crise, de ses souffrances, de sa Debbie, quand je le provoque et qu'il retrouve sa Lise rieuse et légère, c'est seulement quand je ne suis plus sûre de désirer son retour, que renaît le plaisir de lui parler.

«Le plaisir de lui parler» — je me souviens d'une certaine sorte de souffrance en avril dernier. Juste après qu'il m'eut raconté «Geneviève». J'allais chez le dentiste — trois caries, un abcès —, une dégustation en perspective. Avant la séance, j'avais eu envie, besoin, de lui parler. Comme toujours quand j'étais triste, gaie, inquiète, heureuse — parler à Gilles... Puiser au simple son de sa voix du courage, du plaisir. Mais l'amour de Gilles pour une autre, son indifférence à mon égard rendaient mes parlotes impossibles. Je me retrouvai seule face à la fraise, à la roulette et au reste. Personne désormais à qui penser. Personne à qui me référer. Personne avec qui partager. Seule. Devant le dentiste. Ou devant la vie. Fluctuante. Vide.

Maintenant la crise est passée, Gilles retrouve sa fonction, Gilles, le vrai Gilles est redevenu invisible. Il est redevenu ce qu'il n'aurait jamais cessé d'être sans «Sa

Crise»: un reflet. A mon image. Pauvres nous! Cette fois, on est vraiment fichus. On l'était avant. La seule différence, c'est que je ne le savais pas.

89

Février

La réinsertion en «femme libre» à Paris commence à m'amuser.

Ce week-end, Kamsao et Yorgos Kalopoulos, mes amis propriétaires d'une chaîne de théâtres new-yorkais, sont arrivés à Paris et descendus au Ritz ! Je pars de chez moi en retard, sous une bruine glaciale. «Dès que j'ai trois sous, je m'achète une voiture !»

J'arrive, après être restée coincée dans le métro, échevelée, dégoulinante. Du côté de Saint-Michel, j'ai fini par héler un taxi :

— S'il vous plaît, au Ritz !

— Ouais, la station la plus pourrie de Paris.

— Ah ? J'aurais cru qu'avec les touri...

— Les putains d'Amerloques qui descendent là, ils louent des bagnoles avec chauffeur ! La station la plus pourrie, j'vous dis. Vous y trouverez jamais un taxi. Pas la peine !

A l'arrivée, il se croit tout de même obligé de faire le tour de sa voiture pour m'ouvrir la porte. Et moi, de lui donner dix francs de pourboire. Ritz oblige...

Dans le hall — des dizaines de Japonais. Je demande les Kalopoulos à la réception, on me répond sèchement de m'adresser au concierge. Je jette un coup d'œil aux salons et songe à Proust. Vague souvenir : le narrateur ne déjeunait-il pas ici avec Mme de Villeparisis ? Saint-Loup ? Ou bien je confonds ?

Plus de quatre mètres de hauteur sous plafond. Des dorures. Des tentures. Beaucoup de rose et d'or. Rococo. Pompadour. Pas mal pour une chambre d'hôtel. Champagne, petits fours, les Kalopoulos se soignent. A eux deux, ils atteignent deux cents kilos et cent vingt ans. New-Yorkais de la seconde génération, produits de civilisations les plus anciennes, l'un d'origine grecque, l'autre chinoise, chez eux l'esprit, le cœur, le corps, tout reste vert. Depuis près d'un demi-siècle, ils travaillent en forcenés. Un rythme que je ne parviens pas à suivre. Décalages horaires, fatigue, gueule de bois, migraines, rhumes, les Kalopoulos ignorent. En une journée, à Paris, à Londres, ailleurs, ils ont tout vu, revu, visité, revisité. Les expositions nouvelles, le restaurant dont on parle, le dernier concert. Qui est quoi où partout, ils le savent dans l'heure. La barrière des langues — connaissent pas. Ils ne parlent pas un mot de français, mais Barbara, Bedos et Bretécher n'ont pas de secrets pour eux. Aucune affectation dans leur passion pour les noms, les marques et la mode. Ils ne cessent pas d'être sincères. Et n'en déplaise aux Français qui se plaignent de l'impossibilité d'une relation profonde avec les Américains, mon amitié avec les Kalopoulos est aussi intense, solide peut-être, que mes liens avec Charlotte. Ils me manquent !

Kamsao m'étreint, m'enveloppe dans ses rondeurs, et me pousse vers la suite contiguë. « Notre ami Anthony Quinn habite là !... Et dire que tu l'as manqué à trois minutes ! Il vient de partir. Quel dommage, quel dommage ! » répète-t-elle. Elle insiste pour que je voie tout de même sa salle de bains. Pas de Quinn pour ce soir, mais un autre grand copain à voir : Gilles Bellon. Kamsao me parle de Bellon depuis des années. A New York, à Newport ou dans les Hamptons, ses maisons baignent dans les accords synthétiques de Bellon. Elle collectionne ses enregistrements, visionne éternellement les films dont il a composé la musique et ne manque pas un seul de ses concerts à travers le monde. J'imagine Bellon en vieux compositeur chauve, ventripotent, qui habite à l'hôtel toute l'année. Elle lui téléphone dans un murmure, puis raccroche, énigmatique: «Il dit de venir.» Du Ritz, nous embarquons pour le Plazza-Athénée. La tournée des palaces ce soir. Kamsao mène la danse. A mi-hauteur de l'escalier d'honneur, elle sonne à une porte basse. Un vieux mec en jean et sweat-shirt nous ouvre. Je le prends pour Bellon, «C'est son masseur», me chuchote Kamsao.

L'appartement est un boyau tout en longueur — après le Ritz, je trouve ça moche bien sûr. Nous nous posons dans le salon où s'entassent pêle-mêle des dizaines de mappemondes éclairées. Multiprises, rallonges, fils, ça court dans tous les sens.

— D'hôtel en hôtel, il voyage avec tout ça?

Kamsao clame, ravie:

— Bien plus!

Les mappemondes sont bleues ou rouges, avec des ampoules intérieures comme les mappemondes d'enfants. Socles en faux marbre ou en inox.

— Dommage qu'il ne collectionne pas de vieux globes...

— Pas le genre, explique à nouveau Kamsao.

Je la sens très intime avec cet intérieur.

Glacée par la pluie, j'ôte mes chaussures et, repliant mes jambes, je m'assois sur mes pieds. Au bout du salon-corridor, on aperçoit une chambre et des silhouettes qui parlent et s'agitent. Il est déjà onze heures du soir. Je me demande à quelle heure je vais libérer ma baby-sitter. Nous n'avons toujours pas dîné. Kamsao raconte qu'hier, Anthony Quinn et Gilles Bellon ont improvisé jusqu'à quatre heures du matin. Si Bellon veut bien, elle me fera écouter. «*Extraordinary!*» s'exclame-t-elle. Son œil brûle sous la paupière bridée. «Tu vas entendre! Tu vas entendre! *Terrific!*»

Elle croise et décroise ses bottes texanes, de chez «Gucci», précise-t-elle, me prend les mains qu'elle secoue, «Bellon, il faut que tu connaisses, c'est le plus grand!» J'ai envie de lui sauter dans les bras. J'aime son enthousiasme que d'aucuns pourraient bien qualifier de snobisme, car il semble s'adresser à la célébrité plus qu'à l'œuvre, à la personnalité plus qu'au talent. Mais chez Kamsao, pas une once de snobisme! Le succès l'attire, c'est vrai. Elle éprouve l'émerveillement d'une petite fille pour ce qui brille. Une fascination désintéressée. Juste le besoin de voir et l'envie de toucher. Yorgos lui ressemble. Un passé de nomade, un présent frénétique. Self-made-man. Ils incarnent le type des New-Yorkais que j'admire. Courageux. En mouvement. A l'affût.

Nous attendons toujours. Par la porte ouverte de la chambre du fond, silhouettes et chuchotements... On a faim. On a froid. On a soif. Du bout surgissent deux mecs, un long, l'autre court, tous deux en tee-shirts imprimés Bellon. Pas lavés. Pas rasés. Anciens punks anglais. Je les prends pour les musiciens, ce sont les managers. Ils s'installent dans les bergères et préviennent:

— «Il» arrive bientôt.

Apparaît alors une femme entre deux âges, cheveux longs, l'air un peu triste, très doux, baba-cool à poncho, une voyante paraît-il que Kamsao me présente comme une afficionada de Gilles Bellon depuis toujours — comme elle. Elles se retrouvent toutes deux à chaque happening de Bellon. La voyante s'appelle Omphale et se pose en silence. Minuit. Je demande la permission d'appeler ma baby-sitter. Téléphone occupé. Nouvelle apparition: la petite amie de Bellon maintenant! Longue, jeune, mal à l'aise. Les managers la traitent en quantité négligeable. Omphale et Kamsao me la présentent: Patty. Elles ne lui parlent pas. Patty range les chaises. C'est alors qu'enfin s'avance Bellon. La quarantaine sonnée. La chemise ouverte. La clope à la main. Une barbe de trois jours, et une boucle noire sur l'œil qu'il a très vert et cerné. Pas du tout ce que j'imaginais! C'est le traître dans *Robin des Bois*, ou le chef des pirates... Nonchalant, il s'avance, et ses sbires, qu'il ignore, se précipitent. Je cherche mes chaussures que je ne trouve pas sous la table. Bellon salue.

Il dit qu'il est fatigué. Qu'il a mal au dos. Et au nez. Qu'il a sans doute de la fièvre. Omphale, la voyante, lui laisse son siège. Il s'assoit. Debout à côté de lui, elle prend son pouls. Yorgos, en plaisantant, fait mine de lui tâter le front. La petite amie, sérieusement, dit qu'en effet, il est bouillant! Yorgos dit que non. Omphale compte les pulsations sur sa montre (dans la voiture tout à l'heure, je lui demanderai l'heure et elle me dira que sa montre s'est arrêtée il y a deux jours). Bellon geint. Kamsao s'en mêle: «*Poor sweetheart!*» Bellon dit qu'il retourne dans sa chambre. Il va prendre sa température. Mais avant, il s'assoit à sa console pour brancher la bande improvisée hier avec Anthony Quinn.

Quinn y déclame une tirade de Shakespeare, un extrait d'*Othello* — sur une musique de Gilles Bellon. Et c'est... superbe! Je n'en crois pas mes oreilles et mon plaisir. Rien que pour ce moment, ça valait la peine de se geler les pieds et d'attendre. Shakespeare, bien sûr. Et la musique ample, profonde, qui colle au texte. Kamsao, très fière, me murmure que Gilles Bellon ne sait même pas lire les notes!

Ça, ça m'agace: simple curiosité pour un compositeur, je me dis que depuis le temps, il aurait pu apprendre.

Après la tirade de Quinn, Gilles Bellon, qui est resté à sa console, se met à pianoter. Ce sont des airs baroques qu'il improvise façon «clavecin» sur son synthétiseur. C'est encore formidable!

D'oreille musicale, je n'ai point. Mais enfin, côté plaisir, je chavire ! Je vais voir de plus près la bête et sa machine. Il a des mains gigantesques. Chaque doigt est terminé par une phalange totalement ronde... Il les écarte, les applique sur les touches comme des ventouses. En jouant, il me regarde. Intense. Je retourne m'asseoir et l'écouter.

— Bon, dit-il, je vais me changer... changer de chemise, de pantalon. Je n'aime pas cette chemise !

Omphale et la petite amie lui emboîtent le pas et disparaissent avec lui dans la chambre dont la porte reste ouverte. J'aperçois Omphale qui l'habille, elle sort sa veste, plie son pantalon, lisse sa chemise... Nouvelle attente.

Ils réapparaissent. Bellon porte un gilet de velours noir à petits boutons nacrés.

— Alors, où va-t-on ? me demande-t-il, jovial.

— Où tu veux ! répondent les autres.

— Vous voulez dîner ici ? Ou ailleurs ?

Je sais que Kamsao ne veut pas dîner au restaurant de l'hôtel. Trop américain. Trop familier pour elle. Elle voudrait une brasserie, un bistro. Mais c'est dimanche. Il pleut. Il est minuit passé et moi, j'aimerais aller au « plus vite ». C'est-à-dire sur place, ici.

Bellon s'adresse à moi :

— Vous qui devez connaître tout Paris, où désirez-vous dîner ?

— Ça dépend... Si vous êtes fatigué...

Il me sourit. Triomphant :

— Finalement, je n'ai pas de température !... Omphale me l'a prise dans la chambre... 37°. C'est bien, non ?

Bon, raté pour rester dîner au Plazza. On va errer de bistro en bistro. Jamais la baby-sitter ne s'en remettra si je rentre à cinq heures du matin.

Kamsao suggère un restaurant au coin de la rue.

— Mais il y a quatre coins, Kamsao, tempête Bellon, quel coin ?

Kamsao ne se souvient pas. Les managers anglais interviennent et suggèrent d'aller à Montmartre ! Je bafouille qu'il faut peut-être que je rentre. Gilles Bellon me fusille de son regard trop vert. Quelque chose de violent. Je m'écrase. On sort. Dans le hall du Plazza, nouveau conciliabule. On doit remonter : Bellon a oublié ses parapluies. La petite amie va les chercher. On l'attend. Bellon bavarde avec le concierge. Je bavarde avec Kamsao qui me parle de mon mari : « Oublie-le ! » Bien.

Bellon et sa petite amie, les deux parapluies et Omphale réapparaissent. Les managers restent derrière : ils se commandent à dîner à l'hôtel. Veinards.

— La Maison du Caviar, ça vous va ? me demande Bellon.

— Très bien, bredouillé-je.

— Tu connais ? me demande Kamsao.

— Oui.

— Pas moi ! C'est où ?

— Quelque part dans une rue sur les Champs.

— Laquelle ? s'impatiente Kamsao.

Bellon, pour donner raison à mon chauffeur de taxi, fait avancer une voiture de louage. Nous nous engouffrons par trois. Je monte avec Bellon et la petite amie. La voiture reviendra chercher les Kalopoulos et Omphale qui restent à attendre. Le chauffeur est un Noir américain très « Amstrong » qui trimballe le Tout-New York à Paris. Marrant. Devant le restaurant, pendant que Bellon, la star, fait son tour de piste, la petite amie et moi attendons. Je découvre que je la connais ! Nous nous étions rencontrées à New York... Marrant ! Son histoire avec Gilles Bellon doit durer depuis un certain temps car je me souviens maintenant qu'elle l'avait évoquée. A l'époque, elle portait les cheveux en brosse, platine à force d'être décolorés.

Maintenant elle est gris-bleu, coupé carré, une mèche blanche qui encadre le visage.

Arrive le reste de l'équipe. Pendant le dîner, ils parlent contrats, tournées, pub, et laissent la petite amie et moi aux deux bouts de la table, complètement larguées. Je pense à ma pauvre baby-sitter. Il est près de quatre heures du matin. Et ça n'en finit pas... Je dis que cette fois, je dois rentrer. Bellon dit qu'il me raccompagne. Je dis que je peux prendre un taxi. « Pas question, tranche Bellon. Je déteste les taxis. » Il tente de s'intéresser à moi, à mon travail, il me bombarde de questions, et n'écoute pas les réponses... Je sens son regard sur mon visage, mes seins. Trop sûr de lui, le mec. Il ne me raccompagnera pas.

Bellon demande enfin l'addition. C'est lui qui paie. Pour tout le monde. Je remercie. Nous reprenons la limousine. Cette fois, Omphale, Bellon et moi. La petite amie que je trouvais sympa reste derrière. Elle rentrera demain pour New York, remballée par Kamsao. Devant l'hôtel, Omphale prend mon numéro de téléphone et insiste pour que je note celui de Bellon au Plazza.

— Inutile, Omphale, elle ne me téléphonera pas! geint Bellon.

— Pourquoi?

— Parce qu'elle est timide, et moi aussi... Prenons date tout de suite.

— Prenons date tout de suite, répète Omphale.

— Mais vous avez mon numéro!... dis-je sibylline.

Bellon en tête-à-tête? Pas le genre à perdre du temps. Je passe à la casserole. Merci, non.

Je hèle un taxi. Il est plein. Merci, inutile de me raccompagner. Nouveau taxi. Encore plein. Merci, je peux très bien rentrer toute seule. C'est ça, à bientôt. Bellon et moi nous quittons un peu sèchement devant le Plazza. Coïncidence — Omphale habite au coin de ma rue. Je la suis jusqu'à sa voiture. Changement de décor. Une vieille guimbarde, sans phares et sans ceintures de sécurité. Elle la vend trois mille francs — si ça m'intéresse?... Je considère la chose. Non. Trop dangereuse avec Marina. Passionnément, elle me parle de Gilles Bellon. Un frère pour elle. « Un roi. »

— ... Vous étiez habillée comme lui ce soir! remarque-t-elle. — Je m'étonne. — ... Oui, les mêmes couleurs: du blanc, du marron et du noir, c'est étrange, n'est-ce pas? — Elle tâte ma veste: — Et puis les mêmes matières. Du velours... Curieux.

— Bof, plutôt banal, non?

Elle me dévisage:

— Vous êtes un être à sa mesure. Libre comme lui.

— Que se passe-t-il chez Bellon quand il est sans sa cour? Ça lui arrive d'être seul?

— Sauf avec ses quatre enfants, il est toujours seul! répond-elle, tragique. Les dieux et les rois sont seuls... Mais toutes les femmes l'adulent et le poursuivent. Elles ont raison. Avec sa puissance, sa générosité et son génie, c'est un être comme il en existe tous les dix mille ans!

Elle me dépose à la Butte-aux-Cailles après avoir attendu pendant que j'errais de distributeur de billets vide en distributeur: cette nuit a été si longue que je n'aurai pas assez d'argent pour payer la baby-sitter. Je quitte Omphale, un peu gênée d'avoir abusé de sa patience. Je crois qu'elle me pardonnerait si je sacrifiais avec elle aux autels Bellon. Elle m'a fait une bizarre impression de groupie, doublée de mère maquerelle:

— Vous allez être très heureux tous les deux: vous, vous avez ce qu'il recherche en ce monde. Et lui... lui... lui!

Demain j'appellerai Kamsao pour la remercier. Elle ne tarira pas non plus sur le roi Bellon. Rendez-vous en juin pour son concert devant la pyramide du Louvre.

Je m'aperçois avec horreur qu'au Plazza, j'ai oublié mes gants... Il va falloir l'appeler, Bellon. A moins que je ne laisse tomber.

90

J'ai appelé Gilles. Deux fois. La première pour que Marina lui parle. La seconde parce que moi, j'avais besoin de lui parler. Toute la semaine, Marina l'a réclamé. Elle a eu une otite très douloureuse, doublée d'une rhinopharyngite. Dans son sommeil, au réveil, au coucher, à toutes les heures le jour, la nuit, un mot: «Papa!» Cette fois, elle ne m'a pas ratée. Papa. Papa. Papa. Une plainte continuelle qui m'a sérieusement ébranlée. De sa part, réclamation on ne peut plus claire: «Papa et Maman ensemble dans l'appartement.» Et puis tout le temps: «Suis triste.» J'ai fini par lui dire qu'elle n'était pas la seule, que moi aussi, quelquefois, j'étais triste. Elle m'a regardée, elle a dit: «Non, toi, plus triste. Moi, triste. Plus toi.»

Le soir, impossible de dormir. Je ressasse: et si le bonheur était encore possible avec Gilles? Ce serait tellement mieux pour nous tous. Et si nous tentions d'être à nouveau bien ensemble? Et si? Et si?

J'ai beau essayer de prendre de la distance, sourire en me disant que le premier week-end de mars, je tiendrai le «dénouement», me traiter comme un cobaye ne marche pas! Et si? Et si? Agitation. Angoisse.

Comme toujours, peur de lui, de ce qu'il va me faire et, comme toujours, envie, besoin, joie de le voir. Une promesse de bonheur. Un espoir. La fin du cauchemar — peut-être?

Erreur! Je prends une fois de plus mes désirs pour des réalités. De vieux désirs qui ne recouvrent rien. Comment vivre heureuse avec Gilles, désormais? Comment lui faire confiance? Comment être paisible auprès de lui? Impossible! Et c'est encore ce que je désire? Oui! Et non. Non. Non.

Je me tourne et me retourne dans mon lit. Je lui parle dans ma tête. Et si je l'appelais? Pour savoir où il en est. Qu'il ne me tombe pas dessus dans trois semaines sans que j'aie aucune idée de ses états d'âme. Préparons le raz de marée par une vague estimation de son amplitude. Minuit ici, dix-huit heures là-bas, je téléphone. Il est là. Nous parlons.

Et c'est la même conversation exactement. Mot pour mot — la même qu'en juin, juillet, août. Huit mois.

Il dit qu'entre nous, il n'y avait plus de communication, que Debbie est venue par là-dessus. Je dis que, s'il faut tenter de comprendre ce qui s'est passé, il faut cesser de ratiociner. L'année dernière, c'est une chose. Bon. Maintenant, on est séparés depuis cinq mois. Qu'est-ce qui se passe? Où en est-il? Il dit que Debbie... Et c'est reparti sur Debbie. Ce désir brut qu'il a d'elle, cette promesse de bonheur qu'il s'est refusée, pensant qu'il n'y avait pas droit...

Je dis qu'il est comme un chien qui salive devant un gros gâteau. Soit il le bouffe. Soit il s'en va. Mais il ne va pas saliver la vie entière! Ça fait déjà un an. Il dit: «Je sais.» Je demande: «Mais pourquoi penses-tu ne pas avoir le droit à cette promesse de bonheur qu'incarne Debbie»?

Là, ça déraille. Il cafouille. Pas le droit — à cause de moi. A cause de Marina. Et aussi parce qu'il ne comprend pas d'où vient ce désir d'elle. Si c'est juste un «désir bestial» ou un «souffle divin». Il n'énonce pas le dilemme aussi bêtement, mais le principe, c'est cela. Pulsion de brute? Ou bien aspiration vers l'idéal?

Je dis que peu importe! Ce qui compte, c'est le désir qu'il a d'elle. Il verra bien après — en admettant que ça ait la moindre importance —, il verra bien de quelle sorte était son désir. Bref, encore une fois, je m'exclame: «Mais baise-la, bon Dieu!» Une fois encore, la perspective qu'il passe à l'acte m'est douloureuse, comme en septembre! Je conclus, légère, qu'il a bien de la chance.

Devant lui, deux portes qui ouvrent toutes les deux sur le bonheur. S'il pousse l'une, il trouve sa femme et sa fille qui quelque part l'attendent. L'autre... Debbie.

Il répond que « la porte de Debbie ouvre peut-être sur l'enfer ». Je me retiens de hurler: « Trouillard! » Je me retiens de dire que ce n'est pas à cause de moi qu'il ne la saute pas, ni parce qu'il croit ne pas y avoir droit. C'est simplement, seulement, uniquement parce qu'il a peur. Peur de Debbie qui va le hacher menu. Il me l'avait aussi décrite comme pleine de charme, ambitieuse. Et tentante. La femme fatale, quoi. Peur de souffrir vraiment. Peur aussi de ne pas souffrir du tout. Peur de n'éprouver pour Debbie que la plus totale des indifférences. Peur du vide. Bouchée, l'issue Debbie.

Je change de rail.

— Ça fait cinq mois qu'on vit l'un sans l'autre. Je ne crois pas que la séparation arrange les choses. Je crois que ça va devenir de plus en plus difficile de revivre ensemble. Tu m'as toujours dit que vivre ensemble était ton but ultime. En es-tu sûr?

Silence. Hésitation.

— Je ne sais pas, petit chat, je ne sais pas... C'est vrai que c'est ce que je voulais... Mais je pense que tu as raison, si on se remet ensemble, il faut que ce soit pour de bon... Et j'ai peur de déraper encore une fois.

Je lui suis reconnaissante de cette réponse.

— Moi aussi, j'ai peur que ça recommence... que tu étouffes. Et que tu me quittes. Parce qu'en fait, tu n'es pas plus heureux maintenant qu'il y a six mois... Ce qu'il faudrait, c'est que tu sois heureux. Si tu vas bien, j'irai bien et Marina aussi. Si tu vas bien loin de moi, j'irai bien. Si tu vas bien avec moi... aussi... Et si le but ultime, c'est de se retrouver, le temps maintenant joue contre nous. Il faut que tu résolves tout ça en toi vite.

— Peut-être est-il temps en effet de voir un psy...

— Peut-être.

Je n'ose insister parce que si j'insiste, il n'ira pas. Mais s'il pouvait s'exprimer vraiment. Sans tricher comme il triche toujours avec Nanou ou sa mère ou les copains ou moi. A nu. Vraiment une fois !

Mais je rêve. Ça prendra des années. Et même s'il parvient un jour à être en accord avec lui-même — nous, dans la tourmente, on aura disparu depuis longtemps.

Je suis triste. Je suis heureuse parce que je vais le voir le 1er mars. Je suis triste parce que c'est sans espoir. Je suis complètement dingue. Cette fois, c'est ma propre santé mentale que je questionne.

91

— Alors, lequel de nous deux est le plus timide?

Je reconnais dans la seconde au téléphone la voix de Gilles Bellon. J'avais renoncé à récupérer mes gants. Crainte qu'en l'appelant, je ne puisse plus m'en dépêtrer. Il a dû, ce soir d'ennui, demander mon numéro à sa groupie Omphale. Au fond, moi aussi je suis une trouillarde : pourquoi l'envoyer promener ? Il est intéressant. Il ne me déplaît pas. J'accepte de déjeuner avec lui dimanche. Non, pas ce dimanche-ci. Dans quinze jours. Aucun doute, je le tiens à distance. Mais j'ai toujours choisi «mes hommes», et celui-là n'est pas mon type. Trop voyant. C'est vrai que j'ai toujours choisi, et souvent longtemps avant d'être choisie.

Gilles est le seul choix dans lequel je me sois laissé embarquer. Étonnant ! Lui, si passif, n'a cessé de mener la danse. Et il continue... Je me pose les questions qu'il soulève, auxquelles je ne veux pas penser, moi.

Je ne crois plus en «nous». L'existence avec Gilles ne peut être désormais qu'un arrangement. Un pis-aller. Pas une grande aventure. Je ne m'embarquerai plus avec lui. Je ne le suivrai nulle part. Je ne lui donnerai rien. Dans ces conditions, je ne supporterai pas de vivre avec lui dix minutes ! Impossible de partager l'existence d'un homme qui ne m'aime pas et dont je me méfie. Impossible d'accepter qu'il ne m'aime pas, et que je m'en méfie. Me connaissant, je voudrais constamment « changer » nos sentiments. « L'arrangement », le « pis-aller », ça ne marchera pas avec mon caractère. Je n'aurai tout simplement pas la force...

Lors de son premier raid sur la rue Galande, il m'avait dit que « je n'étais pas assez forte pour vivre avec lui ». J'avais ricané, mais je savais déjà qu'il ne se trompait pas. Pas assez forte en effet pour nous porter tous les deux à bout de bras. Pas assez forte non plus pour faire cohabiter son indifférence et mon mépris.

Au fond, je sais très bien ce que je veux. Aller vers la rupture. En douceur.

Ne rien brusquer. Surtout, prendre son temps. Pour que ce soit le temps qui défasse les choses. Pas moi. Pas Gilles. Le temps. L'espace. En douceur. Sans coups d'épieu, sans hache et sans billot.

Qu'il n'y ait plus ni victime, ni bourreau — et surtout pas de « sacrifice ». Que la séparation s'opère par glissement naturel.

C'est ça que je veux. La liberté, oui. Mais sans la souffrance.

92

— Où en es-tu avec ton ex ? me demande familièrement Bellon, entre la poire et le fromage.

« De quoi se mêle-t-il, celui-là ? »

A certaines allusions, je sais qu'il a pris ses renseignements. Il s'est fait projeter mes trois séries télé. Sur mon mari, Kamsao lui a tout raconté — le peu qu'elle sache. De quoi se mêlent-ils?

— Tu l'aimes encore?

Je lui lance un regard torve: Bellon perd les points qu'il avait gagnés ce matin. Ce matin, je l'avais trouvé plutôt séduisant. Très différent de la star du Plazza. Toujours massif, hirsute, la barbe de deux jours, la clope au bec. Mais rien de brutal ou d'ogresque. Plutôt noceur au grand cœur. Une sorte de Humphrey Bogart musclé. De Bogart il a le négligé, la nonchalance, le regard insistant et narquois.

— Quand seras-tu divorcée? Ne traîne pas! En septembre, tout doit être réglé. N'oublie pas que si ton ex pourra, lui, se remarier le lendemain du divorce, toi, tu devras attendre trois cents jours.

— Trois cents jours, pourquoi?

— C'est la loi. Le délai de viduité. Le temps d'une grossesse. Ça nous met en juin! C'est tard... Et puis juillet, ce n'est pas agréable pour le voyage de noces.

«De quoi parle-t-il, ce type?»

Il est passé me prendre vers midi, au volant d'une vieille Jaguar des années cinquante. Sang-de-bœuf et décapotée en plein mois de février — marrant. Je l'attendais devant chez moi, ma fille dans les bras. J'avais oublié, en acceptant de déjeuner dehors un dimanche, que j'aurais Marina avec moi.

«Aucun problème, a-t-il aboyé, alors que j'essayais tout à l'heure de le décommander par téléphone. Tu verras mes quatre enfants dimanche prochain. Je les ai un week-end sur deux. Avec ta fille pour mascotte, ça va faire une bande formidable. On ira tous à la campagne!» Il a raccroché. A la campagne? Planifiée? Dimanche prochain? Organisé? — Ah bon!

Ronflement de pot d'échappement. Musique au synthétiseur — la sienne — à fond la cassette, l'immeuble vibre et toute la Butte-aux-Cailles. Discrète, ma sortie dominicale! Mes nouveaux voisins se penchent et commentent. Je sens Bellon qui exulte. Je note aussi, sous la lourdeur de sa paupière bistre, la tendresse qui passe en apercevant Marina. Curieux. Je n'aurais pas imaginé que la star du Plazza puisse aimer les enfants. Entre eux, le contact est immédiat. Très à l'aise, Bellon me la prend, la pose à l'arrière, règle la ceinture, l'attache, lui rajuste même sa cagoule. Miracle, elle le laisse faire.

Sans que j'aie eu à le lui demander, pour elle, il recapote.

— Tu veux bien déjeuner avec ta maman et moi au restaurant ?

— D'accord, concède-t-elle. Où ?

— Tu préfères un petit restaurant, ou un grand ?

— Un petit !

Railleur, Bellon me darde dans l'œil son regard trop vert :

— Elle est parfaite, ta fille !

Nous rions. Humain, le roi Bellon.

Paris désert. Nous vrombissons. La musique de Bellon par la fenêtre ouverte, le soleil en plein visage, un soleil blanc d'hiver. Et la joie qui me soulève, comme autrefois à Poissy, quand je dévalais à bicyclette les pentes sous la pluie. Je me retourne. Marina, son lapin serré contre elle, rit à voix haute elle aussi. On est bien !

Au restaurant, je renâcle. En fait de boui-boui, la star Bellon nous a conduites chez Lipp. A la terrasse, les couples se pressent et attendent.

— Pas nous, me glisse Bellon en me poussant devant. J'ai ma table ici.

En effet, Monsieur Jean nous serre la pince et nous emmène. Les regards nous suivent. Bellon se pavane. Le succès, le pouvoir — il aime. Un homme nous croise, me dévisage, me fixe, le temps de le reconnaître, il est sorti. C'était Boni de Roqueville. «Lise, avec un autre homme !» Boni-le-gentleman a choisi de ne pas voir.

— Qui était-ce ? me demande Bellon.

Je hausse les épaules.

— Un ami.

— De ton ex?

— Oui. De mon mari.

Bellon ricane. La pseudo-discrétion de Boni vient de nous faire basculer dans une belle intimité.

Disert, ce Gilles-là me raconte le déroulement de son concert prévu pour juin devant la pyramide du Louvre. Compositeur qu'on s'arrache, il ne me parle jamais musique. Mais fric. Combien ça va lui rapporter, cette affaire. Il me fait le décompte de ses pourcentages. Me détaille la part qui va aux impôts, le reste pour la restauration de sa forteresse en Tunisie. Ni âpre au gain. Ni radin. Seulement fier. Il crâne. Il se vend. Il m'émeut presque.

Il me parle de sa femme, de son divorce.

— Nous avons été mariés dix ans et je ne l'ai jamais trompée. J'étais heureux. Mais quand elle m'a dit qu'elle aimait un autre homme et qu'il était son amant, j'ai demandé le divorce dans l'heure. En quatre mois, c'était fait.

— Pourquoi si vite?

— J'étais trop triste.

— Et elle?

— Aussi. Mais c'était la seule façon de réussir notre séparation. Que ça ne traîne pas! Propre et sans bavure.

Je hoche la tête en songeant à Gilles. Combien nous traînons, nous.

Bellon insiste, triture:

— Il faut que tu sois divorcée en septembre. Sinon tu vas tout laisser pourrir entre ton mari et toi. Quand ça ne marche pas, traîner, pour les enfants, c'est le pire... Parce qu'ils ne peuvent pas comprendre... Tu sais, un divorce réussi, on s'en remet. A condition qu'il n'y ait ni scène ni hargne... La grande douleur, le grand choc peuvent venir après.

Je dresse l'oreille. Ah, ça ne fait que commencer?

— Tu es jeune. Tu vas vivre un autre amour. Une passion pour un autre homme. La passion de ta vie, peut-être?... Moi, en divorçant de la mère de mes enfants, je me suis aperçu que je n'avais fait qu'épouser ma meilleure amie. Mais en rencontrant Geneviève, en tombant amoureux d'elle comme je l'ai été... En vivant avec Geneviève et ses enfants...

«Geneviève?» Je tressaille. Une psychanalyste qui s'appelle Geneviève.

— Geneviève quoi?

Si c'était la même? Celle que Gilles avait voulu revoir.

— Geneviève quoi, comment?

Bellon prononce un nom que je ne connais pas. Ouf, pas la même. Il poursuit. Je n'écoute plus. Il m'a perdue. Ras-le-bol. Un brusque et total ras-le-bol. «Gilles, Geneviève.» C'est trop! Vertige: j'ai envie de rentrer.

— Je dois coucher ma fille.

A l'arrière, Marina s'est endormie. Bellon passe les vitesses. Il me prend la main. Il l'a posée sur son genou. Son index rugueux se promène entre mes doigts. A chaque phalange, il s'attarde. Lentement, il frôle mes ongles, contourne, se glisse, rude et chaud, dans ma paume. Il a saisi mon poignet, il remonte jusqu'au coude qu'il caresse à la saignée. Un cri muet, presque une douleur. Je perds le souffle. Il me lâche, retourne au creux de mon poing que je serre, m'ouvre, me porte à ses lèvres. Je tremble. Brutale — je me retire.

L'œil fixe, les tempes qui palpitent, je reprends haleine. Je veux. Réfléchir. Que vais-je faire de Gilles bis? Mon jules? Je ricane. Commode. Au plus fort de la passion, je ne risque pas de me tromper de nom. Consciemment, furieusement, je compare les deux Gilles. L'un aussi diaphane et raffiné que l'autre est encombrant, palpable, concret. Bellon embraie. Il conduit d'une main. Vite. Trop vite. Nous savons tous deux à qui je pense. Il ne me laisse pas. Il dit:

— Alors, tu vas m'aimer?

Sa voix chaude m'enveloppe. Il a repris ma main qu'il broie dans la sienne. Je ne sais plus si ma main s'ouvre ou bien se ferme. Morte et vivante à la fois. De sa paume partent de grandes ondes de chaleur et de froid. Il freine. Il m'attrape la tête, la tourne sur lui, me force à le regarder. Avide :

— Mais dis-le donc que tu m'aimeras !

Oui, non, je ne réponds pas. Le visage de Bellon. Si proche, si net qu'on le dirait découpé noir sur fond blanc. Une ombre chinoise qui me guette. Au loin, le fantôme de Gilles s'agite et s'enfuit. Bellon répète :

— Tu m'aimes ?

Bellon musclé. Terrien. Gilles qui ne demande rien. Je me sers à moi-même le raisonnement qu'il se tient. « Ne pas commencer avec quelqu'un une liaison qui risquerait de détruire le reste. » Le reste, c'est quoi ? Mystère.

Quand Bellon voudra monter chez moi tout à l'heure, je dirai « Non ».

93

Avec le temps — et en dépit des apparences — je ne vais pas mieux. J'ai beau répéter que je suis folle de joie dans mon nouvel appartement, clamer que je survis très bien sans Gilles, que je l'aime moins... Une jeune femme gaie, ouverte, libre. Ce n'est pas du bluff — c'est du pipeau. Bellon s'y trompe. Séduit par mon indépendance, il continue de me poursuivre. Je dis « non », non à tout et il m'adore. Il ne se rend pas compte, l'innocent, que je suis plus intéressante que ça. Lui plaire parce que je lui résiste.

Je tiens par un fil qui vibre à chaque seconde et se

rompt à chaque secousse. Il faudrait donner du mou. J'ai sans doute eu tort de refuser Bellon et de négliger l'Italien. Non merci. Pauvres dames qui prennent n'importe qui, juste pour se prouver qu'elles existent. Non merci. Se faire sauter pour n'être pas seule le soir — quel ennui ! Mais à être trop difficile, on se retrouve avec Gilles. Pas une solution non plus.

94

J'ai dîné chez Charlotte avec Jacques et les enfants. J'aime tellement cette atmosphère familiale. Cette impression de solidité. De sérénité. Je croyais que nous avions cela, avec Gilles. Je me souviens d'impressions — Gilles, Marina et moi —, cette chaleur.

Il a détruit tout ça pour moi ?

Je me heurte à un mur. Pour quoi ? La liberté ?

Il n'était pas en prison tout de même ! La prison est en lui. Il a détruit tout ça pourquoi ?

Parce que ce bonheur n'existait pas ? Que cette chaleur était une illusion ? Qu'il cherche avec une autre la relation réelle ? Ça se défend. Rationnellement — ça se défend. Mais j'ai toujours ce gigantesque sursaut de révolte devant cette explication. Instinctif. Rien à voir avec ce que je sais. Ou avec ce que je pense.

Ou même avec ce qui est.

Cette révolte dit que le bonheur, on le tenait. Que ni lui ni moi ne trouverons jamais mieux. C'était mon sentiment en l'épousant. Même s'il était nul, même si j'étais nulle, même si indépendamment l'un de l'autre, nous ne valions pas grand-chose, ensemble nous tenions le bonheur. Le nôtre et celui des autres. Pour plein de mauvaises raisons peut-être, mais peu importe. C'était ça, mon instinct. Et quand je ne me surveille pas, c'est ça que je continue de crier.

J'ai encore appelé Gilles. Une intuition. Il n'allait pas venir le premier week-end de mars comme prévu... Exact. Finalement il ne vient pas. Peut-être à la fin du mois. Peut-être pas. Je l'ai dit à Marina ce matin. Elle n'a pas trop réagi. Je me méfie quand elle ne réagit pas. Ça lui ressort par les oreilles trois jours plus tard — et avec quelle violence !

Pour moi, idem.

Excepté que ce retard m'a plutôt soulagée. Ouf — le raz de marée, pas encore pour tout de suite. Blindons-nous. Préparons-nous. De toute manière, cette valse-hésitation de sa part ne finira jamais. A moins qu'il ne couche avec Debbie. Elle seule peut débloquer la situation, faire avancer les choses, donner enfin une réalité à ses fantasmes et ses dilemmes. S'il trouve le courage de sauter Debbie, c'est probablement le divorce. Mais au moins on saura pourquoi. Plus facile à vivre, peut-être, que cet enlisement dans les abîmes. Allez, finissons-en. Achevons la bête.

Il faudra sans doute que je m'achève moi-même. C'est ce courage-là qu'il faut trouver.

Côté courage, j'ai l'impression de régresser.

95

Mars

La révolte de Marina monte encore d'un cran. Ce matin, au réveil, hurlements :

— Papa, toujours ! Papa, viens. Viens, Papa, toujours.

Impossible de la calmer. Elle a compris qu'il ne venait pas ce week-end. Les cris, les pleurs prennent, comme toujours avec elle, des proportions que je ne peux pas contrôler. Ça se termine par un jet de vomi. Ses scènes m'affectent et me ratiboisent. Je finis par appeler Gilles. Il lui parle : « Mon crapaud, mon lapin, mon petit chat — je viens bientôt. » Il ne lui dit pas, ce salaud, qu'il ne vient pas ce week-end : c'est à moi qu'il laisse le soin d'annoncer les mauvaises nouvelles. Lui, il vient. Bientôt.

« Mon petit chat, mòn lapin, je viens. » Je suis fatiguée. J'ai besoin de vacances. Mais mon travail ?

96

Marina s'est encore réveillée de sa sieste en larmes. « Suis triste. Veux voir Papa. »

L'absent

Souffre-t-elle tellement de son absence? En souffre-t-elle davantage encore que ce qu'elle exprime?

— Si tu veux, on lui téléphone.

— Non, pas téléphoner. Le voir.

Je laisse tomber, mais dix minutes plus tard, elle revient à l'attaque.

— Appeler Papa?

— D'accord.

— Je lui parle. Pas toi.

— D'accord.

Au début, elle refuse de rien lui dire. Elle tient le récepteur contre son oreille et ne prononce pas un mot. Il lui fait la converse. Cinq minutes. Dix minutes. Elle finit par lui parler de son mal à l'oreille, mais me rend vite le téléphone.

— Rappelle-moi plus tard. Je lui ai dit que c'était elle, et pas moi, qui te téléphonait. Je suis chez moi ce soir.

Elle est plus calme le reste de la soirée. Je la couche sans difficulté.

Gilles rappelle. Il me parle de Debbie... Les tailleurs de Debbie. Les fesses de Debbie. Il me déchiquette. Debbie, la chance. Debbie, le bonheur peut-être... A l'entendre parler de Debbie avec cette voix, je sens les vieilles mâchoires qui m'attrapent au collet. Je sais qu'elles vont descendre par morsures successives de ma gorge à mon foie. Jusqu'au ventre. Arrivées aux viscères, elles me lâcheront. Ça y est. Il ne reste rien. Vidée. Je n'existe plus. La souffrance se transforme en terreur. Je hurle dans le combiné:

— Je ne veux plus entendre parler de Debbie.

— Mais il faut bien que tu saches... Il faut que je t'explique. Si on avait parlé plus tôt...

— Debbie, je m'en fous!

CHAPITRE VIII

LA DÉCISION

97

Mars (suite)

Quand il est arrivé ce soir, j'ai vu dans la seconde que Debbie l'avait repris. Il n'a eu qu'à passer la porte. J'ai reconnu son absence d'autrefois. Pas même bonjour. L'œil vague. Les lèvres closes. Le corps raide. Il a posé ses valises au ras du seuil. J'ai compris. Un peu déboussolée tout de même quand je l'ai vu sortir son pyjama, sa brosse à dents. Ah bon, il reste ici cette nuit? «Pour Marina», m'explique-t-il.

La bonne vieille douleur, celle qui me lamine et me scie, je la reconnais dans la seconde elle aussi. Le soir, en tête-à-tête, je demande, déjà vaincue:

— Alors, qu'est-ce que tu veux?

Un blanc.

— Je crois que c'est la meilleure solution..., dit-il.

Mon cœur bat. Je fais un effort:

— Quoi?

— Le divorce, dit-il.

Un direct du droit. Knock-out. Mais je m'y attendais. J'ai eu six mois pour m'habituer à l'idée. Elle est peut-être bonne après tout.

— On va se marier.

— Hein?

— Avec Debbie... On va peut-être se marier.

Cette fois, c'est la décharge électrique. Je tremble. Je chancelle. Je tombe... Remplacée, si vite? Remplacée! Non, ça, je ne m'y attendais pas. Assise au sol, je reprends souffle.

— ... Alors, ça y est?... Vous... L'œil complice, la mine faussement grivoise, je bredouille: ... donc le plum, c'était...

Gilles me regarde. Je l'étonne. Je le choque. Non, il ne l'a pas... Il n'a même jamais été la voir chez elle. Mais il désire l'épouser. Ils en ont parlé, oh, il y a déjà longtemps, l'année dernière. Ils vont peut-être rentrer en France. Habiter Paris.

— Pour Marina, dit-il, ce serait mieux. Nous nous installerions dans le quartier. Je pourrais la conduire à l'école chaque matin.

J'imagine la rencontre quotidienne: Gilles au coin de la rue. Avec Debbie.

— Celle-là, quand je la tiendrai...

— Lise, je t'en prie!

Furieux. Je viens d'insulter sa future femme.

— ... J'espère que tu sauras te tenir. Tu ferais mieux de t'habituer! Marina passera ses week-ends et ses vacances avec elle.

Je me tais. Anéantie. Je gratte une tache imaginaire sur la table basse.

Ça me paraît tellement fou. Penser qu'il prend ça comme ça — le mariage. Avoir envie d'épouser une femme qu'on ne connaît pas — la sauter, oui — mais l'épouser, lui faire des enfants.

Penser qu'il m'a épousée, moi, comme il va l'épouser, elle.

A moins qu'il ait une liaison avec Debbie depuis longtemps. Peut-être Maman ne se trompait-elle pas au bout du compte. Peu importe. Il divorce. Il l'épouse. J'ai perdu.

— D'accord.

C'est la débâcle et je fuis. D'accord. J'accepte dans la

seconde. Je me lève, et file lui chercher les papiers. La requête en divorce que m'avait établie Bearn à Noël.

La minute où je lui tends le dossier, je le sens qui recule. Il ne veut pas le lire tout de suite. Il ne veut pas en discuter. Il ne signera rien avant son départ. Il emportera les papiers à New York. Il les étudiera là-bas. Il les renverra à Bearn. Signés peut-être.

Je touche du doigt son inconséquence et, bêtement, je me flatte d'avoir du pouvoir sur lui. Fugitif. Ponctuel.

J'insiste :

— Je suppose que vous êtes pressés...

— Oui, enfin, il n'y a pas le feu. Et puis qui sait si je ne rentrerai pas à Paris sans Debbie ?

Je dis que non, non ! Il ne doit pas sacrifier Debbie. Au contraire. Je lui promets qu'avec elle, il sera très malheureux — le délice ! Je ferme les yeux à demi, et sexy, la mine gourmande, je lui prédis une vie de regrets, de tourments. Miam miam. Je jure qu'il ne s'en remettra jamais. Il va souffrir. S'embêter ! Câline, nez au vent, je l'embrasse gentiment sur la joue et lui souhaite :

— Très mauvaise chance, mon amour !

Ça y est. Le tour est joué. Il n'aime plus Debbie. Sous mon charme, cette nuit. Au placard, la programmeuse. Bien sûr, il suffira qu'il retourne là-bas, qu'il la voie, pour que ce soit Lise qu'il n'aime plus. Au rancart, la cinocharde. Jusqu'à sa prochaine visite. Il arrivera plein d'elle et repartira plein de moi. A chaque retour de voyage, il lui dit — paraît-il — qu'il choisit sa femme. A chaque départ, que c'est elle l'élue. J'essaie d'imaginer ce que ça va représenter, tout ça. Que Gilles ait une vie, une femme, d'autres enfants loin de moi. Que Marina et Debbie se voient et s'aiment. Tous mes poils se hérissent. Mais comme je n'ai qu'à refuser pour que Gilles en ait envie, pressons-le, oui, oui, Gilles, divorçons, et vite, vite ! Ça me donne un peu de temps. Je raisonne faux. J'ai la tête des jours sans nuits. Le teint gris. La peau du visage sur les os. Quelque chose de moche et de malsain.

Alors, voilà. La grande décision de mars, l'aboutissement de tous ces mois : nous divorçons. La nouvelle : Gilles se marie.

Son départ le lendemain ressemble aux autres départs. Mais cette fois, quand la porte retombe sur lui, elle est close.

98

Ron, notre ami pianiste, en voyage d'affaires à Paris, vient dîner. Je m'accroche à lui. Il a vu Gilles juste avant de quitter New York. Je demande :

— Comment l'as-tu trouvé ?

— Pas terrible.

— Vous avez discuté ?

— Non... Quand on lui demande comment tu vas, comment va Marina, il reste vague. En fait, il répond à côté. Il saute directement à la conclusion : « Je ne peux pas rentrer à Paris avant juin. Ou peut-être en décembre... » On a l'impression qu'il ne sait pas.

Je ricane :

— C'est tout le problème. Et Debbie ?

— Il en parle.

Ron est le seul auquel Gilles ait jamais parlé de Debbie. Il lui a raconté leur passion en août, lors de mon départ pour Paris. J'ose :

— Comment est-elle ?

— Je ne la connais pas. Il a demandé à l'amener à un dîner chez moi l'autre soir. J'ai accepté, bien sûr. Il est venu sans elle.

Je lance au hasard :

— Tu crois qu'elle existe?

Un blanc. Ron réfléchit. Il pèse ses mots:

— On peut se poser la question.

C'est vrai que je n'ai jamais cherché à savoir qui elle était, cette fille, parce que ça m'était insupportable. Et puis j'avais cette impression que leur histoire ne me regardait pas. Toute ma douleur, toute ma jalousie résident dans l'amour de Gilles pour une autre. Même pas. Dans son indifférence à mon égard. Qui elle est, elle, je m'en fiche. Plus maintenant! Si elle devient la belle-mère de Marina? J'ai besoin de savoir... Que veut-elle? Partage-t-elle les sentiments de Gilles? Oui, puisqu'ils ont parlé mariage, «tenté mille fois de rompre», puisqu'elle souffre de mon existence et de la situation. «Pauvre Debbie.» Elle l'aime comme il l'aime puisque, à entendre Gilles, s'il ne la saute pas, c'est «pour la protéger». Pourtant, si elle est comme il me l'a décrite, solide et fatale, je ne vois pas très bien ce qui la retient, cette nana. Son mec s'est libéré, sans femme et sans enfant, tout seul à New York, malheureux. Moi à sa place, si j'étais amoureuse... Mais connaît-elle seulement les sentiments qu'elle inspire?

99

Hier, j'ai appelé Leslie Ryan, la chef du personnel de l'A.M.E. à New York. Gonflé de ma part. Je la connais à peine. Mais nous avions sympathisé à chaque «Noël» de la boîte, et nous nous étions vues une ou deux fois à déjeuner.

Il n'y a pas, il n'y a jamais eu de «Debbie» au Computer Inc. ou à l'A.M.E. de New York. Ni Debbie. Ni Deborah. Dans aucun service. Depuis dix ans. Pas d'informaticienne non plus. Rien qui ressemble à une programmeuse, ou une jolie fille de vingt-sept à trente ans, native du Kansas, d'origine yougoslave, qui travaillerait avec Gilles ou dans son voisinage.

Il a tout inventé.

CHAPITRE IX

SIX MOIS PLUS TARD

100

Août

— Le caviar sur Air France, pas terrible... Tu le trouves bon, toi ? La première classe, tout de même, c'est agréable. On a vraiment l'impression d'appartenir à l'élite.

Les commentaires de Bellon m'étonneront toujours. Je lui coule un regard critique, et je fonds. Avec ses grandes guiboles à l'horizontale, sa Philip Morris dans le cendrier, son sauternes-sancerre ou Dieu sait quoi sur l'accoudoir, il déguste, les yeux mi-clos sous les paupières trop lourdes, ses œufs d'esturgeon à la petite cuiller. Une vivante incarnation du bien-être. Je le sens qui jouit de chaque grain et me presse passionnément la main.

— Lise, Lise, je suis heureux !

Quelle différence tout de même entre ce voyage et l'autre, mon retour à Paris ! Je songe au petit monsieur qui me parlait de ses déboires conjugaux. Quelle revanche sur la vie ! Un an jour pour jour — je les ai comptés, mon goût pour la mise en scène — un an et je m'envole vers New York avec mon jules. Je retourne chercher mes affaires et retrouver mes amis. Je ferme les yeux. Je me grise. Et toc, encore une petite gorgée de champagne.

Parce que, oui, Bellon, j'ai fini par lui céder, et qui l'eût cru, ça m'a plu ! Il faut dire qu'il y a mis le paquet et que Gilles l'a diablement aidé.

*

Le premier week-end d'avril, sans crier gare, Gilles débarque à nouveau rue de la Butte-aux-Cailles. Il s'installe dans mon bureau, m'annonce que finalement il n'épouse pas Debbie — ça, on s'en doutait —, que finalement il emménage ici. En août, nous reprenons la vie conjugale. Le cauchemar enfin se termine ! Je me blottis dans ses bras. Il ne m'y serre pas.

La fausse Debbie en cacherait-elle une autre ? Existe-t-elle ailleurs ?... D'abord Geneviève... Geneviève n'était pas Geneviève, c'était Debbie... Mais Debbie n'était pas Debbie, c'était Lise à seize ans. Mais Lise, pour lui, c'est qui ? Mystère et boule de gomme. Trois ombres. Débloque-t-il ? Ou bien pousse-t-il plus loin ce que nous faisons tous en aimant ? Projeter sur l'autre ce dont nous avons besoin. Ou envie. Projeter sur n'importe qui l'être qui nous fait plaisir. Ou nous rassure. Ou nous angoisse. Ou nous détruit. Quelquefois, ça marche et ça dure. Parce que le support convient, les images réelles et rêvées se superposent. Quelquefois les images se décalent et le film casse. La roulette.

Son épouse adorée cesse de répondre à ses besoins ? Aucune importance : il en invente une autre. D'aucuns auraient baisé, et peut-être «aimé» la voisine ou la collègue. Lui, pas besoin de plumard ni d'étreintes, c'est un idéaliste, il se contente d'y croire : pas plus dingue que ce que j'ai fait en l'épousant.

Pourtant mon amour pour lui était réel. Du moins la douleur en le perdant. Cette souffrance qui n'en finit pas, qui me mord et m'étreint, je la sens, elle existe ! Je ne parviens pas à accepter que ma tendresse, ma tristesse, tout n'ait été qu'illusion. Mirage, «Debbie.» Tant qu'à faire, il aurait pu trouver mieux. Plaquer tout pour une programmeuse qui s'appelle «Debbie». On ne peut broder plus plat.

Fallait-il qu'il s'embête avec moi. Vexant. Il aurait tout de même pu la créer diva ou comédienne. Debbie — programmeuse — quel ennui! Trouver quelque chose qui titille l'imagination. Je ne sais pas, moi, un nom qui évoque un destin, une époque. «Andromaque», par exemple. Ou «Scarlett», ou «Eve». Un archétype. Je suppose qu'il n'avait même pas besoin de ça.

Geneviève, Debbie, Lise, c'est la même en effet.

Un mariage, un enfant fondés sur ça.

La seule de nous tous qui aime vraiment, la seule qui a vraiment besoin qu'on l'aime, la seule qui existe, c'est Marina.

Marina bien réelle, Marina toute en vie.

Pour ce que nous avons fait à Marina, je nous en veux. Comment croire en nous désormais? Par où commencer à nous aimer?

L'œil terne, il continue de débiter sa bonne nouvelle. Une tête de condamné, des pieds de plomb, une tristesse à faire fondre la banquise sous les larmes, il revient vivre avec moi.

Ma présence le gêne au point d'en oublier le dîner que nous avions projeté ensemble. Il me fait attendre toute la nuit et carillonne à deux heures car il n'a pas la clé, s'abat dans le bureau, emmène Marina déjeuner le lendemain et m'oublie encore. Il téléphone pour s'excuser, dit qu'il la ramène à cinq heures, arrive à neuf, ça va, j'ai compris. Je dis qu'il ne m'aime plus. Il me répond de ne pas compliquer les choses. Puis, deux jours plus tôt que prévu, il redisparaît dans le ciel new-yorkais. A la revoyure en août, avec ses malles et ses paquets. Le soir, déboussolée par cette visite tornade, je sors dîner chez Charlotte. Et qui je trouve, garé là devant le porche de la Butte-aux-Cailles? Bellon fumant ses Philip Morris dans sa belle bagnole. Un gros chat.

— Je t'attendais, dit-il.

— Je sors, réponds-je, agacée.

— Je te dépose. Où vas-tu?

— Loin.

— Monte.

J'hésite. Il me darde dans l'œil son regard vert qui pétille:

— Ne sois pas bête, dit-il... — Il brandit un téléphone. — Regarde, j'allais t'appeler. J'ai fait mettre ce machin pour savoir si tu avais besoin de moi où que je sois dans Paris.

Je hausse les épaules:

— N'importe quoi!

— Tu vas chez ton amie peintre? Elle habite toujours boulevard Saint-Michel?

Là, il me bluffe. Je lui avais parlé très incidemment de Charlotte lors de notre unique déjeuner qui date de plus de deux mois. Il se souvient de tout, ce type. Je monte. Il démarre. Le vent me cingle le visage.

— Que fais-tu ce week-end?

— Je ne sais pas encore.

— J'emmène mes enfants à Belle-Ile. Viens donc avec Marina, ça lui fera du bien, l'air marin.

Belle-Ile, c'est mon rêve. Comment diable sait-il? Le lieu au monde où j'ai besoin de retourner. Mon antre. Mon axe.

— Je suis désolée. Je ne peux pas.

Tandis que Bellon, patient, attend de l'autre côté du boulevard Saint-Michel, je recompose dix fois le code de Charlotte qui ne marche pas. Je retourne à la belle bagnole:

— Tu veux bien klaxonner?

Tous les copains paraissent à la fenêtre. C'est Jacques qui descend. Devant la voiture, il hésite, ne sachant pas s'il faut inviter le type qui m'accompagne à dîner, ou non.

— Ciao, crie Bellon qui fonce déjà vers les quais.

Je lance au nez de Jacques, consterné:

— Je drague: celui-là, je l'ai trouvé en bas de chez moi!

Au dîner, je me surprends à rire. Gaie. Très gaie. «Ah, s'exclame Charlotte, je te retrouve!» C'est vrai, je me retrouve. La visite de Gilles, cette fois, ne m'a pas sciée. Minuit, prête à prendre le dernier métro, je déboule sur le boulevard... Et qui je trouve là, garé en contresens et sur le couloir du bus? La voiture de Bellon. Il fume en écoutant sa musique.

— Je t'attendais.

— Je rentre chez moi, réponds-je.

— Je te dépose.

Et puis zut, cette fois, je n'hésite pas, je monte.

— Que fais-tu demain soir?

— Je ne sais pas.

— Je t'emmène au cinéma.

— Je ne peux pas: c'est vendredi, je n'ai pas de baby-sitter.

— Je t'envoie Julie.

— Julie?

— La baby-sitter de mes enfants.

— Écoute... On verra.

Devant la Butte-aux-Cailles, il ne fait pas un geste pour me toucher, ne demande pas à monter.

— A bientôt, lance-t-il, railleur et gentil, quand je claque la porte de sa belle bagnole.

Je souris:

— A bientôt. Merci.

Le lendemain, il n'appelle pas. La séance de huit heures? De dix heures? Dépitée. Il m'a eue. Dix heures une — le téléphone:

— Salut! clame la voix chaude et chantante de Bellon. Tu vas bien? Je sors d'une séance d'enregistrement. Impossible de t'appeler plus tôt. Je suis dans ma voiture. J'enfile ta rue. Je me gare en bas. Je peux monter?

— Non.

— J'ai avec moi Julie, la baby-sitter des enfants. Elle, elle peut monter? Elle gardera Marina pendant que tu descends trois minutes me parler.

Il a tout prévu, le mec. Quelle organisation!

Je ris:

— Mais je ne la connais pas, ta Julie. Je ne vais pas laisser Marina seule avec quelqu'un que je ne connais pas!

— Il ne peut rien arriver à Marina, voyons. Et puis elle dort!

— Si elle se réveille?

— Julie est déjà dans ton escalier... J'ai besoin de te voir trois minutes!

Il raccroche. Julie sonne. Un blanc. Elle semble «normale» et s'occupe des enfants de Bellon depuis cinq ans.

Bon. Je saisis mon manteau.

— Je reviens dans trois minutes!

Je fonce et le trouve, toujours fumant dans sa décapotable. Joyeux:

— Je t'emmène!

— Mais non!

— Juste le tour du pâté de maisons.

Le moteur vrombit. On est parti. J'ai les cheveux et l'air dans la bouche.

— J'ai pris ta place d'avion et celle de Marina pour Belle-Ile samedi.

Cette fois, il m'énerve. J'aboie:

— Tu décides toujours de la vie des gens malgré eux?

Il freine brutalement, se gare à la lueur d'un réverbère, appuie sur l'allume-cigares, allume sa clope qu'il aspire à longs traits. Puis il parle. Sa voix qu'il a naturellement chantante, se pose bas:

— Non, Lise, rarement... J'ai dragué beaucoup de filles, c'est vrai, je passe pour un baiseur. Mais j'ai dit trois fois «Je t'aime» dans ma vie. A ma femme. A Geneviève. Et... à toi. Pour un homme de quarante-cinq ans, c'est peu.

Je me tais. Méfiante. Ça ressemble à une bulle de roman-photo, son monologue. Il poursuit:

— Quand je t'ai rencontrée, j'ai eu cette intuition, fulgurante, que tu pourrais me rendre follement heureux, que je pourrais, moi, te sortir de ta tristesse, te réapprendre la vie, qu'on pourrait reconstruire ensemble.

Je l'interromps, cynique:

— Le coup de foudre, quoi?

— Oui, si tu veux... Comment te dire?... Une promesse de bonheur.

Je le regarde. Tellement vivant, Bellon. Avec son faux air de Bogart, ses mains trop grandes, ses paupières trop lourdes, son regard trop vert et trop avide, il remue en moi mille émotions.

— Prends le risque, dit-il. Essaie-moi. Essaie-nous. Qu'est-ce que tu as à perdre?

— Gilles.

— Il ne t'aime plus.

— Je sais.

— Lise, ça fait trois mois que je tente de te prouver qu'entre nous tout est possible. Obsédée par tes histoires, tes salades, ton échec, tu ne m'entends pas...

La frustration dans sa voix — je la reconnais. J'ai répété cette phrase si souvent: «Tu ne m'entends pas!» Je soupire et c'est moi qui m'approche. Il se penche, pose ses lèvres sur les miennes. Il pique. Il a le goût du tabac, de l'alcool, je m'étonne de l'ardeur de cette bouche. Il me prend la tête entre les mains, caresse lentement mon palais, mes gencives. Je tremble sous la tendresse de ce baiser. Je me dégage. Nous tremblons tous les deux. En silence, il me reconduit. Devant la

Butte-aux-Cailles, Bellon ne cherche pas à me retenir. J'ai besoin d'encore un peu de temps, un jour, deux, dix peut-être, avant de m'embarquer. Il le sait. Il prend le risque. Il me laisse partir.

Tous les jours des trois semaines d'avril, à toutes les heures, où que je sois, je le trouve là qui m'attend. D'un point à l'autre de Paris il me conduit. Nous ne nous voyons que durant ces trajets. Pas de déjeuner. Pas de dîner. Rien que ces courses à toute allure, en décapotable rouge sur les quais, avec sa musique au synthétiseur en bande-son. La nuit, je n'ose me pencher à la fenêtre de crainte de voir encore sa masse de cheveux sombres qu'encadre une volute de fumée qui monte vers mon balcon. Je m'endors en le sachant là.

Voilà. Il m'a eue comme ça. Un soir de mai où il faisait plus froid, à mon tour, du quatrième étage, j'ai crié: «Monte!»

Dans le grand lit de ma chambre où aucun homme n'a jamais dormi, nous nous unissons comme s'unirent peut-être le premier homme et la première femme — à la perfection.

Tandis que mon corps détendu et brisé ne touche par aucune parcelle la peau de Bellon, je songe à Gilles. Mon rêve qui s'enfuit. J'ai accompli l'acte. Je l'ai trompé. Les dés sont jetés. Nous passons chacun d'un côté du miroir. Je suis triste.

*

Triste. Bellon ne m'en laisse plus le temps. Il m'apporte ses mappemondes et ses enfants. Belle-Ile, Venise, Athènes, un doigt sur le globe, nous voyageons tous ensemble. Là, il fait fort, Bellon: bien enveloppé dans du papier cadeau, il m'offre la vie de famille dont je rêve. Deux filles, trois fils, et l'aîné s'appelle Guillaume, comme le petit garçon que je croyais attendre. Les enfants de Bellon m'attachent, m'accrochent et m'arriment. Marina les adopte tous dans l'heure. Je la regarde, rieuse dans sa salopette rose, qui grimpe sur leurs genoux, et puis s'installe. Guillaume, sa mèche sombre sur l'œil, lui vole le nez qu'il fait mine de manger.

— Rends-le-moi! crie-t-elle.

— Tiens.

Il plaque le poing sur son bout de nez tacheté de son. Elle se tortille:

— Tu me chatouilles!

Bellon, qui a reconnu la joie dans mon sourire, me darde l'un de ses regards verts et complices.

— Dans quinze ans, lance-t-il, c'est une affaire conclue, on les marie ces deux-là!

— Moi dans quinze ans, rétorque Guillaume en levant vers lui sa frimousse de ouistiti malin, j'aurai vingt-six ans et à vingt-six ans, je serai marié depuis longtemps! Pas comme toi!... Toi, des brunes, des blondes, qu'est-ce que ça a défilé, les petites amies, des moches, des bien, ça changeait tout le temps. Mais ce que tu étais seul et paumé avant Lise! Moi, je resterai avec ma femme. On ne divorcera pas.

Le cœur serré, je lui effleure la joue et détourne la tête. Semblable à Maman qui cherchait à me protéger avec ses aphorismes sur la vie, je me retiens de murmurer: «Tu sais, ça ne se passe pas toujours comme on voudrait.»

Pourtant si! Et c'est vertigineux.

Une grande tablée au soleil, cinq têtes piailleuses, Marina au milieu. Et puis, face à face, Bellon et moi qui tentons de nous faire du pied, en riant aux éclats. Le bonheur — Bellon y ressemble.

Il compose. J'écris. Ça galope dans le couloir, ça crie dans la cuisine, ça saute, ça rit, ça vit. Et ça tape sur le synthétiseur, le piano, l'ordinateur. La Butte-aux-Cailles devient ce havre grouillant de mes fantasmes. Tout s'emboîte. Tout coïncide. Les deux moitiés. La cellule reconstituée. Et Bellon répète à l'envie:

— C'est magique! Lise, tu es faite sur mesure.

J'ai le tournis: «S'il avait raison? Si ensemble nous pouvions reconstruire?»

Il jubile:

— En fait, c'est très simple: tu t'es juste trompée de Gilles.

Là, je renâcle: «Ne confondons pas tout: cette fraternité, et l'amour... Lise, sois raisonnable. Ce sont des vacances. Une bouffée d'air. Bien frais. Bien doux. Jouis du moment et laisse courir.»

Mais Bellon ne laisse rien courir.

— C'est fait! hurle-t-il dans le combiné.

Sous sa voix, j'entends la rumeur lourde de l'océan:

— Où es-tu?

— A Belle-Ile!... L'agence m'a prévenu ce matin, j'ai sauté dans deux avions, la maison de tes rêves est à vendre, je l'achète!

— Hein? Quoi? Bellon, arrête, j'en veux pas!

— Trop tard. J'ai signé à quinze heures!

— Non!

Conciliant:

— Si la baraque ne nous convient pas, je la revendrai.

Le soir, bardé de fleurs, un énorme rosier pour moi et un petit bouquet qu'il remet tendrement à Marina — efficace, Bellon: la joie de Marina, c'est la façon de me séduire! —, il débarque. La tornade:

— La plus grosse maison de l'île. Un monstre. On la voit du continent! Pas la plus belle, la plus grosse. Au moins trente chambres. En fait, c'est un hôtel!... Dis-le à l'instant, que tu m'aimes! Parce que nous allons passer toute notre vie ensemble ! Tu es magique, Lise : jamais je ne me suis senti aussi sûr de l'avenir avec une femme. Aussi serein. Tu m'apportes le bonheur. Exactement celui dont je rêvais. Tu me calmes. Tu m'apaises.

Il me soûle. Il me grise. Il m'épuise. Et moi, c'est son tourbillon que j'aime ! Plus une minute pour réfléchir. Ni pour douter. Pas même une seconde pour sentir.

Son impatience à réaliser ses envies, sa frénésie le projettent et me propulsent. En marche, Bellon. En vie.

Il me bouscule, m'envahit, m'absorbe. Je me perds. Il prend racine. Je laisse faire.

Je sais cependant que Bellon m'aime un peu parce que je le comble, beaucoup parce que je lui échappe : ne suis-je pas la femme d'un autre ?

— Mais tu vas devenir la mienne !

Pas de demande, une affirmation en mariage, le plateau, l'écrin, le diams, au secours, je file, Bellon me rattrape :

— Lise, les dérobades, ça suffit ! Nous nous aimons... Avoue-le, petite idiote... Ose donc ! Tu ne dois pas rester sur un échec... Tu vas retourner à New York. Revoir tes amis. Récupérer tes affaires. Je t'aiderai. Nous sommes ensemble. Notre devise : rien n'est trop beau.

Voilà. Nous survolons l'Hudson sans Marina. Je l'ai confiée à Charlotte quatre jours.

*

Debout devant la fenêtre qui surplombe les cimes feuillues de Central Park, je retrouve la ville telle que je l'ai quittée. Un an ne s'est pas écoulé. Dans cet endroit où tout bouge, où tout change, ce sont les mêmes odeurs, le tofu et le soja devant les boutiques coréennes, le goudron qui fond sous les pas, les poubelles qui pourrissent en tas au soleil blanc de l'été.

J'ai déjeuné avec Gilles tout à l'heure. Et c'est toujours la même émotion. Sa haute silhouette d'adolescent grandi trop vite. La caresse de ses mains lointaines. Ses yeux noirs de Seine mouillée. Que nous sommes-nous dit tout à l'heure? Que nous voulions tous deux divorcer, je crois. Il reste à New York. Je rentre à Paris. Il n'a pas parlé de Debbie. J'ai parlé de Bellon. Il n'a pas renâclé. Il n'a pas bataillé. Il s'est laissé quitter. Je l'ai senti soulagé. Tout s'est dénoué en une heure. Réglé. Entériné. La pension pour Marina, les droits de visite.

On est parti chacun dans un sens au cœur de la foule new-yorkaise. Dos à dos comme deux duellistes. Un instant nous nous sommes retournés. On pleurait. De peur ou de peine.

*

Dans l'avion qui nous ramène à Paris, j'observe le visage triomphant de Bellon. La fierté du regard, le menton haut, le sourire large. Il jubile. Enfin sienne, enfin conquise, enfin «possible» la femme d'un autre, celle qu'il s'était choisie un soir de février dernier. Sept mois d'assauts, et maintenant la victoire. Il plante sa grande main sur mon poing et l'enserre. Le geste du félin rassasié? Il s'étire, soupire et ferme les paupières. Le repos du guerrier.

D'où me vient cette brusque impatience? Je me sens soudain rivetée, épinglée, clouée. Aurais-je pris place sur un tableau de chasse?

A nouveau, la défiance. Et puis, l'incertitude:

«Sommes-nous vraiment faits l'un pour l'autre?... Il suffit que Bellon se taise, qu'il s'endorme, pour que je doute...»

Je regarde les nuages qui s'approchent et s'écrasent au hublot. «Du cran, ma vieille! A rester au bord des choses, à ne rien oser, on meurt.»

J'interroge un dernier instant le profil de Bellon. Sûr de lui. Sûr de nous. Lui, il connaît les réponses. Il sait pour deux. Il sait tout. Il sait. Construire. Ensemble. La forteresse grouillante — ce n'est plus mon rêve, c'est sa conviction à lui. Bellon. Je vois. Je touche. Du béton. D'accord, j'y crois, j'y vais, je fonce.

En atterrissant, pour la première fois je lui dis «Je t'aime». Et j'ose l'appeler «Gilles».

Sa nuque roule sur l'appui-tête. Son regard reste éteint. Je n'y lis qu'un début de tristesse... Le désespoir du conquérant après la bataille.

*

La semaine suivante s'installe une sorte de gêne, un malaise insidieux et muet, que nous affectons tous deux d'ignorer. Puis le vendredi:

— Allô, Lise?

La voix de Bellon tourne comme un vieux quarante-cinq tours qui marcherait sur trente-trois. Je m'assois sur le bureau, inquiète:

— Ça va?

— Non.

Je pense à ses enfants. Une maladie? Un accident... Mon cœur se recroqueville:

— Que se passe-t-il?

— Il faut que je te parle.

— Maintenant?

— Tout de suite.

— Viens.

— Non, oui. Voilà : j'ai revu Geneviève.

J'ai déjà entendu cette phrase-là quelque part. Tout mon sang, ma salive, ma sève me descendent au bout des orteils.

— ... J'ai déjeuné avec elle aujourd'hui... J'avais besoin de savoir. Depuis notre retour de New York, c'est comme si... comme si la magie entre nous était partie. J'ai pensé à Geneviève. J'ai eu besoin de savoir si c'était à cause d'elle...

— Et tu sais ?

— Quand j'ai revu ce visage, cette bouche... oui, j'ai su. Elle en aime un autre. Elle ne veut pas de moi. C'est un amour impossible. Mais... Je te demande pardon, Lise ! J'ai cru... Quand je t'ai rencontrée, j'ai cru... Je pense qu'il vaut mieux se séparer.

— OK, bonne chance, Bellon. Je t'aimais bien. Tu vas me manquer.

Je raccroche. Sonnée. Sidérée. Soulagée. Je reste là, bras ballants, jambes molles. Et puis je pousse un soupir. Un bon gros gras soupir d'aise. « Il s'en est fallu de peu... Pour l'amour de l'amour... Avec mon double... Mon frère en clichés... Mêmes violons. Mêmes images. Mêmes poncifs. Rien compris. Rien appris. Sans la franchise de Bellon, j'étais cuite. »

Je m'allonge sur le bureau. Je sens avec délices contre mon dos le froid du verre. Une bouffée d'air me dilate les poumons, je respire librement, à longs traits. Mon regard glisse sur les moulures blanches du plafond. Les nœuds-nœuds en stuc dans les angles. Les guirlandes de plâtre. Les rubans, les fleurettes, les petits cœurs. Les amours. Alors soudain, du fond de moi, monte un souffle, court une bourrasque, explose un fou rire qui me secoue tout entière. « Mamma mia, Lisette, tu es trop bête !» Un fou rire qui balaie mon stylo, bouscule mes livres, éparpille mes papiers.

Marina pousse la porte. Médusée, elle m'observe un instant. Et soudain, dans un grand élan de joie, elle me saute dans les bras.

Nous restons enlacées, émerveillées toutes deux par ce rire que rien désormais ne peut éteindre.

ÉPILOGUE

Sans doute, répondis-je, une fois, un jour, peut-être...
Benjamin Constant, *Adolphe*

«Je te donne un an, avait prophétisé l'amie Charlotte. Un an, deux, trois, peu importe!»

C'était il y a plusieurs étés, durant cette chaude soirée où nous longions côte à côte les grilles hérissées du Luxembourg. Quelques instants plus tôt, mon mari m'avait annoncé que nous ne vivrions plus ensemble. Le monde s'effondrait, tous mes rêves d'enfant, mes espoirs d'adulte et, dans un demi-délire, j'entendais la voix placide de Charlotte discourir:

«... Un jour, tu auras oublié jusqu'à la couleur de ses yeux, jusqu'à l'odeur de sa peau!»

Au-delà du jardin clos, noir et dense, j'apercevais, syncopées par mes larmes et les barreaux, des trouées de ciel plus moroses encore.

«... Tu tenteras de te souvenir que tu as fait l'amour avec cet homme toutes les nuits de ta jeunesse, et tu ne verras rien. Le trou. Le vide. Pas une image. Pas une sensation. Rien.»

Entre deux sanglots, je secouais furieusement la tête. Charlotte avait ri:

«Tu ne me crois pas? Oh, Lise, ma romantique! Note, à ta place, je ne me croirais pas non plus! Un matin, cependant... un matin, tu te réveilleras libre.»

Charlotte vit-elle trop d'impatience, ou bien trop

d'espoir dans le regard qui l'interrogeait. Elle se tut un instant.

«Mais avant ce matin-là, Lise, tu vas connaître la peur. La peur qui dépouille et met à nu. La peur sans nom, sans visage, hideuse. Après cette sorte de peur-là, tu n'auras plus rien à craindre, plus rien à perdre. Tu pourras tout risquer. Tout tenter.»

*

Une année s'était écoulée sans que je puisse dire avec certitude si le matin de ma liberté s'était jamais levé. Quelques mois passèrent encore. Je cessai de me poser la question.

Gilles avait quitté l'A.M.E. Au chômage, il s'était réinstallé à Paris chez son ami Boni qui lui avait organisé quelques dîners avec de jolies célibataires. Il y avait rencontré une chanteuse sénégalaise, Bollo Diallo, qu'il appela très vite «La Belle du rêveur».

En mars, j'avais demandé le divorce. En septembre prochain, Gilles comptait suivre Bollo au Sénégal où ils projetaient d'ouvrir un cabaret.

De mon côté, je menais au jour le jour une liaison secrète et douce, assez semblable à celles que j'avais vécues avant mon mariage. De la tendresse, de la discrétion. Ni projets ni promesses. L'élu était américain, un vieux compte à solder avec New York. La distance rendait mes amours chaotiques et je m'en portais bien. Marina m'occupait le cœur, mon travail me prenait la tête. Pour le reste, incertaine quant à la morale de l'histoire, j'avais résolu de n'y plus penser.

Mais, aujourd'hui, en fin d'après-midi, tandis que la porte se refermait sur une visite du facteur, le téléphone sonna. C'était Charlotte.

— Tu tombes bien ! m'exclamai-je, ravie. Si tu es libre, débarque ! Je viens de recevoir un truc qui va t'amuser.

Elle arriva vers vingt heures à la Butte-aux-Cailles. Je préparais un plateau d'apéritifs où je disposais deux verres, deux sortes de biscuits salés, deux marques de whisky — une bouteille de J & B, une bouteille de Chivas —, un paquet de Rothman, un paquet de Philipp Morris.

— Ne te donne pas tout ce mal, dit Charlotte. Tu sais, je déteste le whisky et je ne fume plus.

Je lui coulais un regard où le mystère le disputait à la gouaille :

— Qui te dit que c'est pour toi ?

Elle prit un petit air pincé et je lui tendis le télégramme que j'avais reçu dans l'après-midi : «*Lise, je ne peux pas vivre sans toi. Pardonne-moi! J'arrive à 19 heures sur l'avion de Zurich. Si je ne te vois pas à Roissy, je serai chez toi vers 20 h 30. Je t'aime, Lise. Je t'aime à la folie! Gilles*»

Les bras lui en tombèrent.

— Gilles ! s'étonna-t-elle. Gilles revient ?

— Oui, approuvai-je, espiègle... Mais lequel ?

— Comment, lequel ? Le tien !

— Lequel ? insistai-je.

— Moutier, bien sûr.

— Bien sûr... répétai-je, songeuse. Moutier. Un pas en avant, un pas en arrière, les arrivées inopinées — ce dernier renversement lui ressemble... D'un autre côté, Bellon, le forcing... Cette façon de s'inviter, l'exagération des formules, la précision des horaires — tout ça, c'est du Bellon, non ?

Je l'avais troublée ! Lequel ? Charlotte n'en démordait pas :

— Moutier, évidemment ! Les coups de théâtre, les violons, les avions...

— Technique Bellon !

Le fou rire nous gagnait. Nous nous jetâmes un coup d'œil.

— Moutier, Bellon, dit-elle, les deux revers de la même médaille ?

— Comme Lise et Debbie, raillai-je. Deux personnages aux antipodes. Mais la même fonction, la même image.

— Interchangeables, les amours ?

Il nous intriguait, ce télégramme : sa longueur, sa profusion, les points, les virgules allaient aussi bien à l'un qu'à l'autre Gilles.

Charlotte leva la tête et me dévisagea. Nous restâmes un instant sans mot dire. Prise de panique, elle demanda :

— Toi, Lise, lequel veux-tu voir débarquer ?

La question me surprit :

— Mais... les deux !

— Aucun, quoi...

J'attrapai mon manteau :

— Charlotte, je peux te demander le service de l'accueillir ? — Je saisis mon sac de voyage... — Si c'est le père de Marina, tu lui dis qu'elle passe quelques jours chez Maman où il la voit quand il veut... Si c'est Bellon, tu lui dis que je l'embrasse... J'ai un avion dans une heure !

— Tu ne l'attends pas ?

Je lui lançai les clefs de l'appartement :

— ... Prévu depuis longtemps... Impossible à remettre !

— Quoi ?

J'éclatai de rire :

— Un truc formidable !

Je dévalai déjà l'escalier en criant « Tu sauras tout ! », quand la porte claqua derrière moi.

Perplexe, Charlotte replia le télégramme et déchiffra

au dos les quelques lignes que j'avais griffonnées dans l'après-midi. Le mot que Gilles eût trouvé sur la porte? C'était la dernière strophe d'un poème d'Apollinaire, une petite musique qui depuis plusieurs jours trottinait dans ma tête:

Encore un printemps de passé
Je songe à ce qu'il eut de tendre
Adieu saison qui finissez
Vous nous reviendrez aussi tendre.

Un jour, peut-être.

TABLE DES MATIÈRES

Première partie:
LA PORTE QUI SE FERME

Deuxième partie:
ENTRE QUATRE MURS

Troisième partie:
THE WAY OUT

Cet ouvrage a été reproduit
et achevé d'imprimer sur Roto-Page
par l'Imprimerie Floch à Mayenne
en mars 1991.

La photocomposition a été réalisée par
GRAPHIC HAINAUT
59690 Vieux-Condé

Dépôt légal : février 1991.
N° d'éditeur : 33387.
N° d'imprimeur : 30551.